CHUNG SERANG

PELOS OLHOS DE SISUN

Uma mulher que encontrou beleza em tempos difíceis. Uma família redescobrindo seu legado.

Tradução

Guilherme Miranda

Planeta

Título original: 시선으로부터

Preparação: Elisa Martins
Revisão: Laura Folgueira e Camila Gonçalves
Projeto gráfico: Maria Beatriz Rosa
Diagramação: Maria Beatriz Rosa e Vivian Oliveira
Capa e ilustração de capa: Eduardo Foresti | Foresti Design

Dados Internacionais de Catalogação na Publicação (CIP)
Angélica Ilacqua CRB-8/7057

Serang, Chung
Pelos olhos de Sisun / Chung Serang ; tradução de Guilherme Miranda. – São Paulo : Planeta do Brasil, 2025.
272 p. : il.

ISBN 978-85-422-3661-3
Título original: 시선으로부터

1. Ficção sul-coreana I. Título II. Miranda, Guilherme

25-1785 CDD 895.7

Índice para catálogo sistemático:
1. Ficção sul-coreana

MISTO
Papel | Apoiando o manejo florestal responsável
FSC® C112738
FSC www.fsc.org

Ao escolher este livro, você está apoiando o manejo responsável das florestas do mundo

2025
Todos os direitos desta edição reservados à
Editora Planeta do Brasil Ltda.
Rua Bela Cintra, 986, 4º andar – Consolação
São Paulo – SP – 01415-002
www.planetadelivros.com.br
faleconosco@editoraplaneta.com.br

Árvore genealógica da família de Shim Sisun

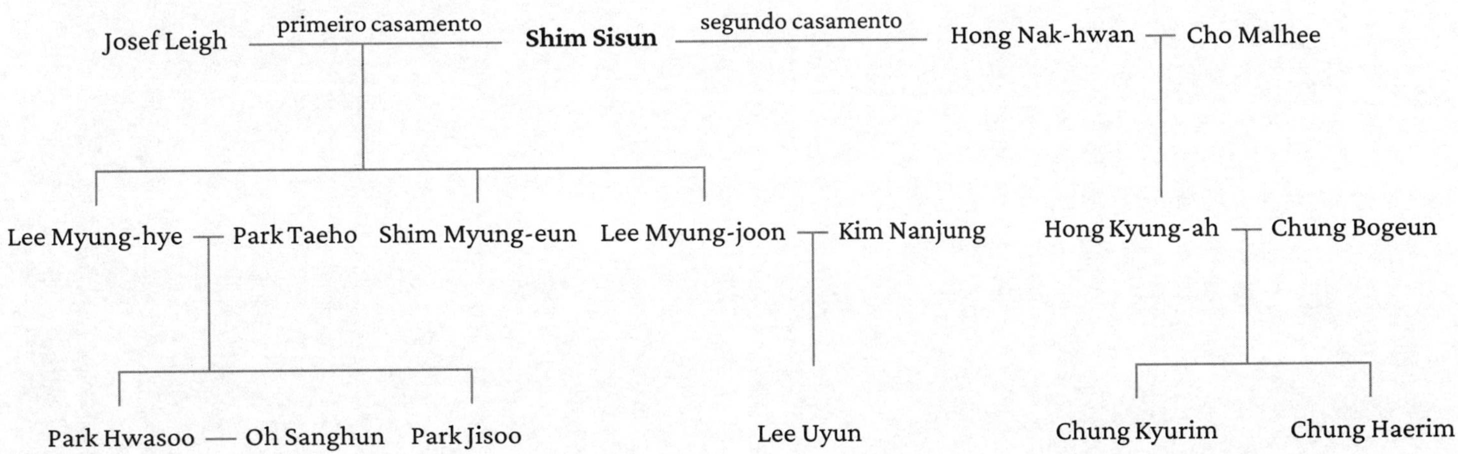

Capítulo 1

Apresentador *Sra. Shim Sisun, a senhora é a única que está se opondo fortemente à cultura jesa. Quer dizer que também vai recusar as cerimônias fúnebres para a senhora?*

Shim Sisun *Claro. De que adianta preparar um banquete para os mortos? Esse costume precisa acabar.*

Kim Haeng-rae *Sua idade não lhe dá o direito de falar com tanta insolência. Você não deveria desprezar nem ridicularizar nossa cultura tradicional.*

Shim Sisun *De nada adianta quando as intenções por trás das tradições desaparecem, restando apenas as formalidades. Sem contar que o trabalho é pensado para que as mulheres o executem sozinhas. Já falei para minha filha mais velha nem pensar em fazer a jesa para mim.*

Apresentador *Ah, sua filha? Mas a senhora tem um filho homem.*

Shim Sisun *Meu filho...? Ele? Por que ele? Minha mais velha vai cuidar de todos os assuntos da família quando eu morrer.*

Kim Haeng-rae	*Você realmente escolhe as coisas mais desagradáveis para dizer.*
Shim Sisun	*Entre seu modo de pensar e o meu, são as pessoas do futuro que vão julgar qual levar adiante.*

— trecho do debate televisionado
Prevendo o século XXI (1999)

— Deveríamos fazer a jesa para a mãe.

Os irmãos mais novos de Myung-hye ficaram espantados com a declaração no almoço mensal.

— Depois de todo esse tempo? — Myung-eun, a segunda mais velha, com dois anos a menos, perguntou com delicadeza para não soar desafiadora, conhecendo a personalidade de Myung-hye.

— Este ano é o décimo aniversário.

— Mas... a mãe não mandou não fazer? — disse Kyung-ah, a caçula.

O único que continuou a comer sem dizer uma palavra foi Myung-joon, o único filho homem de Shim Sisun. Suas três irmãs se lembravam do ar de perplexidade da mãe ao perguntar "Ele?" em rede nacional. Elas a imitavam vez por outra quando falavam mal de Myung-joon pelas costas, mas se continham na frente dele.

— O próprio Buda disse a seus discípulos que não o venerassem, mas alguém deu ouvidos? Toda a Ásia é coberta de templos. Quero fazer a jesa pela mãe só essa vez, pelo décimo aniversário.

— Nós *fizemos* inúmeras cerimônias para avós que nem conhecemos. Também quero fazer uma pela mãe.

Como sempre, Kyung-ah se deixou persuadir facilmente por Myung-hye. Kyung-ah havia se juntado à família pelo segundo casamento de Shim Sisun, mas tanto ela como seus três irmãos haviam deixado essas distinções de lado fazia tempo.

— De jeito nenhum. A mãe falou que não queria que fizéssemos. Podemos fazer uma reserva em um bom restaurante como sempre e comer com a foto dela perto de nós ou algo assim — Myung-eun disse.

— Escute. — Myung-hye limpou os óculos e os colocou de novo. — Vamos fazer a cerimônia de jesa no Havaí.

Todos os três irmãos estreitaram os olhos com desconfiança.

— Quê? Você quer voar até lá para fazer panquecas de cebolinha e passar por toda aquela lenga-lenga antiquada?

— Não acho que seja uma boa ideia — Myung-joon entrou na conversa.

— Me deixe terminar. Vocês acham que vamos lá só para fazer a jesa como a mãe odiava? Eu pensei em tudo.

A filha mais velha era a que mais puxara a personalidade intransigente de Shim Sisun. Embora os outros alternassem entre concordância e recusa, sabiam que acabariam seguindo as vontades de Myung-hye.

— Myung-joon, fala para Uyun vir também, já que é bem no meio entre a Califórnia e a Coreia. Compra uma passagem para ela.

Myung-hye era clara em suas ordens.

Uyun ficou sabendo da viagem não pelo pai, mas pela prima Jisoo. Nem mesmo o oceano Pacífico havia enfraquecido seu laço especial de infância. Jisoo falava com Uyun ao telefone com mais frequência do que falava com a irmã mais velha, Hwasoo.

— Se a tia Myung-hye falou isso, então é pra valer. — Uyun, embora pega de surpresa, aceitou a situação sabendo que ninguém bateria de frente com a tia.

— Não sei por que minha mãe está agindo assim de repente. Passei a vida toda me gabando que nossa família não faz a jesa!

— Ela deve ter algum tipo de plano.

— E o resto de nós acaba sempre se rendendo.

Mas você não dá ouvidos à sua mãe de qualquer modo, Uyun quis dizer, mas mordeu a língua. Depois de certa hesitação, ela perguntou:

— Como está Hwasoo?

— Argh — Jisoo grunhiu. — Acho que ela não anda muito bem. Talvez minha mãe tenha começado isso por causa de Hwasoo.

— O Havaí deve ser incrível. Tenho certeza de que vai ser bom para Hwasoo também.

— Bem... a vovó morou lá por um tempinho quando era mais nova, então acho que essa viagem vai ser marcante para nós.

— Você já pensou em como tudo poderia ter sido diferente se a vovó tivesse ficado no Havaí?

— Pff, a vovó era minúscula, ela teria morrido de tanto trabalhar.

— Mas se ela não tivesse conhecido M&M...

— Daí ela não teria conhecido o vovô e nós não existiríamos.

— Mas ela teria sido feliz.

— Acho que ela teria sido feliz de um jeito ou de outro. Para uma mulher do tempo dela.

Uyun e Jisoo discordavam nesse ponto. Uyun não conseguia acreditar que a avó tinha sido feliz. Ela queria dizer: *Acho que nossas memórias são diferentes. As partes de si que ela distribuiu entre nós*. Mas, de novo, ela mordeu a língua.

Capítulo 2

Gostaria que não falássemos mais sobre Matthias Mauer. Embora eu entenda que as pessoas ainda busquem vestígios de Mauer em minhas palavras, obras, ações e expressões faciais, é tudo em vão. Ele tinha inúmeros problemas além de sua reputação, e o que aconteceu entre nós não foi tão profundamente belo ou terrivelmente infeliz como os outros imaginam. Por que meus esforços abandonar todas essas especulações são infrutíferos? Nunca fui esposa nem amante dele. Para aqueles que questionam se estou "fechando o bico" porque o "usei", gostaria de lembrá-los do destino do editorialista que escreveu que só cheguei aonde estou por "dormir com homens estrangeiros". Tenho um excelente advogado e, com a indenização, pude comprar um quadro de que gosto muito.

— trecho de *Parem de perguntar sobre aquilo que esqueci* (1988)

Sentada à mesa de jantar, Hwasoo olhou para o quadro que havia herdado da avó. Uma pequena pintura azul abstrata que ela encarava uma hora por dia e de algum modo conseguia encontrar um detalhe novo toda vez. Como ela tinha ficado perplexa anos antes quando pesquisou a artista e encontrou a descrição "esposa" antes de tudo. O casamento da artista com um pintor era considerado mais importante do que o fato de ter pintado algo tão grandioso. Hwasoo havia começado recentemente a pensar mais sobre como cada mulher do século anterior devia ter carregado a solidão e o perigo da beira de um abismo em seu coração. Ela queria acordar a avó, que havia falecido dez anos antes, para perguntar como suportara a humilhação constante. Como vivera setenta e nove anos sem que seu coração explodisse em pedacinhos.

Hwasoo sempre chorava ao pensar em uma frase em particular do testamento da avó: *Dê o quadro azul que parece uma coruja para Hwasoo; foi ela quem passou mais tempo sentada diante dele.* Como filha mais velha da filha mais velha, ela era cheia daquela aspereza típica de *jangnyeo* e não tinha sido tão abertamente afetuosa com a avó quanto a irmã, Jisoo, ou a prima, Uyun. Mas sua avó havia notado e se lembrado de qual quadro Hwasoo gostava.

Sua xícara de chá já estava vazia, mas ela não conseguia se levantar e dar os poucos passos para ligar a chaleira elétrica. Mover-se exigia uma quantidade antes inimaginável de energia. Ao meio-dia, Hwasoo se sentia exausta, tornando-se incapaz de mover os dedos como uma marionete de madeira com as cordas cortadas. Embora sua reintegração estivesse próxima, ela ainda não sabia se conseguiria voltar ao trabalho. Sempre que amigos e familiares perguntavam com cuidado se ela queria mesmo voltar ou diziam para não se desgastar demais, ela não queria responder.

Ela queria conversar com a avó. Ninguém além dela. A morte dela tinha parecido certa e real nos primeiros anos, mas então sua avó pareceu continuar. "Continuar" era uma maneira estranha de dizer, mas, depois que Hwasoo aceitou a morte do corpo da avó, o incorpóreo tinha um ar de continuação. Sua avó era excepcional, mas não universal. Por causa de sua personalidade, ela costumava entrar em conflitos e quase nunca recuava. Recebia ao mesmo tempo o afeto casual do público e a hostilidade persistente de uma pequena minoria. Ela não desapareceria facilmente. Mesmo dez anos depois de sua morte, as pessoas continuavam descobrindo trechos de vídeos antigos dela, que eram vistos de maneiras diferentes de acordo com o zeitgeist em constante transformação.

"Uau, lá está Lady Shim Sisun de novo! Quando ela fez todas essas aparições na TV? Nunca tínhamos ouvido falar dessa."

Quando a mãe de Hwasoo chamava a própria mãe de "Lady", era ao mesmo tempo com afeto e uma sensação de distanciamento. Conteúdos recém-descobertos eram compartilhados nos muitos grupos de conversa da família extensa.

"A mãe trabalhou tanto para nos sustentar", tia Myung-eun digitou. "Escrevendo sem rejeitar nenhum tipo de pedido."

Hwasoo se deu conta de que sua situação era melhor do que a da maioria das netas do mundo graças às décadas de trabalho árduo da avó. Sua avó tinha deixado vinte e seis livros, além de um número considerável de textos não publicados. Hwasoo queria colocar todos em uma inteligência artificial e conversar com ela, mas essa tecnologia ainda não existia. Ela tentava ler o máximo possível e gostava do efeito de algo como uma conversa.

Considerando que ela tinha apagões várias vezes ao dia, seu ritmo era lento. Traças saíam de dentro dos livros velhos de sua avó e, então, ela tinha que pegar um desinfetante na biblioteca. Não era longe de verdade, mas era longe para Hwasoo. Depois de terminar o quarto livro, ela se perguntou:

Por que vovó não deixou claro que Matthias Mauer era um abusador sádico? Por que não escreveu mais a fundo sobre os acontecimentos que a família sabe? Era porque eram outros tempos? Será que ela se manifestaria se acontecesse agora? Aquele cretino havia atirado uma faca na vovó, pelo amor de Deus. Uma faca de pintura cega, mas ainda assim uma faca – que tinha deixado uma cicatriz do lado de fora do braço. Hwasoo havia visto pouco antes do corpo da avó ser amortalhado. A cicatriz tênue. Com frequência, Hwasoo se demorava pensando sobre a cicatriz que havia sido feita no século XX e perdurado pelo século XXI.

A luz do sol estava se refratando da moldura, e suas coxas haviam adormecido com a xícara de chá vazia diante dela. Hwasoo viu seu reflexo no vidro emoldurado e examinou a cicatriz que se estendia da têmpora até debaixo do pescoço.

Foi a raiva que lhe deu forças para se levantar. Empurrando a mesa, deu um passo lento de cada vez e ignorou o movimento estranho de seus joelhos e ombros. Ela se apoiou na parede para recuperar o fôlego antes de andar até o banheiro.

Hwasoo queria rir das pessoas que falavam para ela não usar a raiva como combustível. *Vocês não sabem de nada*, ela queria dizer em resposta. *Só minha avó e eu sabemos a verdade.*

Esse vigor duraria cerca de dez minutos.

Capítulo 3

Entrevistadora *Quem você mais amou dos três?*

Shim Sisun *Matthias foi um mentor, não meu amante. Além disso, por que você supõe que só tenho três dentre os quais escolher?*

[Plateia ri]

Shim Sisun *Em todo caso, não vou dizer, porque eles podem estar ouvindo a sete palmos embaixo da terra.*

Entrevistadora *Então, vou mudar a pergunta. O que você acha que é necessário para um bom casamento?*

Shim Sisun *Um parceiro sem propensão à violência ou crueldade. Sexo bom.*

[Plateia ri e murmura]

Shim Sisun *Quê? Por que é engraçado ouvir uma senhora falar "sexo"?*

Entrevistadora *Ah, sra. Shim.* [risadas] Não ser violento ou cruel... *não é o básico?*

Shim Sisun *Na realidade, é raro encontrar alguém que faça o básico. Não dá para ter pessoas com arranhões e farpas no coração como cônjuges ou sócios. Elas sempre acabam machucando os outros.*

ENTREVISTADORA *Então você conhece alguém raro assim... e faz sexo? E a conversa e a compaixão?*

SHIM SISUN *O que há para conversar com maridos? Eles estão sem uma lente. Eles não conseguem ver o mundo como nós vemos. Sexo seguro com alguém que faz você se sentir segura, sexo que só melhora com o tempo – isso é o melhor que eles podem oferecer.*

ENTREVISTADORA *Uma lente?*

SHIM SISUN *Por mais inteligentes e laureados que possam ser, por mais gentis e atenciosos, homens não conseguem ver o que vemos. Conversa, tenho com minhas amigas. Compaixão, também.*

ENTREVISTADORA *Mas então... apenas o físico...*

SHIM SISUN *Buscar tudo em uma pessoa só é um caminho para o fracasso. Não são mínimas as chances de alguém ter todas as características de que precisamos desesperadamente na vida? E, por favor, não subestime o valor de uma relação sexual fabulosa e regular. Poucas coisas são tão eficazes no alívio do estresse. O sexo de qualidade pode fazer você ver cores imaginárias com os olhos fechados e inspirar você a desenhar alguma coisinha em seu diário depois.*

ENTREVISTADORA *E as pessoas que não gostam tanto de intimidade física?*

SHIM SISUN *Não é melhor se casar com alguém apenas se quiser fazer sexo com essa pessoa pelo menos uma vez a cada três dias?*

— transcrição de um evento realizado por *Mulher XYZ* (2003)

— Não é sua sogra?

Enquanto a amiga estendia o celular, Nanjung se preparou para o pior. *O que a mãe falou dessa vez?* Não era a primeira vez que alguém fazia um comentário acerca de sua sogra com um sorriso malicioso.

— Não sei dizer se ela está certa ou falando bobagem — ela comentou depois de ler a entrevista.

As amigas riram. Eram as mães dos amigos de escola de Uyun. Embora as crianças não andassem mais juntas, as mães continuavam a se encontrar regularmente ao longo dos anos.

— Tinha alguma coisa nela de que você não gostasse? Quero dizer, ela não era uma sogra qualquer.

Nanjung parou para pensar por um momento.

— Ela estava sempre envolvida em rumores e disputas, o que me preocupava como membro da família. Fora isso... ela não tinha favoritos, o que tornava mais fácil para mim. Ela não privilegiava o filho em detrimento das filhas, nem os filhos biológicos em detrimento da enteada.

— Parece mais indiferença. Deve ter sido bom.

— Não, ela não era indiferente. Bem, ela era muito absorta no próprio trabalho, mas... meu marido também é assim. Ele puxou muito a ela. A maneira como ela se perdia em pensamentos, depois fazia todo tipo de perguntas aos filhos e netos... não era ruim. Ela não tinha conversas vazias.

— Conversas vazias?

— Sabe, a maioria dos sogros não se importa com a maneira como as noras passam o dia. Mas a mãe tinha interesse de verdade no que eu fazia em meu tempo livre. Que livros eu estava lendo, sobre o que falavam, o que eu pensava deles.

— Você realmente lê muito. É por isso que vocês se davam tão bem.

Nanjung riu. Como ela poderia explicar que seu hábito de leitura voraz tinha sido exatamente a causa de uma discussão acalorada entre ela e a sogra escritora?

Nanjung sempre havia amado livros, mas começou a ler de verdade quando Uyun ficou doente. Os tempos de espera no hospital eram longos, e Nanjung precisava de um lugar para descansar o coração enquanto cuidava da filha doente. Mesmo que quisesse gritar, ela não fazia o tipo de botar para fora de verdade, então, precisava mergulhar de cabeça em outro mundo. Ler livro após livro se tornou seu mecanismo de defesa.

Mesmo depois que Uyun melhorou, ela não parou de ler. Ela não podia relaxar porque havia a hipótese de Uyun sofrer uma recaída ou outras tragédias atingirem sua filha. Nanjung queria destroçar algo, esmiuçar, atacar primeiro. Em vez disso, escolheu ler livros. Deitada no sofá, ela lia tudo em que conseguia pôr as mãos enquanto alimentava, vestia e criava Uyun que havia sobrevivido a uma experiência de quase morte. Para resistir ao impulso de examinar a menina da raiz de cada fio de cabelo até os pés, Nanjung fixou os olhos não na filha, mas nos livros. Não havia nada como um livro para ter otimismo, para focar o presente, para escapar do próprio egocentrismo. *Eu a criei com tanto cuidado, mas ela fugiu para os Estados Unidos...* Nanjung continuou a ler em vez de chorar por Uyun todos os dias. Ela lia e lia. Empilhava torres de livros como se criasse um santuário. Com livros, ela enchia o espaço vazio que sua filha havia deixado.

— Alguém que lê como você está destinado a escrever algum dia — Lady Shim Sisun disse a ela certo dia, repentinamente. Nanjung se perguntou o que a havia levado a essa conclusão.

— Não, não tenho vontade.

— Você lê mais do que eu, não? Se tem *Eingabe*, deve haver *Ausgabe*.

— Como é?

— Onde entra algo, sai algo. É natural.

Sua sogra, que usava palavras em alemão, inglês e até japonês às vezes, tentava prever o futuro de Nanjung como se fosse vidente. Usando alianças empilhadas nas mãos secas, ela visitava Nanjung para bisbilhotar suas estantes. Como se a biblioteca dela fosse o interior de sua mente! Mesmo assim, a nora não tinha como não admirar a propensão da sogra a mergulhar em algo. Nanjung não fazia ideia de como impor limites àquela mulher pequena e obstinada que havia sobrevivido aos horrores sufocantes do século XX, que pensava em diversas línguas.

— Vejo que você lê todo tipo de gênero! Ah, você gosta dessa ensaísta? Eu a conheço! Quer que eu a apresente? Que livro de ilustrações de plantas é esse? Você está planejando decorar o jardim? A Coreia precisa de bons ensaístas de jardinagem também. Não agora, já que a maioria das pessoas vive em apartamentos, mas em breve. Me avise se quiser ler antes de todo mundo. Se Myung-joon estiver mantendo você em casa, vou conversar com ele. Não o criei para ser assim. Não sei a quem ele puxou. Nem o pai dele era esse tipo de homem.

Apesar do que a família chamava de "desfiladeiro em V" entre as duas casas, Shim Sisun ia e vinha sem fazer muito esforço. Ela estreitava os olhos como se tentasse decifrar escritas em ossos oraculares, tentando ler as lombadas dos livros de Nanjung.

— Quando Uyun adoeceu e vocês dois largaram o emprego, pensei que seria você quem voltaria a trabalhar. Não achei que Myung-joon conseguiria. Fiquei bastante triste por ter acontecido o contrário. Você é tão excepcional, enquanto Myung-joon é um covarde...

— Era o que se esperava na época. E pouca coisa mudou desde então.

Myung-joon, talvez ouvindo seu nome, abriu em silêncio a porta de seu escritório. Embora Nanjung enviasse sinais de S.O.S. com os olhos, ele se recostou no batente, sem notar ou fingindo não notar. *Inútil*, ela pensou.

— Escreva alguma coisa. Vamos arranjar um editor para você. Claro, se eu fizer isso, vai parecer uma solicitação oficial, então, vamos precisar ter cuidado. Mas, se eu não mencionar quem você é, será que não poderia fazer uma apresentação casual sobre tal e tal manuscrito?

— Mãe... não tenho vontade de escrever. Já te falei isso diversas vezes. Por que você continua ignorando o que eu digo? Sou grata por ter nos apoiado financeiramente quando Uyun estava doente, e sei que você se preocupa por eu não ter conseguido voltar ao trabalho. Mas gosto de ler; realmente não tenho desejo de escrever. Não sou você, mãe.

— Mas você lê tanto! Você lê tudo! Não, é impossível. Pessoas que leem como ratos de biblioteca estão destinadas a escrever.

— Ratos de biblioteca... — Nanjung perdeu a voz. Ela olhou a biblioteca bagunçada ao redor e pensou na réplica perfeita. — Você não pode fazer essas afirmações. Nada no mundo pode ser afirmado, e não se pode confiar em alguém que faz afirmações assim. Você mesma dedicou um capítulo a isso no seu quarto livro!

Nanjung nunca conseguiria esquecer a expressão vazia que tomou conta do rosto de Shim Sisun. Ela abriu e fechou a boca, olhando fixamente para a nora que citou o livro dela como um contra-ataque. Embora tentasse virar o jogo mais uma vez, a sogra acabou se encolhendo com o ar exausto e deplorável na cadeira de leitura de Nanjung. Nanjung se perguntou se tinha ido longe demais, mas tinha que proteger seu território.

— Não acredito que você venceu minha mãe. Você descobriu uma tática incrível!

Nanjung ficou irritada com o júbilo do marido depois da saída desalentada da mãe.

— Você poderia ter me ajudado. Só ficou parado aí, olhando.

— Como eu poderia ter ajudado? Você se virou bem de um jeito ou de outro. Nem mesmo Myung-hye poderia ter feito isso.

Fingia ser bonzinho, mas no fundo era um covarde – ele merecia que tirassem sarro dele o tempo todo. "Ele?", pois é. Sem ceder à opinião implacável da esposa, Myung-joon compartilhou essa "tática incrível" com as irmãs, e Lady Shim Sisun tinha que vasculhar seu cérebro para desviar desses ataques feitos com citações durante todas as discussões dali em diante.

— Falei demais. Nem me lembro do que disse exatamente. Fiz tudo aquilo para sustentar vocês e agora, seus ingratos...

— Mãe, você escreveu em um jornal dois anos atrás que os pais não devem em hipótese alguma esperar recompensa dos filhos.

— Cala a boca!

Às vezes, ela tinha um acesso de raiva como esse. Sua sogra nem sempre era culta e refinada. Era fluente tanto em línguas estrangeiras quanto em palavrões, o que talvez desse na mesma.

Nanjung sentia falta dela. A sogra poderia ser cansativa, mas não antipatizava com ela. Às vezes, até simpatizava. Era esse tipo de relação.

— Havaí? Vocês vão fazer a jesa no Havaí?

A exclamação surpresa trouxe Nanjung de volta ao presente. Ela fez uma nota mental de parar de entrar no piloto automático durante conversas e olhou nos olhos da amiga que havia perguntado.

— Assim, considerando a família, não acho que vá ser uma jesa típica.

— Você tem que ir?

— Uyun vai.

— Não chore no aeroporto de novo, hein? — Suas amigas não conseguiam esconder a compaixão.

— Não sei se vou conseguir.

Ela via a filha uma, talvez duas vezes ao ano, o que significava que a veria apenas mais umas trinta vezes antes de morrer... a menos que Uyun voltasse ou Nanjung fosse aos Estados Unidos. *Quem não choraria nessa situação?* Nanjung se recostou na cadeira. Na última vez que visitou Uyun, ela havia colocado seis livros grandes na mala, o que fez Uyun balançar a cabeça e encomendar imediatamente um leitor de e-book para ela. Estava na hora de Nanjung tirá-lo da caixa. Na idade dela, ela apreciava a opção de ajustar o tamanho da fonte, mas ainda preferia escolher na sua biblioteca ao acaso um livro que não se lembrava de ter comprado. A embalagem dizia que o e-reader poderia armazenar mais de mil livros. Com tantos livros assim, ela talvez conseguisse fazer uma viagem com as cunhadas.

Capítulo 4

Que a pulsão de criatividade e a de autodestruição tenham nomes diferentes sempre me entristeceu. O século XX foi horrível, e alguns daqueles que presenciaram esse horror tiraram a própria vida. Sabia que dizem que a Coreia do Sul tem o índice de suicídio mais alto do mundo? Para artistas coreanos, esse número deve ser ainda mais alto. Mestres, amigos, aprendizes... perdi alguém quase todo ano. A sensibilidade deles era o que os tornava belos, sei disso. Algumas verdades só podem ser captadas por aqueles com nervos mais aflorados, e questionar a rigidez do mundo pode até se assemelhar ao ato de suicídio. Em todo caso, vidas demais se perderam.

Também já tive dias em que queria desistir de tudo, dias em que não conseguia sentir apego a nada. Sempre que isso acontece, digo a mim mesma que devo, de alguma forma, a qualquer custo, sair dessa rampa íngreme em direção à morte. Desfazer o nó. Não sei se endireitar os próprios pensamentos distorcidos é a forma de se tornar um bom artista, mas tenho certeza de que é a maneira de ser um artista vivo. Quanto mais tentadora a distorção, mais você retira as fantasias ingênuas ao redor dela. Andar devagar em uma linha reta pode parecer tedioso, mas às vezes o caminho difícil e tedioso é aquele que se deve tomar.

— trecho de uma palestra como convidada
especial na Escola de Artes XX (1996)

Myung-eun e seus irmãos suspeitaram por muito tempo que a mãe deles podia ter se matado. A morte dela foi tão súbita e casual. Lady Shim Sisun havia almoçado com a família no aniversário dela, depois falecido no amanhecer do dia seguinte. Quem morria assim?

Foi em agosto. Sisun estava suando frio enquanto o ar-condicionado soprava fracamente sobre a mesa redonda no restaurante chinês que eles sempre frequentavam em Buamdong. Ela não comeu muito e não parecia muito bem. Mas ninguém ficou particularmente preocupado, já que ela foi e voltou andando sozinha do restaurante.

Myung-eun estava ao lado da mãe quando ela morreu. Ela dormiu na casa de Buamdong sem saber o que aconteceria. Não foi por nenhum amor especial pela mãe. Ela precisava de um lugar próximo para passar a noite. Em Seul ou não, Myung-eun era a única na família que não tinha um endereço permanente. Myung-hye dizia que Myung-eun estava levando "uma vida de subtração" enquanto todos os outros estavam somando. Se ela dizia isso como admiração ou crítica, não era claro, mas Myung-eun não via mal na vida de subtração que havia escolhido. Foi bom que ela havia colocado um colchonete perto da cama de Sisun para conversar um pouco mais. Se tivesse ficado em algum dos quartos vazios da casa, não teria ouvido nada. Ela não conseguia lembrar sobre o que haviam conversado. Provavelmente nada importante. Myung-eun estava hospedada em Buyeo na época, então deve ter falado um pouco sobre os sítios que estava escavando antes da linha de pensamento de Sisun chegar à cidade de T.

— Então é perto de T.

— É mais perto de Cheonan do que de Buyeo. Gostaria de ir algum dia? Quer que eu leve você?

— Não ando bem. — Sisun soava sem fôlego.

— Você não comeu muito no almoço. Deveríamos ir ao hospital.

— Não, tenho ido demais.

Então ela pareceu relaxar, e pouco depois Myung-eun também adormeceu. Quando ela acordou com os gemidos dolorosos da mãe, a situação havia piorado muito. Ver a mãe em agonia a despertou, substituindo a sonolência por outras coisas.

— Vou chamar a ambulância.

— Não. Vou morrer em casa.

— Mesmo assim.

— Não chame. Não faça isso.

— Então vou ligar para Myung-hye.

— Não, deixe que ela durma. Deixe que todos durmam.

Myung-eun ignorou os pedidos da mãe e ligou imediatamente para os irmãos, mas ninguém atendeu àquela hora da madrugada. Provavelmente porque o aniversário de Sisun havia acabado de passar e eles não estavam esperando outra ligação. Era improvável que algo acontecesse no dia seguinte ao almoço.

Sisun acenou os braços no ar e pareceu estar olhando para alguém. Ela repetiu isso várias vezes. Myung-eun não conseguiu identificar de quem era o nome que ela estava murmurando. Quem tinha vindo para escoltar sua mãe pela mão: o pai dela, o pai de Kyung-ah ou outra pessoa? Tanta gente poderia recebê-la. Muitos haviam morrido.

Só às cinco da madrugada ela conseguiu entrar em contato com Myung-joon, e eles levaram o corpo de Sisun à funerária do hospital que ela frequentava. Kyung-ah chegou às sete, e Myung-hye chegou por último. A filha mais velha lamentou por um longo tempo ter tomado comprimidos para dormir logo naquela noite. Em lágrimas, ela abraçou Myung-eun assim que a viu.

— Como será que ela, tão de repente...

O ar-condicionado na funerária era tão forte que os óculos de tartaruga de Myung-hye estavam gelados na bochecha de Myung-eun. Ela sentiu que precisava se explicar para a irmã mais velha.

— A mãe disse que não queria vir ao hospital. Ela disse não.

— Não dá para ganhar dela. Não dava.

Myung-hye chorou por um breve momento intenso antes de se tornar a perfeita enlutada no comando. Os convidados estavam prestes a chegar como uma tempestade, e ela tinha que conduzir todos. Myung-eun, por sua vez, podia deixar o resto com a irmã mais velha e ficar livre para sofrer. Myung-joon fez todo o possível para ajudar Myung-hye. Kyung-ah, que ficou na sala ao lado com a bebê, foi a que mais chorou. Como todos os filhos de seus irmãos, exceto Uyun (que morava nos Estados Unidos), estavam lá, Myung-eun conseguiu refletir durante os três dias do funeral sobre tudo que Sisun havia deixado para trás.

A dúvida surgiu em sua cabeça apenas depois que o funeral acabou. Algo não parecia certo.

— A mãe tomou alguma coisa?

Myung-eun queria negar o que Myung-hye se atreveu a dizer em voz alta.

— Do que você está falando? Foram sintomas genéricos de ataque cardíaco. Suor frio, indigestão...

— E se ela tomou um monte de remédios para o coração ou algo assim naquela manhã? Ela vivia dizendo que queria viver só até enquanto conseguisse andar.

— Ou talvez ela não tenha tomado de acordo com a prescrição. — Até Myung-joon interveio.

— Logo no aniversário...

— Mas muitas pessoas morrem dessa maneira. Aguentam até o aniversário, depois relaxam. No fundo, as pessoas se apegam a números assim — Kyung-ah falou para não ser contaminada pela desconfiança dos irmãos. Ela parecia ter a melhor saúde mental, provavelmente por causa da genética.

— Se foi um ataque cardíaco, deve ter sido extremamente doloroso.

— Suportar a dor não é uma espécie de suicídio?

Sempre que os irmãos se encontravam, a conversa acabava voltando à morte da mãe. Eles não podiam discutir isso com os filhos, sobrinhas ou sobrinhos; somente os irmãos retraçavam tanto os sintomas daquele dia quanto a fala e o comportamento dela por volta daquela época. Eles continuaram até Kyung-ah finalmente consultar uma amiga na área médica.

— Ela disse que não — Kyung-ah falou, triunfante, para os três irmãos. — Ela disse que os medicamentos hoje em dia são tão bons que ninguém morre se pular uma dose ou se tomar muito mais que o necessário.

— Sério?

Myung-eun se lembrou de como o rosto de Myung-hye se iluminou.

— A mãe não era o tipo de se matar. É possível que ela não quisesse uma morte lenta, mas não foi um suicídio. Eu acreditei na mãe, mas vocês, filhos biológicos, não confiaram!

— Sei.

— Talvez eu tenha sido a melhor filha esse tempo todo! — Kyung-ah gargalhou.

Com a risada dela, todas as desconfianças se dissiparam. Sisun tinha simplesmente esperado o aniversário para ver os filhos e netos mais uma vez antes de deixar o plano terreno. Embora a natureza inesperada tenha chocado a família, eles entenderam no fim que uma morte súbita é sim uma boa sorte e passaram a aceitar que até na maneira morrer Sisun fez as coisas do jeito dela.

— Não foi difícil para você ficar lá? No funeral da mãe? — Myung-hye perguntou muito depois do funeral.

Myung-eun não entendeu de imediato o que ela quis dizer.

— Foi difícil para todos. A mãe mesma dizia que os funerais de três dias deveriam ser abolidos. Ouvi dizer que algumas pessoas têm feito em um dia ultimamente. As tradições precisam evoluir.

Myung-hye fez uma expressão que era difícil de interpretar. Só então Myung-eun se deu conta o que a irmã queria dizer com a pergunta.

— Porque eu era a única sozinha no funeral da mãe? Sem marido ou filhos?

Apenas seu nome estava em uma única linha no painel de LED. Ela também havia notado, mas não tinha dado muita importância.

— Unni, você acha que eu teria vivido sozinha esse tempo todo se ligasse para esse tipo de coisa?

— Minha família é sua família. Você sabe disso, né?

— Não, não é. Não estou tentando ser fria; amo Hwasoo e Jisoo e todos os outros, mas não vou me tornar um fardo para meus sobrinhos e sobrinhas.

— Você parece fria, sim.

— Gostaria de morrer como a mãe, mas acho que esse tipo de sorte é raro hoje em dia. Mas vou encontrar alguma maneira. Vou ficar bem até lá.

— Se aquele rapaz não tivesse ido embora naquela época...

— Não, Unni. Não é isso.

O rapaz a que Myung-hye estava se referindo era quem Myung-eun havia namorado quando estava na casa dos vinte, aquele que cancelou o casamento pouco antes do grande dia. Myung-eun não conseguia acreditar em como sua irmã insistia em algo que havia acontecido tanto tempo antes, algo que ela mesma havia esquecido. Depois de conhecer a família da noiva, os pais do rapaz haviam concluído que a família de Myung-eun não era adequada para o casamento. A rejeição foi dada em rodeios com uma linguagem refinada, mas eles pareceram ver problemas em Myung-eun ser a filha mestiça de uma mulher mundialmente famosa. Toda a família dela enlouqueceu como consequência, e Myung-eun foi deixada de lado pela fúria coletiva, embora fosse a pessoa diretamente afetada. Ela não ficou tão furiosa quanto Sisun ou Myung-hye. Pelo contrário, ela sentiu secretamente certo alívio e, depois, viveu com uma sensação de paz. Como Myung-eun era claramente a vítima, ninguém poderia criticá-la, nem mesmo por ela ter ficado sozinha e por viver sozinha. Ao contrário de agora, antes Myung-eun tinha que explicar a todos por que vivia sozinha, então ela usou o rompimento do noivado como uma justificativa brilhante. Estava satisfeita com os resultados e não se prendia a memórias ruins.

— Aqueles filhos da puta reconheciam e xingavam a mãe na rua. — O ressentimento e a raiva de Myung-hye durariam por muito tempo.

— Unni, aquelas pessoas também devem estar mortas a essa altura.

— Sim, todas devem estar mortas.

— Vi uma propaganda de cortador de grama na TV faz um tempo. Parecia muito barato e mostrava uma foto de antes e depois de um túmulo coberto de grama. Com efeitos sonoros estranhos de bipe. Ri tanto. Fiquei pensando se o túmulo era de um parente das pessoas que fizeram a propaganda ou da empresa do cortador de grama, ou se só apararam a grama do túmulo de algum desconhecido. Acho que a mãe gostaria daquela propaganda.

— Ah, eu estava jogando um simulador de golfe e ri muito de como eles recriaram um túmulo solene no meio do percurso. Acho que era o terceiro buraco de um campo de golfe em Gumi ou coisa assim. Eles podiam ter deixado de fora, mas colocaram no jogo.

— Túmulos com certeza...

— Mesmo assim, me arrependo de não ter feito um túmulo para a mãe. Respeitamos os desejos dela bem demais. Ela nos falou para espalhar as cinzas dela em um mar distante e obedecemos, e agora não temos um lugar para visitar.

Myung-eun, sabendo que Myung-hye carregava muita coisa nas costas, estendeu a mão em silêncio para dar um tapinha no ombro da irmã mais velha.

— Talvez você não ter se casado seja uma coisa boa. Se você tivesse se casado e se divorciado, a taxa de divórcio dos nossos irmãos seria de setenta e cinco por cento.

— Sim. Vamos ficar nos cinquenta por cento.

As duas filhas refletiram sobre a última década sem sentir falta de um túmulo inexistente. Tinha sido uma década agradavelmente monótona. Então elas finalmente concordaram que celebrar esses dez anos não seria má ideia.

Capítulo 5

Considerando como as palavras se acumulam dentro da minha boca, parece que a primavera chegou. Em meu pequeno jardim malcuidado, há um recanto de flores aonde os pássaros vêm se banhar. Eles me fazem me lembrar dos meus filhos quando eram crianças. Como mergulhavam a cabeça na água fria e riam da mesma maneira. Não consigo acreditar que minha caçula, sempre tão astuta e gentil, já passou da metade do ensino fundamental.

Se há algo de que posso me gabar nesse jardim sem graça, deve ser da amarílis. Ela conseguiu florescer todo ano apesar dos invernos frios de Seul, apesar de plantada em uma floreira dentro de um resto de madeira com tábuas de acrílico tão precárias que mal podem ser chamadas de uma estufa improvisada. Quando aquelas flores de um vermelho vivo desabrocham, sua presença é tão poderosa que nada mais chama minha atenção. Elas não eram minhas a princípio – a mãe da minha caçula, a sra. Cho Malhee, me confiou suas flores, assim como sua filha. Esperei por ela enquanto cuidava das duas, mas Malhee perdeu a vida em um acidente injusto no exterior. Queria que ela tivesse voltado em segurança depois dos seus estudos, mas a vida nem sempre corre como gostaríamos e coisas ruins acontecem com pessoas boas também. Nosso aperto de mão tinha parecido um contrato, e a mão dela havia sido bem firme... mas agora me resta cumprir minha parte da promessa sozinha. Vendo o bulbo perene desabrochar como um mata-borrão, digo a ela: Nossa filha passou da metade do fundamental. Ela está bem. Os ombros dela se tornaram firmes e as mãos, habilidosas. *Sinto como se aquelas flores vermelhas fossem entregar a notícia deste plano para o além distante.*

— trecho de *Jardinagem & XX* (1984)

Enquanto Kyurim e Haerim estavam na escola, Kyung-ah olhou as malas que eles haviam arrumado. Ela os havia ensinado a arrumar as próprias malas, mesmo assim sentia que deveria olhar para ver se haviam esquecido algo. Kyurim estava no ensino médio, mas não era muito organizado, enquanto Haerim até que não era tão estabanada para alguém da quinta série, mas era bastante obstinada. Como era de se esperar, Kyurim colocou cuecas e meias apenas para os dias de viagem sem considerar que fosse nadar e realizar outras atividades, então Kyung-ah acrescentou mais duas de cada. Quando abriu a bolsa de Haerim, eram apenas camisetas e moletons cinza com dois bonés pretos. Embaixo das roupas havia um binóculo pesado.

— Essa menina tem um objetivo claro.

Kyung-ah não fazia ideia do que seu filho mais velho gostava. Sua caçula gostava de pássaros — bem, na verdade, ela não gostava apenas de pássaros. Não estava sob o controle de Kyung-ah combinar as personalidades deles, por mais que quisesse. Ela considerou trocar algumas das roupas cinza por algo colorido ou estampado, mas desistiu sabendo que

Haerim daria um chilique. Ela ligou para Myung-hye, para quem pedia conselho nessas situações. Embora trabalhassem juntas, elas costumavam se falar ao telefone porque não tinham tempo para longas conversas no trabalho.

— Ei, está ocupada?

— Estou fazendo algumas reservas de última hora. Conversei com o dono da casa de temporada também.

— Estou chateada por causa de Haerim. Ela só colocou cores neutras de novo.

— Ela ainda está obcecada por aquele pardal cinza?

— Chapim.

Os pássaros favoritos de Haerim eram da família do chapim, e ela usava roupas cinza com um boné preto o ano todo, dizendo que era bom para observação de pássaros. Fazia com que se sentisse um pouco como um chapim, ela dizia.

— Seria bom se ela gostasse de um pássaro mais colorido — disse Myung-hye —, mas ela é assim.

— Argh, estou tão cansada disso! Logo mais ela passa da metade do ensino fundamental, mas não tem interesse nenhum pelas aulas e sai correndo para o riacho do bairro assim que chega em casa. Unni, pega no braço de Haerim na próxima vez que a vir. Você não faz ideia de como ela ficou forte de tanto carregar o binóculo de um lado para o outro.

— Mas é normal que as crianças passem por fases de dinossauro e tudo mais... — Myung-hye disse tão apaticamente que Kyung-ah sentiu a incerteza dela e ficou mais chateada por sua irmã mais velha não ter a resposta.

— Elas não param quando têm seis ou sete anos? Fiquei feliz pela minha segunda filha ser menina para poder colocar roupas bonitas nela, e agora isso.

— Li em um jornal que é melhor criar e vestir os filhos sem se concentrar no gênero.

— Não vou colocar uma saia de renda nela! Só queria que ela não usasse cinza sobre cinza o tempo todo. Sou designer, então é claro que fico chateada pela falta de interesse da minha filha por cores. Não há nada mais esplêndido no mundo do que as cores.

— É porque ela puxou ao seu marido em vez de a você.

Kyung-ah ficou sem palavras. Os traços de Haerim lembravam muito os de Kyung-ah, mas sua personalidade era uma cópia exata da do pai. Chung Bogeun era um entomologista que pesquisava *Pantala flavescens*. Segundo ele, essa libélula amarela de aparência comum era uma criatura maravilhosa que viajava até sete mil quilômetros, o motivo pelo qual ele vivia ocupado caçando esses insetos de um país a outro. Ele se ressentia por pessoas de todo o mundo se interessarem pela migração das borboletas-monarcas, mas não pela das libélulas, chamando isso de "discriminação com base na visão humana". Considerando como quase nunca ficava bravo com mais nada, ele não era um mau companheiro. Quando Haerim começou a demonstrar interesse por aves, ele pareceu um pouco confuso sobre ela preferir aves a insetos, mas no fim aceitou e ensinou o básico da observação de pássaros para ela. Como Bogeun era daquele jeito, ele não parecia se preocupar muito com Haerim, mesmo quando ela não tinha uma boa relação com os colegas e quando os professores dela ligavam várias vezes por causa dos problemas na quarta série. A indiferença dele quase levou a problemas matrimoniais graves. Sua filha, facciosa como sempre, mal estava sobrevivendo à escola, e Kyung-ah parecia ser a única pessoa no mundo que se importava.

— Quando perguntei faz um tempo o que ela queria de aniversário, ela disse que queria uma plumada. Pesquisei e é algo como o vômito de uma coruja. Por que é que ela iria querer isso?

— Você comprou para ela?

— Não, como eu poderia? Não se vende em lugar nenhum. Eu a levei a um instituto de pesquisa em Paju que exibia plumadas.

— O que minhas filhas queriam nessa idade? Não me lembro.

— Se a mãe estivesse viva, talvez ela lidasse melhor com Haerim. Penso nisso às vezes.

Myung-hye suspirou em solidariedade.

— Haerim só tinha um ano quando a mãe faleceu, então deve ser a única sem memórias dela.

— Eu não podia ficar muito no velório por causa da bebê, mas tenho certeza de que as pessoas disseram que eu ficava saindo porque era a enteada.

— Pff, quem tiver dito isso é um idiota. Você é nossa irmãzinha independentemente do que os outros digam. Você sabe que não vejo diferença entre você e Myung-eun, certo?

— Seja sincera, você não gostava mais de mim do que de Myung-eun?

— Definitivamente mais do que de Myung-joon, isso sem dúvida.

As duas riram baixo como faziam quando eram mais jovens. Kyung-ah às vezes ainda não conseguia acreditar que tinha se tornado órfã, tendo perdido a mãe biológica, o pai e Lady Shim Sisun – mas ela tinha as irmãs mais velhas. E um irmão mais velho. Quando pensava no pai e nas duas mães, ela se sentia triste por cada um deles por diferentes motivos, mas, tirando dias especiais, a tristeza não dominava sua vida cotidiana.

— Ei, você não acha que pelo menos o pássaro favorito de Haerim vai mudar quando chegarmos ao Havaí? Deve haver muitos pássaros de cores fabulosas lá.

— Essa é a minha vida... Meu marido corre atrás de libélulas e minha filha, de pássaros.

— Como está Kyurim?

— Kyurim está bem, não dá trabalho.

— Pelo menos a jesa coincide com as férias de verão de Kyurim e Haerim, já que a mãe faleceu em agosto.

— Faz muito tempo que não fazemos uma viagem em família.

As viagens que elas tinham feito no século anterior passaram pela cabeça das duas. O tempo que passavam discutindo espremidas em um carro dirigido por pessoas que não estavam mais com elas.

— Haerim já me perguntou se é parecida com a avó em algum sentido. A pergunta me assustou, então dei uma explicação qualquer na época, mas acho que, quanto mais penso nisso, mais vejo que elas se parecem, sim.

— Ah, claro, as almas delas podem ser parecidas.

Kyung-ah sorriu com a afirmação de Myung-hye, embora a irmã mais velha não pudesse ver seu rosto ao telefone. Se Kyung-ah tivesse chorado e convencido a mãe a deixá-la viajar com ela aos sete anos, quando ela não conseguia se lembrar agora, tudo teria sido diferente. Muitas coincidências poderiam ter acontecido para impedir que sua mãe estivesse em um acidente, de modo que Lady Shim Sisun e seu pai teriam sido as pessoas que ela veria apenas em feriados, de modo que poderia ter odiado as meias-irmãs. Talvez ela pudesse querer aquela vida quando era mais jovem, mas agora não conseguia imaginar uma vida que não fosse essa. Ela havia passado um período inimaginável sem se dar conta disso.

Capítulo 6

A caminho de buscar as roupas dos soldados no Quartel Schofield, eu parava perto das plantações de cana-de-açúcar e abacaxi para pegar as roupas sujas dos trabalhadores antes de descer a longa rodovia. As Rotas 99 e 82 eram as de que eu mais gostava. O esplendor das lavouras se espalhava pelos dois lados da estrada, o oceano flutuando ao longe e a luz do dia ou do crepúsculo batendo no capô eram tão lindos que eu nunca me cansava. Eu me admirava com maneira como a paisagem chamava minha atenção apesar da labuta daqueles dias. O encanto que sentia pela paisagem depois de todo aquele sofrimento – eu pensava que era esse o significado de ser humana. Eu não podia fazer isso todos os dias, pois, na maioria deles, eu trabalhava na lavanderia. Não era uma lavanderia qualquer; era uma lavanderia industrial. Eu dirigia a caminhonete apenas nos dias de folga do motorista. Eu me orgulhava muito do fato de dirigir bem.

Eu devia ter percorrido metade da 99 quando encontrei Matthias Mauer com seu carro à beira da estrada. À primeira vista, ele parecia incapaz de consertar um carro sozinho. E não tinha vontade de fazer isso. Ele estava sentado em sua caminhonete, rabiscando, e, na época, eu caía na armadilha de acreditar que os artistas normalmente eram pessoas boas e gentis.

— Precisa de uma carona? Posso levar você ao telefone mais próximo.

Eu o convidei sem saber a que mais estava convidando. Mauer tirou o cigarro pendurado nos lábios e o colocou no cinzeiro portátil de metal. Ele carrega um cinzeiro elegante, então não deve ser um estuprador, *lembro de me tranquilizar depois. Sem saber quem ele era, dei uma carona a Mauer naquela lata-velha motorizada. Ele notou o caranguejo que desenhei no verso de um recibo.*

— Você desenha?

— Eu desenhava antes de vir para cá.

Mauer acreditava que o universo lhe mandava sinais. Que lhe dava orientação e direção e inspiração. Seu carro por acaso quebrou logo naquela estrada maravilhosa, e sua boa samaritana era uma asiática de aparência mística que era artista ainda por cima... Havia certo contexto para Mauer decidir me levar como um souvenir. Ele me ofereceu uma formação no fim da minha estadia no Havaí. Os inúmeros caminhos que as mulheres do século XX seguiam em busca de uma chance de se educar às vezes de fato lhes traziam educação – ou um inferno perigoso. Quero chorar ao pensar em todas as mulheres que mesmo assim desejaram uma formação e oportunidades. Sem saber nada do que se desenrolaria, apostei a vida, caindo na minha segunda armadilha de que ele era uma boa pessoa por ser famoso o bastante para estar nos jornais.

O que teria acontecido se eu não seguisse Mauer e, em vez disso, ficasse no Havaí? Os imigrantes da época já haviam escapado das plantações para se instalar com habilidade e determinação por todas as ilhas. Será que minha vida se assemelharia à deles? O fato de Mauer me chamar de sua "menina havaiana" apesar de eu ter dito claramente de onde eu vinha e que sua fala era um desrespeito tanto a mim como aos havaianos.

— trecho de *Apesar de tudo, a última sobrevivente* (2002)

Com Myung-hye a chacoalhando com persistência até ela acordar, Jisoo não teve escolha a não ser se levantar muito antes do planejado.

— Mãe, por favor... trabalho à noite. Você não pode me deixar dormir até acordar por conta própria?

— Como se trabalhar à noite fosse motivo de orgulho! Vá acordar Hwasoo também.

Jisoo enrolou até o último minuto para sair do quarto, então viu Park Taeho tentando quebrar nozes com seu boneco quebra-nozes. Shim Sisun o havia comprado para ela e Hwasoo depois de levá-las pelas mãozinhas até uma apresentação de balé natalina. Na época em que Hwasoo e Jisoo dividiam o quarto, o boneco tinha sido colocado entre suas camas até Jisoo que por fim tomasse posse. Nas mãos de seu pai, o boneco parecia estar enfrentando sua primeira crise em anos, desde que seu nariz teve que ser reimplantado com supercola. Ela quase viu o olhar traumatizado no rosto do boneco.

— Pai, para. Por favor, para. — Por algum motivo, Jisoo acabou fazendo súplicas aos pais logo pela manhã.

— Não funciona, né?

— É claro que não. Você achou que funcionaria? É só uma lembrancinha do teatro.

— Mas se chama boneco *quebra-nozes*, sabe? Queria pelo menos tentar.

Depois de se aposentar, Taeho gostava de pechinchar em mercados tradicionais localizados a uma ou duas horas de distância. Seu troféu mais recente era um saco de nozes que eram menores e não se quebravam tão bem quanto as vendidas nas lojas, mas eram frescas e saborosas porque ele se dava ao trabalho de quebrá-las uma a uma e comê-las antes que oxidassem. Jisoo entendia sua linha de raciocínio ao se apropriar do boneco porque ele tinha preguiça demais para achar o alicate, mesmo assim ela ficava perplexa que seu pai (normalmente competente) fizesse tentativas tão absurdas de tempos em tempos.

— Não ria assim. Você vai ficar com rugas — Myung-hye disparou para Taeho, que tinha um ar ingênuo enquanto ria de boca aberta.

— Deixe que ele ria o quanto quiser. Mãe, você está exagerando — Jisoo disse.

— Eu me casei pela beleza dele. De que adianta se ele se transformar em uma máscara Hahoetal enrugada?

— Aff... Você gostaria que alguém falasse assim de *você*?

Myung-hye considerou a crítica da filha por um momento, mas não cedeu.

— Se ele tiver sorte, vai ter que viver com essa cara por mais vinte anos, então só estou dizendo para ele tomar cuidado. Talvez rostos planos enruguem menos, e ele tem um rosto mais dimensional... É melhor fazer um tratamento a laser, querido.

— De novo? Dói tanto. Da última vez senti tanta dor que me deram uma bola de borracha para apertar.

— Pff. Dei à luz duas filhas.

Taeho pareceu aceitar a reclamação e a sugestão de Myung-hye sem muita resistência. Ele pilotava aviões e deixava que Myung-hye o pilotasse; provavelmente não sentia necessidade de complicar a vida naquele momento. Quando era um jovem funcionário, ele havia sido escolhido como modelo de um anúncio da empresa, por isso não conseguia *não* ser vaidoso.

Jisoo e sua irmã tinham crescido ouvindo a história dramática e apaixonada de seus pais se conhecendo no set da sessão de fotos. Isso passava como um filme melancólico em preto e branco em sua mente, embora ver o casal na vida real acabasse com a ilusão.

— Mãe, sua geração é obcecada demais pela aparência. Você solta uma crítica toda vez que olha nos olhos de alguém. Tente não pensar em aparências apenas por um dia.

— Alguém pediu seu conselho? Vá acordar sua irmã.

Com um suspiro breve, Jisoo desistiu de tentar regenerar os pais e, calçando as sandálias úmidas de carvalho, curvou os dedos do pé dentro delas, para então cruzar o pátio estreito até a casa da irmã.

Jisoo não conseguia acreditar que Hwasoo ainda vivia do outro lado da casa geminada mesmo podendo se mudar para longe. Apesar de seu amor pelos pais, Jisoo achava difícil morar com eles e arranjou a própria casa assim que começou a trabalhar. Mesmo enquanto passava de um apartamento péssimo a outro, ela manteve a independência e apenas às vezes visitava a casa dos pais. Hwasoo provavelmente se sentia oprimida do mesmo jeito pelos pais, então Jisoo achava interessante que a irmã tivesse escolhido um caminho diferente do dela. Quando Jisoo bateu na porta, Sanghun saiu completamente vestido para o trabalho.

— Cadê Hwasoo?

— Acho que ela não vai acordar.

Jisoo também não pretendia acordar a irmã na verdade. Ela se sentou na cadeira do balcão para matar tempo e fingir empenho para cumprir a tarefa da mãe.

— Você tomou café da manhã, Sanghun?

— Não sou de tomar café da manhã. Mas pode dizer para sua mãe que tomei...

— Entendi. Vou dizer para ela que você comeu bastante e saiu acariciando a barriga muito cheia.

— Não é um pouco demais?

Sanghun riu para agir com naturalidade com a cunhada, mas ele fazia o tipo que demonstrava sua ansiedade ainda mais quando tentava escondê-la. Até Jisoo conseguia notar, e ela não era uma pessoa particularmente observadora. Ele era copiloto quando veio jantar na casa do piloto, apaixonou-se à primeira vista pela filha mais velha dele e se casou com ela. Foi um daqueles casamentos raríssimos, românticos e não planejados. Será que no fundo ele esperava que tudo se encaixasse também, que apenas a felicidade os aguardasse? Algumas pessoas eram derrubadas pelo inesperado e, como Sanghun parecia esse tipo de pessoa, Jisoo tinha que fazer o possível para não notar. Reunindo a pouca compostura que tinha e mais um pouco, ela se despediu do cunhado que saía para trabalhar como se fosse fugir.

Jisoo subiu a escada e colocou a orelha na porta do quarto da irmã. Não ouviu nenhum barulho lá dentro. Para convencer os outros de que tentou acordar Hwasoo, Jisoo foi ao closet da irmã e começou a fazer a mala dela. Hwasoo ainda não havia pegado todas as roupas de verão, então Jisoo precisou abrir várias caixas que tinham sido separadas. Ela até passou e arejou coisas que estavam muito amassadas.

— Sou uma irmã tão boa — Jisoo murmurou.

Elas não eram muito próximas. Na infância, Jisoo com frequência se surpreendia com os relacionamentos das amigas com suas respectivas irmãs. *Todas as irmãs são mesmo melhores amigas assim?* Hwasoo e Jisoo não se davam mal, mas não eram tão próximas ao ponto de substituir ou se virar sem outros amigos. Algumas irmãs davam os braços aonde quer que fossem e cochichavam entre si, usavam roupas parecidas ou trocavam sapatos, brigavam com vigor depois faziam as pazes com vigor, compartilhavam o dia a dia e viajavam juntas todo ano. Pareciam morar em uma continuação de suas infâncias. Hwasoo e Jisoo não eram assim. Na verdade, Jisoo era mais próxima de Uyun.

Hwasoo era diligente, organizada e responsável. Alguns alunos eram eleitos para o conselho estudantil pela popularidade, e outros, pela capacidade administrativa, e ela era desse segundo tipo. Em outras palavras, era o tipo que cuidava do dinheiro aonde quer que fosse. Fazia sentido ela ter se formado em administração e trabalhar no departamento de apoio à gestão. Enquanto isso, Jisoo cresceu como a palhaça da turma sempre ouvindo: "*Você* é a irmã caçula de Hwasoo?". Mesmo no começo dos anos 2000, quando o título costumava ser dado para meninos, Jisoo foi a palhaça da turma em em todos os anos. Ela era esse tipo de garota. Myung-hye costumava dizer: "Jisoo é engraçada desde bebê. Mas não podemos confiar nela para nada". Ninguém queria colocar Jisoo no comando do dinheiro, mas todos queriam passar um tempo com ela. As irmãs eram muito diferentes e, por serem tão diferentes, quase nunca batiam de frente; elas ficavam mutuamente impressionadas por como eram distintas apesar de seus genes e ambiente em comum. Hwasoo ficava perplexa por Jisoo vestir fantasias esquisitas e dançar no festival da escola, enquanto Jisoo ficava perplexa por Hwasoo se formar, ser contratada e se casar com grande facilidade, comandando a vida como uma CEO. Inclusive, o hobby de Hwasoo era ir a uma loja cheia e ver o fluxo suave e energético de clientes e funcionários.

Pensando no que aconteceu com a irmã, o incidente que havia deixado em suspenso todas as coisas que tornavam Hwasoo quem ela era, Jisoo chegou à conclusão de que não conseguia entender o mundo. *Vivo porque nasci, mas não consigo entender nada. É tudo um desastre. Como isso podia estar acontecendo há tanto tempo?*

Jisoo costumava perguntar para seus amigos:

— Sou um grande desastre?

— Não.

— Sou um desastre regular?

— Você não é um desastre.

Os amigos sempre diziam isso. Jisoo não acreditava neles, mas não perguntava mais.

O mundo é um desastre, então não tem problema que eu também seja um pouco desastrosa. A maneira como pessoas como Hwasoo tentam ser perfeitas o tempo todo requer esforço demais...

Ela havia encontrado uma justificativa nova.

Jisoo decidiu se tornar uma proteção entre Hwasoo e o mundo. Como plástico-bolha. Como um canteiro de flores entre a calçada e a pista. Como um protetor de espuma na porta do carro. Nem a família sabia como agir perto de Hwasoo. Era horrível quando todos, sem exceção, repetiam a mesma frase:

— Bem, pelo menos você não machucou os olhos.

— O lado bom é que você recebeu tratamento imediato.

— No fim das contas, pelo menos aquele filho da mãe não pode mais machucar você.

Jisoo não se surpreendeu quando Hwasoo, que vinha escutando em silêncio sabendo que eles tinham boas intenções, finalmente estourou:

— Não tem "lado bom"! Como pode haver um lado bom? Nunca mais vou falar com nenhum de vocês se disserem "lado bom" mais uma vez! Até o dia da minha morte.

E assim "lado bom", "pelo menos" e "no fim das contas" se tornaram frases proibidas. Todos hesitavam em conversar com Hwasoo e, em vez disso, conversavam com Jisoo.

— Se ela não tivesse perdido a bebê, a bebê já teria nascido a essa altura. Sua sobrinha.

— Acho que sim.

— Você não sente falta dela?

— Como eu poderia sentir falta de alguém que nem conheci?

— Que pensamento terrível.

— Abortos espontâneos são comuns, então não comente isso com Hwasoo. O que você quer, que ela comece a chorar como em uma novela? Você não precisa dizer nada do que está dizendo, "que terrível" ou coisa assim.

— Eles vão tentar de novo?

— Quem decide isso é ela, então não se atreva a perguntar.

Jisoo se encarregou de evitar que assuntos inadequados chegassem a Hwasoo. Como uma leoa de chácara afoita, ela se mantinha firme e cortava as pessoas e vetava conversas sobre "lados bons" para que Hwasoo, que havia mergulhado profundamente no silêncio e no sono, não fosse perturbada.

Dito isso, Jisoo ficou um pouco surpresa que Hwasoo tivesse aceitado tão prontamente a viagem para o Havaí. Ela havia pensado que a irmã precisaria ser convencida e estava disposta a protegê-la se os outros parentes fossem persistentes demais. Será que se elas tivessem sido o tipo de irmãs que se dão os braços e cochicham entre si, Jisoo conseguira olhar dentro da mente de Hwasoo? Será que ela poderia ter sido mais do que uma leoa de chácara?

Jisoo queria apenas que o Havaí recebesse bem Hwasoo.

Capítulo 7

Oito obras de Matthias Mauer foram recém-descobertas durante o trabalho de ampliação do edifício na Corneliusstraße em Düsseldorf, na Alemanha. São em sua maioria esboços e pinturas a óleo inacabadas de paisagens em que o artista parece ter trabalhado durante sua viagem pelos Estados Unidos. Havia uma única obra finalizada com o título escrito no verso: Meus peitinhos havaianos empinados. *Parece ser um retrato de Shim Sisun, que ele conheceu durante sua viagem e que o acompanhou de volta à Alemanha. O retrato será restaurado junto com o restante das obras e colocado em uma exposição especial no museu K20.*

— resumo de notícias internacionais
em *Arte XX* (2002)

Será que os outros membros da família sabiam que o retrato de vovó tinha feito uma longa viagem antes de chegar ao Museu de Arte de Honolulu? Talvez eles o vissem juntos. Apesar de seus sentimentos complicados pelo quadro, Uyun queria vê-lo pessoalmente, já que só tinha visto o quadro na internet. Uyun se lembrava do dia em que soube que o quadro foi descoberto. Vividamente, é claro.

As monções tinham acabado de começar. Uyun saíra de casa usando sapatos de lona que logo se encharcaram na caminhada; a parte de trás de seus tornozelos ficou em carne viva pelo atrito. A cada passo, ela sentia seu sangue se misturar com a chuva que entrava em seus sapatos.

Ela tinha tomado um banho e estava passando pomada quando recebeu uma ligação de Jisoo.

— Encontraram um... quadro da vovó.

— Como assim?

— Encontraram um nu artístico da vovó. Todo mundo está surtando. Muito. Todos os jornais devem ter noticiado, desde o *Bild* na semana passada até o *Der Spiegel*. O povo da fundação da Alemanha e os repórteres devem estar na casa da vovó agora.

— Pintado por você-sabe-quem?

Jisoo ergueu a voz:

— Quem mais? Vou mandar o link. Dá uma olhada.

Era vovó mesmo. Com a cabeça inclinada um pouco para trás, ela estava jogada em uma poltrona muito maior do que ela. Uyun não conseguiu segurar o riso – como era incrível que sua avó tivesse passado meio século na mesma posição. Ela não estava usando nada além de um tecido de pelo falso em um tom único de turquesa no pescoço.

— Ah, acho que já vi esse tecido no sótão da vovó. Muitos dos pelos já caíram.

Parecia ser um turquesa brilhante na pintura, mas Uyun, tendo tocado a original, sabia que era feita de um nylon lanoso. O fundo tinha a intenção de esvanecer na sombra. Os dois pássaros sentados no batente eram meros contornos. Só vovó estava muito evidente. Se ele ao menos a tivesse pintado como os pássaros, ela não teria ficado tão reconhecível.

— E por acaso é o centésimo aniversário do nascimento de M&M.

— Como a vovó reagiu?

— Ela falou para a mãe e todas as tias não a visitarem. Será que ficou constrangida?

— Ela não é do tipo que fica constrangida.

— Você deveria ir.

— Por que eu?

— Você está mais perto. E vovó tem um fraco por você.

Buamdong era realmente próximo de Pyeongchangdong, mas a descida era tão íngreme quanto a subida. Uyun quis gritar com a prima: *Por que não vai você?* Mas, em vez disso, falou que tudo bem. Ela não fazia ideia de que sapatos usar. Seus sapatos de lona estavam jogados diante da porta da frente como um animal afogado, e as galochas não pareciam adequadas para a subida a pé. Sem nenhuma alternativa, ela pegou os chinelos Nike que usava quando ia para a escola. Não que chinelos fossem bons para subidas também. Para se proteger da chuva, escolheu um guarda-chuva de golfe.

Recuperando o fôlego no caminho, ela considerou o título da pintura. *Meus peitinhos havaianos empinados? Sério? Como ele poderia chamar uma pessoa de "peitinhos"?* Esse lado de Matthias Mauer devia ser o motivo por que sua avó o detestava. Uyun tinha ouvido – não diretamente, mas de suas tias e seu pai – que ele era um sádico. Durante seus acessos de agressão e instabilidade mental, ele havia até machucado a avó uma ou duas vezes. *Será que vovó se sentiu aliviada quando ele morreu? Ou achava que ele ficaria com ela para sempre, como uma maldição?*

Sua avó havia passado pouco mais de sete anos na Alemanha, então a vida dela continuou por quase cinquenta anos.

Uyun não conseguia entender como o mundo abreviava a segunda parte e falava como se Matthias Mauer tivesse sido o amor da vida da avó, por mais que ela repetisse como um disco riscado que não era. Eram todos muito irresponsáveis.

— A fama tende a distorcer tudo.

Sua avó nunca escapava da chateação.

A família de Uyun chamava Matthias Mauer de “M&M” não como um apelido carinhoso, mas para minar a autoridade e o prestígio associados ao nome dele. Um dos grandes mestres da arte alemã pós-guerra, o artista trágico que se matou no auge da carreira... Enquanto a morte de Mauer fosse lamentada, Sisun seria incriminada como o motivo do suicídio dele. E assim pensar em M&M só poderia deixar um gosto amargo na boca da família de Uyun.

— Ela pareceu amargurada — disse uma das pessoas da imprensa enquanto saía da casa de Sisun.

Uyun sorriu consigo mesma. *É óbvio que ela estava amargurada e* blasé *em relação a Mauer. É assim que a vovó é.* Uyun esperou de lado enquanto cerca de dez pessoas saíam pela porta. Alguns lançaram olhares estranhos para ela, mas pareceram pensar que ela era uma das empregadas.

Uyun entrou em silêncio. Sua avó estava sentada no chão com uma de suas roupas de sempre e um lenço no pescoço, sem maquiagem. Ao ver Uyun, apontou para a mesa de jantar. Biscoitos e patês. Sua avó havia prolongado a vida se alimentando apenas à base de canapés por um bom tempo. Todos se preocupavam com a pressão arterial de Sisun, mas não dava para conter a teimosia dela.

— Você vai para a Alemanha?

— Um voo poderia matar alguém na minha idade.

— Mas você não quer ver aquele quadro de novo?

— Não, não. Já tinha pensado algumas vezes onde ele tinha ido parar, mas quem diria que ele voltaria a surgir antes de eu morrer?

— Você era muito bonita, vovó.

Sua avó soltou uma risadinha. Uyun já tinha visto algumas fotos do tempo da avó no Havaí e em Düsseldorf. As fotos eram maravilhosas, mas o quadro era de outro nível. Mesmo pela tela do monitor do computador, ela conseguia sentir a vitalidade da avó. Ela devia estar com a idade de Hwasoo ou ser um pouco mais velha. Uyun se perguntava às vezes: *Será que, se eu conhecesse a vovó com essa idade, teríamos nos tornado amigas?*

— Como está a perna?

Sem dizer uma palavra, sua avó estendeu a mão. Uyun sorriu e a ajudou a voltar para a cadeira. Ela tinha ficado mais fraca, claro, mas não tinha problemas de mobilidade; ela só gostava de se apoiar na família às vezes. Todas as netas dela tinham tornozelos e joelhos fortes como ela. Uma vez, Jisoo levou bronca por reclamar que todas tinham panturrilhas que lembravam rabanetes brancos como a avó. *Eu te dei pernas que podem viajar os seis continentes e cinco oceanos! Que bobagem!*

— Vou morrer se não conseguir viver sozinha nesta casa. Vou fazer greve de fome. Não fique triste demais quando isso acontecer.

Uma casa no fim da colina Buamdong. A casa era velha e desconfortável demais para a avó morar sozinha, sendo que no passado fervilhava com os amigos dela. Uyun conseguia imaginar: pintores, escultores e fotógrafos, pianistas clássicos e cantores de *pansori*, escritores, atores e bailarinos se entrosando. Histórias repetidas muitas vezes adquirem silhuetas parecidas com espectros. Como a história da tia Myung-hye sobre como ela, quando criança, odiava um homem que vinha todo fim de semana e acabava com todos os lanchinhos, até que ela o encontrou no livro didático de Hwasoo décadas depois. Era uma piada interna da família.

— Como vocês eram todos tão próximos? Vocês não eram de áreas diferentes?

— Todos nos conhecíamos porque não havia muita gente que fazia arte naquela época miserável. Éramos pobres e peculiares. Só restam alguns. Mesmo se estiverem vivos, estão de cama. É terrível dizer adeus a todos os seus amigos. Você não sabe como é terrível. Quase tenho inveja de quem morreu vagando na estrada, jovem e desvalido.

Uyun sabia que, quando sua avó dizia coisas como essa, era melhor não responder. Dentro da geladeira, havia atum, azeitonas, milho, camarão, maionese, tomates, ovos e vôngoles. Uyun grelhou a carne dos vôngoles.

Ela e a avó comeram lado a lado no sofá em vez de à mesa.

— Alguns anos atrás, quase morri comendo sushi de polvo. Aquela parte dura da ponta ficou presa nas minhas vias aéreas. Alguém quase teve que fazer... como é que chama... a manobra de Heimlich! Vias aéreas também devem envelhecer. Tome cuidado. Até uma pessoa jovem pode morrer engasgada com sushi de polvo.

Então a avó guiou Uyun até a penteadeira. Ela revirou as gavetas em contemplação antes de entregar um colar fino de jade a Uyun. Era isso que ela fazia; toda vez que encontrava as netas, dava um conselho prático e um acessório. Vovó tinha mais bom gosto do que a mãe e as tias de Uyun, então seus presentes eram mais úteis. Suas tias não escondiam o descontentamento por Sisun ter pulado as filhas e passado os itens para as netas. *Um pouco de distância faz parecer mais fácil se aproximar*, Uyun pensava.

As histórias em torno dos acessórios também eram ótimas.

— Quando você comprou isso?

— Seu avô comprou para mim nos anos 1970.

— Como teria sido se vocês não tivessem se conhecido?

— Conhecido quem?

— Tanto faz.

A avó organizou rapidamente a penteadeira enquanto considerava o passado não vivido.

— Será que eu ainda estaria na lavanderia se não fosse por Mauer? Eu ainda assim teria escapado, mas teria levado anos, e me esqueceria de correr atrás de uma educação. Como qualquer outro imigrante, eu teria sacrificado tudo para educar e sustentar meus filhos, mas não teria feito nada por mim. Nesse sentido, não me arrependo de ter conhecido Mauer. Por mais horrível que fosse, entrei em um mundo que estaria fechado para mim sem ele. E seu avô, Josef Leigh, me salvou de Mauer... mas, depois que Mauer morreu e sua sombra perdeu a força, nosso relacionamento também perdeu a força. Mas eu não teria como ter escapado da minha situação sem ajuda. Hong Nak-hwan foi um bom colega que se tornou amante. Estávamos determinados a ver até quando duraria nosso amor, mas o câncer entrou no caminho. Para conhecer um, eu teria que ter conhecido todos os três e, se evitasse um, acho que eu não teria conhecido nenhum.

Uyun podia ler sobre Mauer em diversas fontes, mas tinha apenas memórias vagas de Josef Leigh e Hong Nak-hwan. O fato de as memórias até certa idade se dissiparem dava uma sensação de perda. As histórias que ela tinha ouvido dos pais e familiares habitavam nas memórias dela como se fossem próprias, mas não eram dela de fato. Ela desejava ter tantas memórias quanto Hwasoo ou Jisoo pelo menos. Alguns anos de idade de diferença eram significativos. Talvez por isso Uyun fosse quem mais receava a morte da avó. Não que pudesse evitar.

Naquele dia, elas se sentaram lado a lado enquanto Uyun mostrava alguns vídeos de bichinhos. A avó gostava sempre que Uyun lhe mostrava esse tipo de coisa. Seus favoritos foram os vídeos de uma calopsita abanando a cabeça alegremente e um cardume de sardinhas fugindo de um predador. Ela assistiu aos dois, três vezes seguidas.

— Se eu nascer de novo, quero reencarnar como algo com uma alma muito leve, como um pássaro ou peixe.

Uyun lia em voz alta alguns livros e revistas também. Os óculos enormes de leitura da avó com hastes folgadas, apesar do design fabuloso, não faziam mais seu trabalho.

— Você vai dormir aqui?

O som da chuva pesada tinha passado a essa altura.

— Eu quero, mas a mãe disse que vai fazer folhas de rabanete no vapor para o jantar. Ela vai ficar desapontada se eu não estiver lá...

— Folhas de rabanete no vapor? Por quê?

— É o que mais sinto falta de comer, por mais estranho que pareça.

— Quando você volta para Chicago?

— Daqui a umas duas semanas. Mas, vovó, vou largar a escultura.

— Como assim?

— Sei que parece estranho, mas só consigo fazer monstros. Nada além de monstros. Meus talentos estão em um lugar estranho. Então acho que vou me tornar designer de criaturas em Los Angeles.

— O que é isso?

— Inventar monstros para filmes e tal.

— Você já fez algum?

Uyun mostrou algumas fotos no celular.

— Meu deus. Mas imagino que, quanto mais assustador, melhor seu trabalho. Sabe, a periferia da arte costuma ser mais divertida do que a arte em si. Foi para mim também.

Por que ela está falando no passado? Uyun deu um beijinho na avó na saída. Um toque leve e seco na bochecha. Isso ela também havia aprendido com a avó.

— Quando você vem de novo?

— Acho que não consigo voltar no inverno porque as passagens estão muito caras. Volto no ano que vem, e vou visitá-la bastante antes de ir embora de novo. Vou voltar amanhã com o pai.

— Não sei se vou estar viva para ver você voltar no ano que vem.

— Por favor, não diga isso.

Sua avó realmente faleceu antes de Uyun voltar para a Coreia. Faleceu poucas horas depois de todos lhe darem parabéns na festa de aniversário a que a neta não pôde ir... Uyun não conseguiu ir nem ao funeral, mas tudo bem. Sua avó não era o tipo de pessoa que considerava funerais importantes; pelo contrário, ela detestava tudo que envolvesse cerimônia ou etiqueta. *Uma menina moderna. Nossa menina moderna. A origem de tudo que sou.* Uyun chorou encostada no nariz de um monstro que ainda nem havia nascido.

Dez anos se passaram, e ela estava sentada sozinha no voo de Los Angeles para o Havaí. O assento ao lado dela estava vazio e, de certa forma, ela sentia como se a avó estivesse sentada ao lado dela. Lágrimas voltaram a brotar em seus olhos, então ela fingiu olhar pela janela. Estava usando o colar da avó.

Capítulo 8

O voo para Frankfurt foi o primeiro da minha vida. Me disseram que Düsseldorf era perto de Frankfurt. Como se atrasou para trazer minha documentação, Mauer teve que se separar do seu grupo original. Não consigo me esquecer da expressão zombeteira que seus amigos fizeram quando partiram antes. Nossos assentos também eram separados no avião. Olhei para o cabelo grosso e encaracolado de Mauer por cima do assento à frente do meu e pensei em como tudo aquilo era maluco. Meu estômago estava tão revirado que eu não conseguia comer nada. Só consegui comer alguma coisa na escala, mas, quando voltei ao avião, vomitei tudo. Às vezes não consigo acreditar que as pessoas embarcavam em aviões todos os dias naquela época com voos de qualidade tão baixa e acidentes frequentes.

— trecho de *Uma encruzilhada já passada* (1991)

A sala de embarque estava cheia de gente com teleobjetivas.

— Será que são observadores de aves? — Haerim murmurou consigo mesma. Jisoo não conseguia aguentar como sua prima era fofa.

— Acho que são repórteres.

Jisoo estava certa. Várias pessoas ergueram as câmeras para capturar o infame membro da Assembleia Nacional partir para uma viagem pelas Américas. Quando um grupo de K-pop passou na sequência, muitos outros se uniram como uma nuvem escura para tirar fotos.

— Quando voltar para a escola, você vai poder contar para todo mundo que viu astros do K-pop.

— Mas não sei quem são.

— Não? Você sabe, Kyurim?

Kyurim também fez que não com a cabeça. Jisoo tinha confiado que os primos mais novos saberiam essas coisas. Ela se arrependeu de não ter perguntado para os fãs antes e não tinha como perguntar agora, sentindo-se mal por não reconhecer o grupo.

Surgiu certa confusão sobre quem se sentaria com quem no voo de Incheon para o Havaí. Myung-hye se sentou com Taeho. Jisoo, que queria se sentar com Hwasoo, acabou sentada ao lado de Haerim, porque Hwasoo queria se sentar com Myung-eun; Sanghun os encontraria depois. Myung-joon, Nanjung, Kyung-ah e Kyurim se sentaram em uma fileira na seção central.

— Haerim admira muito Jisoo — Kyung-ah disse.

— Tia, você poderia parecer um pouco menos surpresa? — Jisoo disse.

— Falei alguma coisa errada?

— Só parece que você está insinuando alguma coisa.

Apesar de ter um espírito um pouco livre demais para servir de exemplo a uma estudante do ensino fundamental, Jisoo se sentia bem quando a mão quentinha de Haerim buscava a dela com confiança. O fato de ela se tornar uma adulta confiável era uma reviravolta súbita e inesperada.

Bogeun ficou na Coreia para cuidar de todas as plantas na casa de todo mundo.

Kyung-ah não parava de botar medo nele dez dias antes da partida:

— Algumas foram herdadas da mãe e têm uns trinta e cinco anos. Vai ser um grande problema se você deixar qualquer uma delas morrer. Estamos confiando em você, já que é biólogo.

— Mas meu trabalho não é...

— Não estou brincando. Deixamos instruções em todas as casas, então cuide bem delas.

Foi assim que se revelou que as senhas das fechaduras digitais instaladas por Myung-hye, Myung-eun e Myung-joon eram todas variações do aniversário de Shim Sisun.

— Como assim? Se uma casa for invadida, todos vamos nos ferrar. Nessas condições, merecemos ser roubados. Vamos todos trocar depois da viagem — Myung-eun sugeriu.

— Troque você — Myung-hye respondeu com indiferença —, eu não vou mudar. Não tem nada para roubar mesmo.

— Eu com certeza vou trocar a minha. — Myung-joon, preocupado com as obras de arte no meio da restauração, trocou a senha no mesmo dia. Nanjung pensou que o esposo estava fazendo muito barulho por nada, mas isso não o impediu. — Fico com receio, já que vamos ficar fora de casa por um bom tempo.

— O voo é tão longo que seria uma pena se a viagem fosse mais curta.

Ignorando Myung-joon, que parecia ansioso até no avião, Nanjung se voltou para o e-reader. Como esperado, algo que pesava apenas duzentos gramas era bom para o punho. Ela se perguntou se as pessoas que costumavam carregar livros de um lado para o outro ficariam bravas com essa invenção. Algumas pessoas podiam nascer em uma era que combinava com elas, mas a maioria não. Era impossível que essa sorte superasse esse azar.

— Eu deveria ter deixado anotações mais detalhadas — Myung-joon murmurou durante uma turbulência —, deveria ter escrito sobre minha pesquisa atual e os passos que estava desenvolvendo. Se este avião bater...

— Leia alguma coisa — Nanjung respondeu sem levantar a cabeça. Ela sabia que era preciso ler para evitar pensar na morte. Ler era o ato de resistência mais fácil contra a morte, e ela só queria falar sobre livros com pessoas que concordassem com essa afirmação.

— Tia, posso perguntar em que você está trabalhando hoje em dia?

A turbulência havia acordado Myung-eun, que havia pegado no sono logo na decolagem. Ela se incomodava com o jeito formal que Hwasoo se dirigia a ela. *Ela não falava de maneira informal comigo?* Seus outros sobrinhos e sobrinhas ainda falavam de maneira informal com ela, mas, em algum momento, Hwasoo incorporou títulos honoríficos.

— Um Kṣitigarbha foi descoberto. Estamos processando isso.

— Ah.

— Quer ver?

Hwasoo fez que sim. Myung-eun pegou seu celular que estava em modo avião e abriu o rolo da câmera.

— O que você acha?

— A cabeça é muito grande. É porque foi feito há muito tempo?

— Não... Mesmo naqueles tempos, ótimos artistas faziam coisas ótimas. O motivo para a desproporção é que a pessoa que o fez não era um excelente artesão. Mas não fazemos ideia de quem foi.

— Ele provavelmente não fazia ideia que seria criticado tão duramente centenas de anos depois.

— Quase mil.

Esse número fez Hwasoo erguer as sobrancelhas. Myung-eun considerou brevemente como o uso de sobrancelha da sobrinha se assemelhava ao da sua irmã mais velha.

— Você sabia que Kṣitigarbha era originalmente uma deusa? — Ela queria continuar a conversa com a sobrinha.

— Mas parece um homem de meia-idade.

— Sim, mas pelo visto ela era a deusa da terra na Índia. Que se tornou homem através da assimilação cultural.

— Por que os olhos dela são assim? Para onde ela está olhando? — Hwasoo moveu os dedos para dar zoom na imagem.

— Por sobre o ombro. Ela está olhando para trás com preocupação por todos os seres que não conseguiu salvar. Eu e meus colegas às vezes brincamos sobre aqueles que tentam cuidar de todos e fazem todo o trabalho sozinho. "Não viva como Kṣitigarbha."

Sem conseguir fazer a sobrinha rir, Myung-eun se sentiu um pouco constrangida.

— Vovó não costumava ler escrituras budistas? Ela era budista?

— Aquelas escrituras budistas estão comigo agora. Não, ela não era uma fiel. Só gostava de textos antigos. Ela dizia que se apaziguava ao ler textos que haviam sido polidos pela tradição oral. Leu a Bíblia e todo tipo de coisa, mas provavelmente só gostava das partes de que ela gostava.

— Apaziguava?

— Hmm?

— Ela se apaziguava?

— Foram escritos em tempos pré-modernos. Consolam, depois enfurecem, enfurecem, depois consolam, e assim por diante. Quer ler algum?

— Estou bem assim.

Hwasoo fechou os olhos depois de um tempinho, e Myung-eun notou pela respiração dela que a sobrinha havia voltado a pegar no sono. Mesmo assim, ela gostava dos esforços de Hwasoo em tentar conversar com ela.

Haerim falou sobre pássaros por um longo tempo antes de pegar no sono e soltar roncos baixos. Ela tinha uma marca de nascença vermelha que se estendia da pálpebra até a sobrancelha, e parecia que alguém havia a manchado de brincadeira com o polegar. Em um telefonema escutado entre sua mãe e sua tia, Jisoo sabia que Haerim teve um problema na escola no ano passado. Será que zombaram dela por causa da marca de nascença? Estava longe de ser uma monstruosidade, mal se notava quando os olhos de Haerim estavam abertos... Jisoo se lembrou da tensão vaga quando Haerim olhou para a cicatriz de Hwasoo e disse: "Ah, você também tem uma. Como não notei antes?". A essa altura, Haerim devia ter descoberto o que aconteceu com Hwasoo.

— Ei, posso ouvir alguma coisa? — Kyurim estendeu a palma da mão, no caminho de volta do banheiro. Jisoo desbloqueou o celular e o entregou.

— Cuidado. É a setlist do meu próximo show, e não mostrei para ninguém. Só estou compartilhando porque é você.

— Certo. — Kyurim assentiu, sério.

Tia Kyung-ah deve se divertir o tempo todo graças a Kyurim e Haerim, Jisoo pensou.

Jisoo tirou os fones da companhia aérea da embalagem e os colocou no ouvido. Ela tentou mudar de estação aqui e ali. A qualidade do som era péssima, mas ela acreditava que ficaria bom se encontrasse uma música nova. Faltando seis horas de voo, havia oportunidades de sobra para descobertas.

Capítulo 9

Sempre me encantei com o quinto voto dos Dez Grandes Votos do Bodhisattva Samantabhadra. 隨喜功德: *ficar feliz com as conquistas de mérito e virtude de outras pessoas. Existe alguma mente livre de inveja? Vocês não fazem ideia do quanto invejo os outros como parte do mundo da produção cultural. Desejo o talento da obra de alguém, invejo a tranquilidade descomplicada da vida de outra pessoa... Embora a inveja possa ser uma das forças motoras por trás da indústria cultural, ela muitas vezes age como um veneno. Quero viver sem inveja. Ainda que uma pessoa comum possa nunca chegar a isso, que só é possível para aqueles com mente interior brilhante e nenhuma parte perversa, defini isso como meu objetivo. Quanto mais penso na palavra* soohee, *mais esplêndido acho seu significado de gratidão e alegria; até desejei ter batizado uma das minhas filhas de Soohee. Os nomes das minhas filhas significam "coração cintilante" e "sorriso cintilante", nomes em que pensei muito na época. Que pena que é tarde demais para ter uma Soohee para mim.*

— trecho de "Escritura da escritora", em *Budista mensal XX* (1978)

Duas horas antes do pouso, Myung-hye teve um pesadelo. No sonho, estranhamente, ela ainda estava presa em seu primeiro casamento e discutia com toda a sua força.

— Quem é você para dizer que o que aconteceu com minha família não é verdade? O que te dá esse direito?

— Você não estava lá também. Como pode ter tanta certeza de que aconteceu mesmo?

Seu primeiro amor. Depois de trocar cartas por muito tempo, encontrar-se com ele de tempos em tempos de maneira tão ardente, ela decidiu se casar com o soldado profissional aos vinte e dois anos porque estava cansada de viver em uma casa cheia de gente. Pelos padrões atuais, pode parecer que ela se casou jovem demais, mas não era incomum, porque todos se casavam aos vinte e três ou vinte e quatro anos naquela época. Embora amasse a mãe, Myung-hye sentia que ela não cuidava de seus irmãos mais novos nem da casa, a ponto de ser negligente, e tinha ficado cansada de fazer todo o trabalho no lugar da mãe. Ela queria fugir da casa em Buamdong e cuidar só de si mesma começando sua própria casa simples e organizada.

— Dependi demais de você mesmo. Vá em frente, desde que tenha certeza.

Nem Sisun, nem ninguém se opôs ao casamento e, depois de uma cerimônia modesta, Myung-hye se mudou para o condomínio de soldados. Houve boatos de que ela se casou porque havia engravidado, mas eles desapareceram quando Myung-hye continuou a frequentar a faculdade. Por um ano ou dois, o casal viveu feliz como se brincasse de casinha, mas um dia ocorreu uma discussão séria.

— Por que a polícia e o exército matariam civis? Acha que faz sentido? Os comunistas inventaram isso.

— Eles estão enterrados nas colinas. Estou dizendo: meus avós e tios estão enterrados nas colinas.

— Deve haver um mal-entendido. Tenho certeza de que uma pesquisa rápida pode resolver isso.

Durante a guerra, Shim Sisun havia fugido para o sul seguindo o primo de segundo grau e a esposa dele. Seus outros parentes evacuaram depois para esperar que seus irmãos e as famílias deles viessem de Seul e Uiju, mas a má notícia chegou antes. Um vizinho acusou Shim Sichul, o segundo filho mais velho que estava estudando no Japão, de ser um espião comunista, e a família toda foi sequestrada e assassinada no decorrer de três dias. Dezenas de aldeões foram acusados de ser apoiadores também. Alguns diziam que trinta pessoas foram mortas, outros diziam que foram setenta, mas ninguém sabia exatamente quantas. A orientação política e o paradeiro de Shim Sichul nunca foram confirmados. Nem mesmo que rixa ele tinha com o vizinho acusador... Essa notícia chegou a Shim Sisun por volta da Terceira Batalha de Seul. Alguém da vila a visitou e falou para ela não voltar nunca mais. Que não havia restado nada além casas incendiadas. Que, se fosse, Shim Sisun seria morta ou torturada.

— Minha mãe ainda não consegue falar sobre aqueles tempos. É doloroso demais para ela.

— Ela deve ter se enganado. Como podemos saber o que realmente aconteceu durante a guerra? O exército da Coreia do Norte os matou e manipulou os fatos.

A esposa do seu primo de segundo grau havia providenciado a imigração de Sisun para o Havaí. Correspondências internacionais foram trocadas em nome de Shim Sisun, que não tinha para onde voltar depois da guerra. Talvez a esposa do seu primo de segundo grau estivesse tentando reduzir o número de bocas para alimentar ou apenas sem jeito de usar a jovem parente como doméstica, mas Shim Sisun aceitou o plano sem questionar o porquê. Falaram que havia um homem morrendo de tuberculose que era vizinho do parente da esposa do primo que havia imigrado para o Havaí anos antes, e Sisun poderia contornar as leis de imigração mais rígidas se fosse como noiva dele. Ela provavelmente foi uma das últimas noivas por encomenda. Quando hesitou, questionando se teria mesmo que viver como esposa dele, falaram para ela não se preocupar. Acabou que se preocupou em vão, porque o homem morreu dois dias antes de Sisun chegar, e alguém que se parecia com ele teve que buscá-la no porto. A regra era que ela não podia sair do escritório de imigração sem o marido. Que sorte a tecnologia fotográfica e o sistema administrativo da época não serem como hoje! O primo de segundo grau de Sisun voltou à cidade de T para descobrir o que tinha acontecido e onde sua família estava enterrada, mas disse que não havia encontrado nada. Não era algo para descobrir sozinho, e fazer perguntas o colocaria em grande perigo na época. Chegou uma carta dizendo que ele voltou depois de encontrar apenas olhares reprovadores ou vazios e que não havia mais nada a fazer. Essa era a história da sua família.

Myung-hye não conseguiu mais amar seu primeiro marido, com quem não tinha outros problemas. Ela queria bater na boca que negou o que havia acontecido com a família dela. Destruir tudo na casa que eles dividiam, enlouquecer e rasgar todas as roupas deles. No processo de enfraquecer esse desejo, também enfraqueceu seu afeto. Ela não conseguia ficar com alguém que negasse a história que sua mãe, uma contadora de histórias por natureza, havia se esforçado tantas vezes para contar para ela e os irmãos. Quando ela voltou para a casa da família, ninguém tentou dissuadir Myung-hye. Ela conheceu Taeho alguns anos depois, enquanto ela trabalhava na empresa do padrasto. Ao contrário das jovens de hoje, ela não conseguia se imaginar vivendo sozinha e decidiu se casar novamente como forma de enfrentar o mundo.

Quando ela acordou suando frio, Taeho entregou um copo d'água que havia deixado para ela.

— Você deve estar com frio. Quer meu cobertor?

Ela conseguia ver as ilhas do Havaí no monitor.

— Por que temos três carros alugados? — Myung-joon perguntou na locadora de veículos.

— Você não me ouviu explicar?

— Você explicou?

Nanjung acotovelou o esposo. Myung-hye sempre gostava mais de Nanjung do que do irmão.

— Essa não é uma viagem em grupo. Cada um vai ter sua própria aventura. Para isso, precisamos de vários carros.

Três carros híbridos pequenos e práticos foram preparados para eles: dois brancos e um vermelho. Alguns reclamaram longe de Myung-hye que queriam um carro grande e chique enquanto visitavam os Estados Unidos. Eles decidiram se reencontrar na locadora depois de se dividirem entre os carros. Levou cerca de trinta minutos para chegar à casa, que era mais perto do centro de Honolulu do que da praia Waikiki. Quando eles chegaram, Uyun estava sentada em cima de sua grande mala.

— Uyun! — Jisoo chamou.

Uyun se levantou e abraçou Nanjung primeiro, depois Jisoo. Haerim também disse oi para Uyun com certa estranheza, já que elas não se viam fazia um tempo.

Consistindo em uma casa grande e vários quartos relativamente pequenos, o lugar era feito para proteger a privacidade de todos.

— Vão tomar um banho e descansar. Vamos nos reencontrar na sala de estar principal daqui a duas horas — Myung-hye ordenou. Todos se espalharam para seus quartos e banheiros.

— Como é a pressão da água? — Kyung-ah perguntou a Myung-eun, que estava testando o chuveiro.

— É mais ou menos.

— Eu deveria ter trazido o chuveiro de alta pressão.

— Como você traria isso em uma viagem?

— A gente trouxe coisas suficientes para uma mudança. Incluir um chuveiro não teria sido nada.

Kyung-ah voltou à sala, viu Kyurim deitado no sofá, e olhou ao redor em busca de Haerim. Ela estava entre os arbustos de flores do jardim.

— Mãe, tem um olho-branco.

Realmente havia um passarinho verde-claro da cor das folhas.

— Parece muito havaiano.

— Não, na verdade ele é nativo da Ásia. Queria saber como ele chegou até aqui.

— Gosto das linhas brancas em torno dos olhos dele.

— Mãe, preciso ir à livraria.

Kyung-ah sabia muito bem que Haerim começava toda viagem comprando um guia de bolso de aves locais. Kyung-ah também sabia que, se não cuidasse disso logo, esse se tornaria um problema para todos. Kyung-ah prometeu levar Haerim logo depois do anúncio de Myung-hye.

Todos se reuniram na sala com o cabelo úmido. Eles dividiram bem os banheiros, mas não havia secadores de cabelo suficientes. Ninguém havia trazido, pensando que os outros levariam.

— Meu cabelo cai se eu não o secar direito — Taeho resmungou.

Myung-hye pigarreou. Todos olharam para ela.

— Vamos fazer a cerimônia de jesa às vinte horas na noite do aniversário da morte. Estamos fazendo isso apenas pelo décimo aniversário, e não vai ser uma cerimônia memorial enfadonha com todos os pratos de jesa e tudo mais. Sua missão é colecionar memórias favoritas da viagem pelo Havaí. Momentos felizes, momentos impressionantes, momentos que fazem você pensar: *Uau, vivi para ver isso.* Por favor, tragam um objeto que simbolize esse momento, se não a experiência em si.

Myung-hye falou de modo decoroso com eles pela primeira vez em muito tempo; Kyung-ah reconheceu com carinho como a forma como sua irmã mais velha falava no trabalho.

— Ah, que difícil.

— Mas quero vencer.

— Como você vai "vencer" em uma cerimônia memorial?

O plano inusitado causou uma leve agitação.

— Assim como a mãe caminhou por esta ilha quando era jovem, vamos pensar nela enquanto fazemos o mesmo. A pessoa que trouxer a memória de que a mãe mais teria gostado...

— Tem um prêmio?

— Não, ainda é uma cerimônia memorial, então um prêmio seria um pouco demais. Mas vamos dar uma salva de palmas.

— Buuuu.

Mesmo assim, nenhum deles conseguiu esconder o entusiasmo.

— Ah, aliás, vou aprender a dançar hula — Myung-hye anunciou. — Já fiz uma reserva, então escolham outra coisa.

Alguns riram consigo mesmos imaginando a ligeiramente dura Myung-hye dançando hula, mas ela não os notou.

Capítulo 10

— Vá. Parta. Se você ficar, este lugar se transformará em um oceano flamejante — disse Nāmaka.

— Mas, irmã, eu amo esta ilha.

— Você precisa partir. Vá encontrar outra ilha. Você é atraída pelo fogo, e uma ilha de fogo estará esperando por você.

Pele aceitou a inevitabilidade de suas viagens. Houve pessoas que ficaram com Nāmaka e pessoas que decidiram partir com Pele.

— trecho de *Mitologia havaiana recontada por Shim Sisun* (1989)

No primeiro dia oficial da viagem, Myung-hye, Myung-eun e Kyung-ah fizeram juntas uma aula de hula. Myung-hye convidou Myung-joon e Nanjung também, mas eles recusaram gentilmente, pois iriam visitar alguns museus.

Quando as três irmãs chegaram à escola de hula, elas esperaram lá dentro, sem desconfiar que a aula seria dada em outro lugar. Então a professora guiou as alunas para um gramado largo e bem cuidado no jardim. Ela pediu para elas juntarem as bolsas e os sapatos na lateral e ficarem descalças na grama. Às onze da manhã, o gramado estava agradavelmente seco e quente sob seus pés, o que elevou seus ânimos já altos. As irmãs, usando saias confortáveis e coloridas, se alegraram quando a professora deu um aceno de aprovação na direção delas. Com o cabelo branco em um coque elaborado, a professora tinha uma voz potente e detinha uma autoridade natural. Uma música folclórica havaiana acompanhada de ukulele vinha da caixa de som externa. Cerca de quarenta mulheres de todo o mundo se espaçaram timidamente no gramado e olharam para a professora.

Primeiro, elas aprenderam Sol, Lua e Terra. Depois, Casa – e era importante que os polegares não se fechassem ao expressar a casa. Penhasco e Montanha, Chuva e Cachoeira, Mar e Ondas, Vento e Palmeira, Olhos e Mãos, Sorrisos e Ombros Suaves, Flores e Aroma, *Lei* e Afeto, Aloha e o movimento final… O fato de tudo ser composto por pares tão maravilhosos tornava os passos fáceis de lembrar. Era uma experiência gratificante aprender hula sob o sol matinal, ao lado de viajantes que deviam ter chegado ao Havaí por diferentes rotas. Havia pessoas jovens, porém mais pessoas de meia-idade. À primeira vista, não ficava claro se eram amigas ou irmãs como Myung-hye e as dela. O jardim ficava à sombra do prédio, enquanto o vento resfriava as gotículas de suor que brotavam na pele delas. Myung-hye se sentiu enchendo-se de luz como quando meditava, mas não conseguia deixar de se preocupar com não esquecer os passos. Assim que a aula terminou, ela se agachou perto da bolsa e fez algumas anotações e desenhos. Myung-eun e Kyung-ah esperaram em pé ao lado de Myung-hye até ela terminar seu relatório.

— Querem se inscrever para mais? O que acham, nós três dançando hula juntas de novo? — Myung-hye perguntou para as irmãs mais novas. As duas fizeram que não.

— Quero ver os vulcões — Myung-eun disse. Myung-hye se lembrava de ter visto botas de trilha na mala de Myung-eun.

— É melhor ir, então.

— Eu vou para Big Island.

— E você, Kyung-ah?

— Eu... vou fazer alguma coisa *muito* boa.

Myung-hye riu baixo da irmã caçula agindo como a bebê da família. Myung-hye esperou todas saírem, depois se inscreveu para o curso de uma semana. A professora a observou com um sorriso. *Será que buscava reconhecimento de figuras de autoridade feminina porque era filha da mãe dela ou porque era a filha mais velha?*, Myung-hye se perguntou por um breve momento.

Enquanto as irmãs saíam, a professora as chamou.

— Vou dar flores para vocês.

— Ah, muito obrigada.

— Elas vão ficar lindas com suas saias.

Ela pegou três flores brancas perfumadas de uma árvore perto da porta e as colocou atrás da orelha, na ordem, de Myung-hye, Myung-eun e Kyung-ah. Ela parecia ser boa em julgar a idade.

— Como se chama?

— Pluméria.

— Vou voltar amanhã.

— Eu sei.

Encantadas com o presente, as irmãs fizeram uma grande reverência antes de saírem da escola, questionando-se se o gesto tinha sido asiático demais e qual teria sido uma forma melhor de se despedir da professora. O aroma das flores, doce mas suave, durou muito tempo.

Myung-joon e Nanjung foram com um dos carros brancos até o Bishop Museum. Eles queriam o carro vermelho, mas Jisoo já o havia pegado naquele dia. Pelo jeito, o vermelho estaria em alta demanda pelo resto da viagem.

— Sir Charles Reed Bishop fundou o museu em memória da esposa, a princesa Pauahi, no fim do século XIX.

Em toda viagem que fazia, Nanjung era o tipo de pessoa que comprava uma grande variedade de guias e os lia vezes e mais vezes para absorver todas as informações, por isso, Myung-joon nunca lia nada para se preparar. Ele gostava de andar ao lado da esposa enquanto ouvia um resumo filtrado por ela. Gostava da expressão no rosto de Nanjung enquanto listava as informações que ela mesma havia sintetizado. As irmãs dele, porém, o acusavam de ser preguiçoso.

— O que quer que eu faça quando você morrer? Devo construir um prédio?

— Acha que vai viver mais do que eu? Que ambicioso. — Nanjung riu enquanto dobrava o chapéu para colocá-lo na bolsa. — Tem vinte e quatro milhões de artefatos aqui. Você está pronto?

Ao contrário do tamanho modesto do prédio, seu interior com acabamentos de madeira era maravilhoso.

— Os expositores são feitos de madeira koa, e valem mais do que o edifício inteiro.

— Koa?

— Árvores koa crescem no arquipélago havaiano e são usadas para produzir madeira de alta qualidade. É uma árvore impressionante que cresce até nas cinzas vulcânicas. Além disso, sua madeira também é usada para fabricar belos instrumentos musicais.

— Amor, tem algo que você não saiba?

Nanjung ignorou o elogio de Myung-joon enquanto se aproximava do guia que estava descrevendo canoas polinésias diante de um mapa do oceano Pacífico desenhado no chão. Myung-joon tinha estudado na Itália, então o inglês dele não era tão bom. Por outro lado, Nanjung havia estudado inglês executivo com afinco na juventude, portanto, a língua fluía para ela com facilidade. Myung-joon não entendia por que Nanjung não podia voltar ao trabalho. Ele sentia como se fosse culpa dele de certa forma. Foi o mundo ou ele quem escondeu essa mulher extraordinária? Por causa de questões tão comuns de uma criança doente e dívidas, nada menos que isso.

— Vamos dar uma volta rápida, depois ir ao museu de arte — Myung-joon pediu, olhando sem atenção para a baleia cachalote pendurada no teto.

— Aqueles ossos... na época em que estava na moda exibir ossos de baleia em museus de história natural, este museu gastou muito dinheiro para arranjar esses... mas descobriram que eram de uma baleia do Atlântico.

— Sério?

— Não é engraçado? Uma baleia do Atlântico no meio do oceano Pacífico.

— Hm.

Nanjung folheou a programação de palestras que aconteceriam durante todo o dia. Parecia semelhante a um horário escolar comum.

— Você deveria ir ao museu de arte sozinho.

— Como assim?

— Tem enciclopédias ambulantes aqui. — Nanjung apontou a cabeça para o velho que descia o corredor. Era o docente que estava explicando técnicas de navegação polinésia antes. — Este não é um lugar para ver em um dia. Quero ficar aqui por mais alguns dias.

— Sério?

— Eu gosto de arte, mas não tanto quanto você. Venha me buscar depois, na hora de fechar.

Embora pudesse parecer que uma pessoa que gostava de museus de arte e uma pessoa que gostava de museus de ciências viveriam felizes como um casal, os dois quase nunca cediam um ao outro. Myung-joon deixou o museu de ciências para a esposa e dirigiu até o museu de arte.

A visita foi satisfatória, já que o museu de arte era maior em termos de tamanho e coleção. Dito isso, ele intencionalmente não entrou na sala com o retrato da mãe. Depois de entrever um azul-turquesa que ficou em sua visão periférica, Myung-joon virou a cabeça. Parecia certo esperar para ver com sua família.

Capítulo 11

Apenas uma vez encontrei em outro lugar alguém que eu havia conhecido no Havaí. Eu tinha viajado para San Francisco para acompanhar um amigo artista que foi convidado a fazer uma exposição lá, e minha conhecida do Havaí tinha vindo ver a obra desse pintor coreano. Ah, a felicidade de ver um rosto conhecido em uma multidão! Sorrimos e nos abraçamos enquanto levávamos um tempo para nos lembrar do nome uma da outra. O lapso mútuo de memória evitou qualquer sentimento de mágoa e nos permitiu desatar a rir.

— Está vivendo no continente agora, Sisun?

— Perambulei um pouco antes de voltar para a Coreia.

Como ela ficou surpresa ao saber que eu havia voltado! Nem tive a chance de detalhar minhas perambulações.

De tanto em tanto tempo, me pergunto como teria sido se eu tivesse ficado no Havaí. Ouvi dizer que a comunidade de imigrantes coreanos, antes fortemente dividida entre aqueles que amavam Syngman Rhee e aqueles que não o amavam, mudou com o passar das gerações. Será que algum dia eu teria aceitado? Ou teria pelo menos quebrado uma janela na casa de exílio dele no meio da noite? Universos paralelos: já li sobre eles, mas torço muito para que não existam.

— trecho de *Apesar de tudo, a última sobrevivente* (2002)

— Nossos pais não são engraçados?

Uyun não entendeu de primeira o que Jisoo estava dizendo.

— Como exatamente?

— Eles estão passando todo o tempo no Havaí aprendendo coisas. Não é estranho?

— Ah, sim. Eles não mudaram nada.

As primas se lembraram da vez em que fizeram uma viagem de família quando eram crianças, com os pais sentados na frente do ônibus, ouvindo atentamente o guia e erguendo as mãos para responder a perguntas ocasionais. Eles ficavam particularmente animados em aprender informações novas.

— Eles costumavam me dar vergonha quando éramos pequenas, mas agora acho uma graça. Minha mãe, meu pai, minhas tias.

— Eles devem ter puxado isso da vovó, né?

— É provável.

— Deve ser por isso que a vovó se mudou para a Alemanha. Ela deixou para trás este lugar lindo para aprender. Para aprender algo novo.

Uyun concordou com a cabeça. Dentro do trólebus para Waikiki, os vestidos leves sobre os maiôs flutuavam ao vento que entrava pelas janelas abertas. Sentados duas fileiras atrás, Haerim e Kyurim não pareciam estar conversando, mas olhavam com a mesma cara distante pela janela.

Jisoo riu baixo.

— Eles parecem clones.

— Não tire sarro deles. Haerim admira tanto você.

— Você também era muito fofa nessa idade.

— Hm, você é só alguns anos mais velha do que eu.

— Como seu coreano não fica enferrujado? Você nunca perde uma discussão.

Era bom estar ao ar livre. Mais cedo, quando Uyun disse que ela e Jisoo estavam saindo com Kyurim e Haerim, tia Kyung-ah não viu problema nisso, mas uma apreensão perpassou o rosto da mãe dela. Ela quis colocar a mão nas costas da mãe e dizer: *Mãe, pare de se preocupar*. Ela e Jisoo mereciam um pouco mais de confiança. Jisoo, apesar de seu comportamento impulsivo, como trocar de emprego ou decidir viagens de última hora, era forte em momentos de crise, e Uyun já morava sozinha no exterior havia muitos anos.

— Quando chegarmos à praia, vou aprender a surfar — Uyun anunciou.

— Tá — Jisoo respondeu sem pensar duas vezes, soltando a bolsa de praia com uma esteira dentro. Ela não sabia o que surfar significava para Uyun.

Uyun tinha sido uma criança muito doente e nunca teve uma energia juvenil depois de recuperar a saúde. Os amigos que fez no hospital daquela época ou ganharam coragem para viver e morrer sem arrependimentos ou viviam com cautela por medo da morte; ela era secretamente descontente por fazer parte do segundo grupo. Foi por isso que, ao chegar a Waikiki, decidiu aprender a surfar. Em vez de sentir um interesse genuíno por surfe, Uyun estava motivada pela ideia de que esse era o esporte mais imprudente e perigoso que conseguia pensar. *Às vezes tenho que enfrentar a possibilidade real de morte. Não sou lá muito valente, mas também não sou covarde.* Ela precisava provar isso a si mesma. Por isso, tinha comido um café da manhã leve e trazido dinheiro de sobra.

— Ei, também quero aprender. — Kyurim saiu do trólebus atrás de Uyun. Jisoo e Haerim decidiram mergulhar em águas rasas.

Embora cada guia indicasse um instrutor diferente em cada quiosque como o melhor, ela se sentia um pouco tímida de buscar um instrutor específico, até mesmo porque só era informado o nome, e também queria deixar ao acaso. Afinal, a pessoa que escreveu o guia não fez aulas com todos os instrutores antes de escolher um, e ela não fazia ideia de quanto tempo os instrutores ficavam em cada quiosque. O funcionário que pegou a identidade dela olhou para Uyun com um leve ar de julgamento, e ela se perguntou se ele estava julgando que o corpo dela não tinha músculos suficientes para surfar. Conforme instruído, Uyun e Kyurim deixaram seus pertences em uma mesa sem proteção alguma e desceram a pé para a praia.

Ela foi guiada para um instrutor chamado Andy, que parecia ter pelo menos quarenta e tantos anos. O boné preto dele tinha perdido a cor na água do mar, e seu corpo parecia um boneco de palitinhos, duro e sólido como se as ondas tivessem levado toda a sua gordura. *Ele deve ser um surfista experiente*, ela pensou.

— Dei aulas para Leonardo DiCaprio e aquela namorada dele. Para aquele ator coreano famoso também, Bae.

Será que ele estava falando de Bae Yong-joon? Ou talvez de Bae Jungnam? Andy só se lembrava do sobrenome, e Uyun não era sociável o bastante para ficar questionando. *DiCaprio tem tantas ex-namoradas, vai saber quem era... Será que os três eram bons de surfe?* Uyun se esforçou ao máximo para parecer impressionada quando Andy se gabou.

O instrutor mostrou para eles como ficar em pé na prancha de surfe na areia. Enquanto isso, Uyun quis esconder que essa sequência já foi o suficiente para cansá-la. Exigia flexibilidade para erguer o peito como no yoga, equilíbrio para movimentar um joelho de cada vez e reflexos rápidos e força muscular para ficar em pé. Ela duvidava que conseguiria fazer isso na água. Kyurim era obviamente mais atlético e parecia ansioso para ir para o mar.

— Vamos para a água — Andy disse.

— Já?

— Quer ficar na areia?

Uyun tentou carregar a prancha ao lado do corpo como os outros, mas era muito mais pesada do que imaginava, e acabou arrastando a prancha pela areia com as duas mãos. Depois que ela a derrubou algumas vezes, Andy largou a prancha dele e voltou correndo para carregar a dela. Ela ficou chocada que os últimos seis meses de exercício não tinham valido de nada. Uyun sempre desejava ter uma constituição mais forte. Ela queria carregar objetos pesados com facilidade. Era o motivo pelo qual, embora não parecesse, treinava musculação regularmente e se orgulhava sempre que carregava um saco de arroz grande ou um galão de água. Não conseguir carregar a prancha de surfe feriu seu ego.

Tendo ficado insegura, Uyun ficou ainda mais desajeitada na água. Ela conseguiu pegar as ondas apenas quando saiu da praia remando com os braços, mas ficava sendo empurrada de volta por pequenas correntes. Não conseguia avançar mais com seus braços curtos e mãos pequeninas.

— Prima! Você consegue! — Kyurim havia conseguido chegar ao lugar correto sozinho e, de lá, até a torcida dele parecia uma provocação.

— Consigo nada!

Não vou poder me gabar dessa aluna em lugar nenhum, o rosto de Andy dizia. No fim, ele teve que colocar o pé na frente da prancha de Uyun e arrastá-la. Olhando para o pé de

Andy – a sola áspera treinada por décadas em areia quente –, Uyun se arrependeu de se matricular na aula.

Quanto mais longe da praia eles chegavam, mais surfistas iniciantes ela encontrava com as mesmas expressões de arrependimento. Quando vinha uma onda propícia, os instrutores alternavam em empurrar seus alunos um a um. A maioria perdia o equilíbrio depois de poucos metros, e aqueles que avançavam uns dez metros caíam da prancha quando tentavam se levantar. Uma criança passou surfando por Uyun com habilidade. Um boston terrier na mesma prancha do tutor também passou por ela. Uyun não conseguia não os observar com fascínio, embora rapidamente perdesse a capacidade se concentrar em qualquer pessoa. Uyun caiu na água inúmeras vezes. Não era tão perigoso assim porque não era muito profundo e havia uma corda de segurança prendendo seu tornozelo à prancha, mas o problema eram todas as pedras e corais mortos. Um novato não conseguia controlar se caía na água ou nesses obstáculos. Seu corpo todo se arranhou porque ela caiu no lugar errado algumas vezes. Mesmo assim, ela ficou aliviada por não bater a cabeça. A blusa de lycra que estava usando não protegia muito, pois, ao voltar a pisar em terra firme, ela percebeu que seu cotovelo estava sangrando. Ela caiu, escorregou, se debateu e sentiu que estava prestes a vomitar de tanto engolir água salgada.

A sensação de estar prestes a vomitar ela conhecia bem demais. Embora suas lembranças da hospitalização na infância tivessem se tornado turvas, náusea e dor ainda eram familiares. Ela também se lembrava de ficar extremamente entediada. Visitas das tias e dos primos a encantavam, e ela provavelmente deixava a mãe em uma posição complicada chorando toda vez que eles iam embora. Tudo isso parecia ter acontecido em uma vida passada. Como era possível se sentir distanciada das próprias memórias?

Por outro lado, sua mãe e seu pai continuavam a se guiar por suas memórias daquele período. Como Uyun havia adoecido, eles se deixaram levar pela crença falsa de que o mundo existia para machucá-la. Quando o rosto dela ficava apenas um pouco inchado por um jogo de queimada, eles ligavam para os pais da criança que havia lançado a bola; não queriam mandá-la para a escola quando havia um surto de gripe; e não deixavam que ela sequer mencionasse bicicletas ou skates. Eles não deixavam que animais, de estimação ou não, chegassem perto dela, tratavam quase todas as plantas como se fossem hera venenosa e não aprovavam excursões a lugar algum. Quando Uyun saiu de casa, compraram um grande extintor de incêndio para ela e mediram a extensão da corda de emergência. Recentemente, ela precisou impedir que os dois brigassem com o chefe dela por fazê-la trabalhar horas extras com frequência excessiva. Eles só eram assim com Uyun. Na vez em que sofreram um pequeno acidente de carro, eles se recusaram a fazer fisioterapia.

— Vocês foram atingidos nas costas! E se a dor piorar?

— Não, não. Estamos bem.

Ao tentar convencer os pais, Uyun sentiu um peso no peito. Eles nem sempre tinham sido pessoas ansiosas. Era uma ansiedade adquirida, e Uyun era a causa. Ela se sentia ao mesmo tempo culpada e traída. *Por que me fazem me sentir tão mal?* Eles se recusavam a mudar os hábitos agora, por mais que ela tentasse, embora não fosse culpa dela ter sido doente. Não eram apenas os filhos que faziam os pais se preocuparem – a recíproca era verdadeira.

Uyun ficava especialmente chateada sempre que a mãe chorava assistindo ao jornal. Sua mãe chorava nos primeiros quatro segundos em que via alguém que havia perdido o filho.

— Eu sei como eles se sentem. Eu sei.

Uyun desejava que a mãe não assistisse ao jornal. Ela ficava mal por viver num mundo em que uma criança era perdida com tanta frequência. A mãe doava dinheiro para famílias com filhos doentes o ano todo. Esse tipo de hábito não diminuía em nada a ansiedade.

— Mãe, não morri. Como não morri, eu deveria viver como se estivesse viva.

Uyun tinha pendurado um pôster no quarto que dizia *Viva um pouco* em letra cursiva. Sob o texto, havia uma onda gigante e uma surfista desenhada tão pequena quanto um pontinho. Embora Uyun não fosse mais criança, ainda havia uma criança dentro dela. *Viver um pouco? Sim, eu vou.* E por isso ela decidiu tentar surfar.

Claro, sua mãe não fazia ideia de que ela estava surfando agora. *Como passei as últimas duas horas caindo da prancha, talvez não seja preciso contar para minha mãe se eu desistir agora.* Andy elogiou Kyurim por conseguir surfar duas ondas, depois fez uma expressão ambivalente para Uyun. Mal conseguindo se segurar à prancha, ela desviou dos olhos de Andy.

— Hm, o tempo acabou. Quer voltar amanhã? Você quase conseguiu ficar em pé no finzinho. — Ele ainda a estimulou com seu otimismo americano.

Quando Uyun voltou à praia completamente esgotada, Jisoo estava pegando no sono, e Haerim estava analisando várias penas dentro de um saco hermético. *Onde ela pegou essas penas?* Haerim, comparando as penas com as ilustrações, ergueu os olhos franzidos para Uyun.

— Acho que são todas espécies introduzidas.

— Entendi.

— Os pássaros nativos devem se esconder no fundo da floresta.

— Vá lavar as mãos. Vamos comer.

— Certo.

Enquanto Uyun estava prestes a desmaiar de exaustão, Kyurim parecia bem. Uyun ficou com uma inveja enorme do primo mais novo, mas tentou não ter a mente maldosa. Algumas pessoas nasciam saudáveis, com ótimos reflexos, e outras não. Só isso.

— Ah, um arco-íris. — Jisoo apontou para o outro lado da praia, sonolenta, mas feliz. O arco-íris poderia ser visto com bastante clareza. Ela tirou um monte de fotos com o celular, mas pareceu desapontada. — As fotos estão péssimas...

— Hm. Dá para ver perfeitamente com nossos olhos.

— É isso então. Vou levar uma foto de arco-íris perfeita para a mesa de jesa da vovó.

— Como assim? Você decidiu isso assim?

Uyun riu da decisão de Jisoo, mas também se decidiu na hora. *Vou surfar as ondas com perfeição. E vou levar a espuma delas para a vovó.*

Capítulo 12

Minha primeira constatação depois de aprender alemão foi que eu havia caído em uma armadilha. Os boatos ao meu redor deixavam isso bastante óbvio. Em toda a cidade, encontrei migalhas do que havia acontecido com as mulheres que Matthias colhia em todo o mundo e trazia a Düsseldorf. Para esconder meu alemão melhorado, eu ouvia sem dizer uma palavra. Uma das mulheres havia voltado às lágrimas para o lugar de onde tinha vindo, outra definhou vítima de álcool e drogas, a terceira foi morar com um homem mais famoso, a quarta se matou, e ninguém sabia o que havia acontecido com a que veio antes de mim. Eu queria sobreviver, mas não queria apenas sobreviver. Queria viver como pintora. E, portanto, havia desenvolvido um plano invisível. Eu sentia que não tinha a quem recorrer, mas queria viver a história de uma mulher que, contra todas as possibilidades, segue seu caminho sozinha.

Para parecer que eu tinha me rendido ao papel de mulher asiática obediente, eu tirava os sapatos e andava em silêncio em casa. Era vital que eu não atraísse a atenção de Matthias. Aquele homem, que a princípio havia parecido gentil, magnânimo e disposto a me dar a oportunidade de uma vida, se tornou imprevisivelmente beligerante. Já mais ou menos impotente quando nos conhecemos, ele parecia expressar seu desejo frustrado por meio da violência. Sempre que ele rasgava obras em andamento e destruía o próprio ateliê, eu precisava manter distância... mas não podia me afastar demais e provocá-lo.

— K disse que quer pintar você.

K também era pintor, mas impotente em termos de carreira; fazia um tempo que ele não pintava nada de valor e, agora, estava completamente esquecido pela história. K frequentava a casa de Matthias e, ao contrário dos outros, vivia tentando puxar assunto comigo. Toda vez que Matthias erguia os olhos com um sorriso curioso, eu sabia por instinto que estava prestes a correr mais perigo. Diante da proposta de modelar, vasculhei o cérebro por alguns segundos e encontrei a resposta correta.

— Mas as pinturas dele são tão pouco inspiradas...

Eu me protegi me apoiando no ego de Matthias. Teria sido bom se eu pudesse aceitar a sugestão de K de verdade, mas eram outros tempos. Além do mais, se eu tivesse aceitado uma vez, Matthias teria me "emprestado" continuamente para K.

Matthias não me trancafiou nem me estuprou. Eu não era a imagem da "sedução" usando um robe oriental de origem indeterminado. Ele era violento e conseguia me humilhar de outras formas. Não era uma história de amor. Acho inacreditável que as pessoas hoje em dia finjam não entender o que eu sabia desde jovem, o que o povo de Düsseldorf sabia já naquela época.

Eu não deveria ter confiado em alguém que, com ares dramáticos, se oferecia para me apresentar para "as pessoas certas" porque "via alguma coisa" em mim e poderia me oferecer "grandes oportunidades". Das muitas mulheres que tinham, por descuido ingênuo, caído nas mãos daquele homem famoso e poderoso, fui apenas uma. Desconfio que o fato de eu ter sido a última tenha causado todo esse mal-entendido. Então permitam-me dizer isto pela última vez:

Eu não o arruinei. Ele não morreu de amor por mim.

— trecho de *O amor não teve nada a ver com isso* (2000)

Hwasoo acordou ao meio-dia, bem depois que todos os outros haviam saído para passar o dia fora. Ela ficou surpresa que ninguém tivesse tentado acordá-la. *Como posso pensar em voltar a trabalhar com meu horário de sono tão bagunçado?* Uma colega havia dito que estava sofrendo de insônia grave. Não fazia sentido que a mesma experiência resultasse em uma pessoa dormir demais e a outra não pregar o olho. Quando Hwasoo saiu para explorar pelo menos o quintal dos fundos, ela pegou no sono de novo em uma rede pendurada entre duas árvores.

Na segunda vez em que se levantou, eram três da tarde. Ela se sentia zonza por não ter comido nada o dia todo. Sua mãe devia ter falado sério quando declarou que não tinha ido até lá para cozinhar, pois não havia nada na geladeira além de água, suco e cerveja. Pela janela, ela viu que nenhum dos três carros alugados estava lá. Hwasoo tirou um par de chinelos do fundo da mala e decidiu dar uma volta no bairro.

Mais próxima do centro de Honolulu do que de Waikiki, a casa era cercada por uma paisagem urbana típica de um escritório atrás do outro. Edifícios que priorizavam a praticidade em vez da estética se estendiam em fileiras sem fim, com calçadas feitas de cimento em vez de pavimentação, o que aumentava o ar bruto generalizado. Hwasoo se sentiu deslocada naquela rua. Usando uma saia e um cardigã de malha de linho, ela estava com um dos livros da avó embaixo do braço e a carteira na mão. Na última página que tinha lido, sua avó estava falando coisas que não pensava e modelando para Matthias para conseguir comprar materiais de litogravura... Talvez essa fosse a história por trás do quadro descoberto postumamente, que viajou pelo mundo e agora era exibido no Museu de Arte de Honolulu. Os chinelos eram desconfortáveis. Hwasoo se sentiu fraca de novo.

Quando saiu da rua principal, ela encontrou um pequeno restaurante de panquecas chamado Expressão Adequada. *Hm, que nome peculiar.* Sem pensar duas vezes, Hwasoo se dirigiu a uma mesa para dois perto da janela. O aroma de café e panquecas rodopiava e se expandia sob o ventilador de teto, provocando seu estômago vazio. Depois que pediu, sabendo que as panquecas levariam um tempo para ser preparadas, ela apoiou o queixo na mão para esconder a tontura. Provavelmente parecia que ela estava admirando a vista lá fora.

Adolescentes passaram fazendo manobras em bicicletas BMX, então um grupo de excursão com roupas combinando, depois idosos com vários estojos de instrumentos musicais. Quando a rua esvaziou, um carrinho de bebê parou na frente do restaurante. Uma criança pequena, muito animada, pediu um brinquedo para os pais. E o que os pais tiraram do compartimento inferior do carrinho foi um minicarrinho de compras. Com um agasalho, pouco cabelo e uma barriga saliente, a criança triunfante parecia muito mais um homem de meia-idade empurrando seu carrinho no supermercado. Quando os transeuntes desataram a rir, os pais pareceram um pouco envergonhados pelo brinquedo favorito do filho. *Você vai se tornar um bom consumidor quando crescer, hein?* Hwasoo também estava rindo até notar um homem chegando por trás deles. Na mão dele estava um saco plástico com garrafas de vidro marrom.

Respire fundo.

É uma pessoa normal que está apenas passando, após comprar produtos normais para fins normais.

Não devo associar tudo ao que aconteceu comigo.

Disseram para ela que o transtorno de estresse pós-traumático não era nenhuma surpresa considerando as circunstâncias. Hwasoo estava recebendo tratamento pago pela empresa, o que ajudava na mesma medida em que era trabalhoso. Agendar consulta após consulta, sair de casa no horário – tarefas tão simples não eram mais tão fáceis. O fato de suas colegas exibirem sintoma diferentes apesar de terem sofrido o mesmo incidente a fazia surtar toda vez. Cicatrizes físicas não contavam a história toda; alguém sem ferimentos exibia mais sintomas do que Hwasoo, enquanto uma pessoa mais machucada seguia em frente muito melhor. Hwasoo e suas colegas confirmavam coisas sobre si mesmas que nunca quiseram confirmar dessa forma.

O homem que havia atirado uma garrafa de ácido clorídrico no meio do setor de administração era CEO de uma empresa terceirizada. Ki Mincheol. Algumas reportagens o identificaram erroneamente como "Kim Incheol". A empresa de Ki Mincheol entregava peças de modulação por largura de pulso; a empresa para a qual Hwasoo trabalhava instalava e administrava elevadores industriais, esteiras rolantes, sistemas de estacionamento automatizados e coisas do tipo. As duas empresas haviam feito negócios juntas por anos sem nenhum contratempo. Até que um dia a empresa de Hwasoo exigiu um corte de vinte por cento no preço das peças e, quando Ki recusou, o modelo dele foi vazado para outra empresa terceirizada copiar. Ki Mincheol afirmou que a réplica era vendida a um preço quinze por cento mais baixo e que aquilo havia levado a empresa dele à beira da falência. O que provavelmente era verdade. Sem nenhuma outra evidência, a verdade detalhada se perdeu para sempre, mas Hwasoo não acreditava na inocência da sua empresa.

Por que ele não tinha ido à Comissão de Comércio Justo? Ou tomado medidas legais? E por que tinha que atirar uma garrafa de ácido clorídrico em um grupo de funcionárias? Elas não tinham nada a ver com a decisão tomada contra ele. Por que mirar a raiva nas representantes e funcionárias do setor de administração...?

— Vocês querem me matar! Me matar!

Aos gritos de Ki Mincheol, a garrafa se estilhaçou em uma mesa e no chão, respingando em seis funcionárias. Embora tenha durado apenas uma questão de segundos, rápido demais para alguém processar o que havia acontecido, os gritos que vieram na sequência permaneceram com ela, assim como o horror e a dor daquele dia. Enquanto suas colegas acabaram com queimaduras nas pernas e nos braços, Hwasoo foi a única cujo rosto foi infligido. O incidente não foi parar na primeira página dos jornais, pois acontecimentos mais atrozes se desenrolavam todos os dias. O que chocou Hwasoo e suas colegas foi como as pessoas tiveram empatia por Ki, o agressor. *Ele deve ter se sentido tão enganado. Aquelas megacorporações perversas! É por isso que as pequenas empresas não sobrevivem neste país. Os ricos e poderosos sempre vencem. Eles pagariam uma multa pequena no máximo e se safariam como se nada tivesse acontecido. É por isso que ele fez o que fez.*

Quem vazou para a mídia sobre o aborto espontâneo de Hwasoo pouco depois do incidente deve ter sido outro funcionário ou algum amigo delas. Alguém que não conseguia suportar toda essa solidariedade pelo agressor. Ou será que tinha sido... a empresa? Como uma tática de relações públicas preparada pelo especialista em crises? De todo modo, deu certo. Incitou o sentimento público e gerou notícias melhores, depois das quais as pessoas finalmente demonstraram empatia por Hwasoo e suas colegas. Aqueles que não tinham nem dado atenção a um ataque contra um grupo de mulheres se enfureceram e ficaram do lado dela. Hwasoo, por sua vez, arrebatada por todos os clamores que tinham tudo e nada a ver com ela, esperou o julgamento. Ela queria que acabasse para poder deixar tudo isso para trás.

Ki Mincheol, que havia se entregado na cena do crime sem resistência e passado três meses sob custódia, foi sentenciado a dois anos de prisão e três anos de condicional. Os fatos de ele ser réu primário, expressar remorso e ter usado ácido clorídrico diluído foram levados em consideração. Quando as vítimas estavam prestes a entrar com um processo civil, ele se matou. Ele não usou ácido clorídrico – se enforcou em um toalheiro.

Ele tinha fugido sem pagar pelo crime. Tinha escapado, simples assim. Hwasoo não conseguia deixar isso para trás. Ela estava cheia de fúria, uma fúria que apenas a machucava...

O prato de panquecas foi colocado na mesa com um barulho suave.

— Você não me ouviu quando chamei, então acrescentei xarope sem perguntar. — A dona e o único funcionário do lugar estavam olhando para Hwasoo com uma expressão vazia.

— Desculpe, eu estava distraída.

Hwasoo ficou satisfeita por conseguir dar uma desculpa rapidamente. De tempos em tempos, ela se sentia aprisionada dentro de memórias ruins. Nesses momentos, mal conseguia falar.

As panquecas servidas em um prato grosso de estilo americano estavam deliciosas. Macias, quentes e doces, eram quase tão fofas quanto aquelas panquecas suflês que estavam na moda em seu país e pareciam prestes a se dissolver em seu corpo. Embora tivesse pensado que comeria cerca de metade, acabou limpando o prato. Algo tinha um cheiro levemente familiar, atiçando sua curiosidade.

Perto da última mordida, ela abriu o livro que havia trazido. Consumir tanto açúcar lhe dera uma ideia. *Talvez vovó sofresse de estresse pós-traumático também.* Escrevendo sobre sua juventude décadas depois, ela tinha dado muitas explicações que mais pareciam desculpas sobre por que não conseguira escapar antes de Matthias, sendo que o mais provável era estresse pós-traumático.

Hwasoo queria falar para ela: *Você o conheceu poucos anos depois do massacre em T, então devia estar especialmente vulnerável à manipulação dele.*

As pessoas do século XXI culpavam as do século anterior por lidar mal com as coisas, mas Hwasoo queria argumentar, em defesa delas, que ninguém está sempre nas condições perfeitas para se defender.

Então não precisa escrever de maneira tão defensiva nem se obrigar a se lembrar, vovó.

Quando Hwasoo devolveu os talheres à mesa, a dona entregou para ela um cartãozinho de papel. Um cupom para fregueses recorrentes.

Capítulo 13

Era comum para Josef Leigh ter seu sobrenome escrito incorretamente como "Lee". Se isso era devido a seus anos nos Estados Unidos durante a Segunda Guerra Mundial ou ao preconceito racial, era difícil determinar. Sempre desconfiei da segunda opção. Seu pai, que era de Frankfurt, comandava uma empresa de comércio exterior que estava na família fazia quatro gerações. O sr. Leigh havia conhecido a terceira esposa, a mãe de Josef, enquanto visitava a península da Malásia a negócios. Quando conheci Josef, a mãe dele havia falecido de uma doença e seu pai havia se casado outra vez.

Como muitas pessoas marginalizadas com dificuldade de se adaptar ao mundo ao seu redor, Josef era um amante de arte. Ele havia herdado uma pequena galeria. Um lugar perto de Königsallee, no qual Matthias e seus amigos exibiam rotineiramente suas obras e às vezes incluíam o jovem proprietário "exótico" em suas reuniões. Desconfio que eles – em especial os alunos de Matthias, que tinham medo de parecer a Juventude Hitlerista – podiam se exibir e receber algum tipo de validação por ter alguém que poderia se passar por turco, indiano ou chinês em seu meio.

Era apenas uma questão de aparências, a de parecer cidadãos do mundo. Assim como eu, Josef era um ornamento. Embora de status mais elevado.

Se Josef falasse comigo ou mesmo limpasse uma bandeja para mim em alguma das festas de Matthias, as pessoas riam e agiam como se observassem animais copularem, então, por muito tempo, não conseguimos nos aproximar. Sempre que nossos olhos se cruzavam, virávamos a cara e nos distanciávamos. Sabíamos por instinto que era melhor assim. Não se envolver, não se aproximar, não dar bola um para o outro...

Até que, um dia, quando eu estava contemplando os canais de Königsallee, Josef se aproximou.

— O que está olhando?

— As rampas para patos.

Estranhamente fracos nas subidas, os patos sofriam para subir da água para a terra. Por isso, os moradores de Düsseldorf haviam feito rampas de pedra para os animais.

— Sim, o canal é um pouco íngreme nas margens.

— É estranho que pessoas que são tão gentis com patos não tenham a mesma gentileza com outras pessoas.

Ele pareceu pego desprevenido pela minha confissão repentina. Botei tudo para fora, já que havia começado.

— Sabe, eles estão usando você. Não gostam de você de verdade. Nunca vão considerar você como um deles.

Josef desatou a rir, seu terno brilhante flutuando largo em seu corpo alto e esguio.

— trecho de *Apesar de tudo, a última sobrevivente* (2002)

Era café desde o princípio. Assim que ouviu as orientações inusitadas para a jesa, Kyung-ah se decidiu. Ela pensou em avaliar os outros antes de anunciar sua escolha. Parte dela queria surpreendê-los com uma revelação dramática, outra queria marcar território – a segunda levou a melhor. Não havia possibilidade de comparar, na verdade; lotes de café bem-preparados tinham sido compartilhados apenas entre Lady Shim Sisun e Kyung-ah.

— Minha bebê nasceu para apreciar o gosto do café! — sua mãe costumava exclamar.

O fato de a mulher que a criou celebrar tão efusivamente sua preferência por café mais do que qualquer outra coisa fazia Kyung-ah rir toda vez. Seus três irmãos conseguiam virar bebidas alcoólicas sem problemas, mas eram intolerantes a cafeína.

— Eles puxaram ao pai. São sem graça. Bebem qualquer porcaria aguada de manhã, compram café instantâneo, olha o sacrilégio... mas aqui está você, apreciando o aroma!

Com os filhos biológicos, ela quase nunca falava de Josef Leigh. Parecia considerá-lo um assunto tabu por medo de ferir os sentimentos deles. Por outro lado, Sisun parecia à vontade perto de Kyung-ah porque ela entrou na história depois que tudo havia se passado. A imagem que Kyung-ah tinha do ex-marido da mãe, o qual ela nunca havia conhecido, era de um espantalho trêmulo que não sabia tomar café. Um espantalho trêmulo e adorável.

— Mas você disse que ele comprou uma máquina de café para a galeria por você. Gosto dessa história.

— Eu não fazia ideia que tomar uma xícara comigo à tarde o deixaria acordado a noite toda. Ele podia ter simplesmente me dito que não tomava café. Tão tímido.

— Ele provavelmente queria compartilhar algo que você gostava.

— Eu me senti tão enganada quando descobri sobre a sensibilidade dele a cafeína!

— Mas ele sabia beber, hein? Seus filhos não aguentam café, mas bebem quase tudo por baixo dos panos.

— Bem, o fígado dele *é* um quarto alemão.

— Enfim, Josef deve ter gostado de você desde o começo.

Em vez de amor à primeira vista, Shim Sisun supunha que eles desenvolveram sentimentos um pelo outro ao perceberem que tinham uma voz, que eram mais do que o acessório exótico como outros os viam. Eles tomavam café juntos em segredo não porque seu relacionamento fosse romântico desde o princípio, mas porque queriam esconder o fato de que tinham vozes e opiniões. Matthias não suportaria se seus objetos um dia falassem. Ter alguém com quem ela podia falar de maneira honesta, contundente e aberta devia ter dado uma grande sensação de libertação para Sisun, Kyung-ah pensava.

— Às vezes fico curiosa sobre suas pinturas. Sobre o que você desenhava na época.

— Naturezas-mortas, nada de especial.

— Elas realmente se foram? Você se livrou de todas?

De tempos em tempos, sua mãe reagia como se tivesse se esquecido da carreira como pintora. Apesar de escrever em seus livros que havia pintado – com tanta dedicação –, parecia mais que estava descrevendo outra pessoa.

— É essa a sensação, na verdade. Quem eu era décadas atrás parece uma pessoa completamente diferente. Há uma sensação de estranhamento. De desconexão. Quando você ficar um pouco mais velha, vai entender.

— Não entendo como você pôde simplesmente largar algo que amava fazer. — Kyung-ah sempre dizia.

Sisun explicou que algo em um estágio formativo podia deixar de existir se fosse destroçado repetidas vezes, mas sua filha continuava incrédula.

— Mas isso acontece com todo mundo.

— Ser destroçado porque você não teve sorte ou ainda não estava preparado é diferente de ser destroçado pela maldade dos outros. E, se todos ficarem observando enquanto você é destroçada sem dó nem piedade, você fica fadada à desilusão.

Ela estava se referindo às exposições. Uma em grupo, uma individual. Josef Leigh havia (embora sem querer) organizado as ocasiões em que Sisun foi exposta à maldade e à hostilidade de Matthias com força total. Começou com Josef incluindo Sisun na lista de cinco artistas iniciantes recomendados por Matthias e seus amigos.

— Lembro-me dele escrevendo meu nome na parede. Na parede branca da galeria.

Josef Leigh não tinha gostado das iniciais dela. *É um S atrás do outro. Me faz lembrar da Waffen-SS. Por que não cria um pseudônimo?* Em resposta, Shim Sisun bufou. *Por que* eu *tenho que mudar* meu *nome? Vocês é que deveriam lembrar e usar essa oportunidade para refletir.* Josef concordou.

— Pintei pequenos caranguejos rastejando em cima de armaduras ocidentais. O estilo era completamente *démodé*, mas eu gostava. Minhas pinturas contavam uma história que só eu entendia.

Caranguejos – simbolizando 甲, o caractere hanja para "primeiro", "melhor", "excepcional e sólido" – eram muito desenhados em biombos. Uma iconografia que era universal e familiar apenas a pessoas na Ásia Oriental. *Será que minha mãe trabalhava com a linguagem até nas artes visuais?*, Kyung-ah se perguntou. *Vai ver ela queria a armadura para si, estando tão completamente sozinha.*

Matthias, por mais cruel que fosse, não revelou facilmente esse seu lado. Não fez um escândalo ao encontrar a pintura de Shim Sisun na abertura da galeria. Em vez disso, pareceu feliz como uma criança que acabou de resolver um quebra-cabeça, brindando alegremente a Sisun e deixando os dois ainda mais receosos.

Os ataques vieram devagar. Matthias contou uma historinha triste para os amigos, alegando que Josef estava usando todo tipo de truques para seduzir sua companheira e que não conseguia evitar ficar abalado considerando tudo que havia feito por Josef. Não bastasse ser cruel, Matthias era ardiloso.

— Ele era um mestre em se fazer de vítima, tenho certeza. Sei disso sem nunca ter visto.

Matthias manipulou os outros a expulsar Josef do grupo. Chamou-o de mestiço ingrato e arrogante que apunhalou seu maior benfeitor pelas costas. Acusou-o de comer a comida e de beber a bebida do benfeitor antes de pôr as mãos na mulher dele.

— Espera um minuto. E a *sua* opinião?

— Te falei. As pessoas naquela época não achavam que eu tinha voz.

— Ele também atacou você?

— Fez uma jogada inesperada, aquele cabeça de vento.

Matthias a pediu em casamento. Disse que tinha se cansado de namorar depois do primeiro divórcio e que era hora de sossegar de vez.

— Pela maneira como ele agiu, parecia que estava me nomeando para o governo. Ele achou que me enganaria duas vezes? Depois de me aprisionar com a promessa de uma carreira artística e me torturar emocionalmente todo aquele tempo?

— Por que parece que é a primeira vez que escuto sobre o pedido? Você já tinha mencionado isso antes?

— Não, nunca. Eu tinha... medo que as pessoas achassem que ele me amava de verdade.

Respeito você, mas não tenho sentimentos românticos por você. Não há nada acontecendo entre mim e Josef Leigh. Quero ir embora de Düsseldorf depois de terminar a pós-graduação. Com esses eufemismos forçados, ela o recusou, por mais improvável que fosse ele os aceitar eufemisticamente. Ela não conseguia mais suportar ficar perto dele e encontrou um quarto do outro lado da cidade, mas, temendo a retaliação dele, fez a mudança pouco a pouco a cada dia. E Josef Leigh a ajudou a se acomodar na casa nova, pois enfrentar Matthias os havia aproximado. Mas nem nessa época eles eram amantes. Na verdade, eram amigos. Pela primeira vez desde que chegou à Alemanha, Shim Sisun estava morando sozinha de novo, não sem um amigo por perto. Ela se sentiu à vontade. Além de estudar pintura e história da arte, ela trabalhava. Costumava ser contratada como babá, mas, como as crianças sob seus cuidados eram racistas com ela, acabou limpando casas e também pegando bicos de tradução e interpretação. Isso foi antes de centenas de mineradores e enfermeiros sul-coreanos serem enviados para a Alemanha.

Apesar da agenda cheia, ela conseguia tomar café com Josef Leigh cerca de uma ou duas vezes por mês. Ela desconfiava que os amigos de Matthias os viram juntos uma vez e os deduraram.

— Então quando vocês começaram a namorar?

— Depois da minha exposição individual.

— Ah.

Esse incidente trágico Kyung-ah conhecia em muitos detalhes. Josef Leigh, acreditando ter se passado tempo suficiente para Matthias ter se esquecido e sua raiva ter se dissipado, sugeriu que Shim Sisun fizesse uma exposição individual. Afinal, ela conseguia encher a modesta galeria dele sem muita dificuldade. O tema dela ainda era o pequeno caranguejo que parecia ter chegado sem querer a um mundo ao qual não pertencia, mas ela usava uma grande variedade de suportes nessa época. Bordado ocidental sobre tela com lã grossa que ela mesma havia tingido. Cerâmica e esculturas de latão.

— Ele disse: "Todos temos que começar em algum lugar" e me persuadiu assim.

E então seu começo foi sabotado da maneira mais hedionda possível. A princípio, Josef e Sisun se alegraram porque quase todas as obras dela foram vendidas prontamente. Mas os compradores queriam que as obras fossem entregues de imediato. Várias foram retiradas das paredes e enviadas como solicitado; depois disso, porém, Josef e Sisun recusaram outros pedidos porque não poderiam ter uma galeria vazia durante o período da exposição. Mas os compradores, no plural, foram estranhamente persistentes. Desconfiado, Josef contratou uma pessoa para investigar... que logo revelou Matthias como o comprador. Ele havia usado outros nomes e endereços para comprar as obras de Shim Sisun.

— Ele as usava como acessórios de festas. Tirava sarro delas, as destruía, botava fogo nelas. Todas, sem exceção.

Ninguém ficou do lado dela exceto Josef Leigh, que empalideceu de fúria. Embora ele quisesse entrar com um processo, nem comprar usando nomes de terceiros, nem descartar obras de arte compradas era ilegal. Então ele desistiu.

— Senti algo se fragmentar dentro de mim.

Foi então que os dois ficaram íntimos. Porque eles se sentiam como as duas únicas pessoas que restavam em Düsseldorf. Porque apenas eles protegiam a dignidade um do outro naquela cidade injusta. Em meio a uma humilhação lancinante, o amor brotou. Como uma planta que cresce em terra árida.

— Ah, não, o café esfriou.

Uma história tão séria as fez esquecer seu precioso café. Kyung-ah e Sisun mexeram nas xícaras frias.

— Mãe, quer ouvir uma coisa engraçada? No escritório, temos uma máquina de café, então um funcionário trouxe café Kona de uma viagem. Todos ficamos animados para experimentar e usamos a máquina...

— Como era?

— Tinha o mesmo gosto de café do mercado.

— Espera! Como pode?

— Foi o que dissemos! *Não pode ser! Qual é o problema?* Então, tentamos usar um coador, e o gosto era tão diferente e tão delicioso que quase choramos. Descobrimos que a máquina era o problema. Os grãos precisavam ser coados, então desperdiçamos o primeiro lote. Você tinha que ver a cara da pessoa que os trouxe.

— Mesmo assim, é uma máquina incrível.

— Por quê?

— A capacidade de criar diferentes sabores com o mesmo grão. É um caso incrível de homeostase, não?

E agora Kyung-ah estava no Havaí, refletindo sobre o café frio e uma conversa terminada havia muito tempo. Se ela comprasse o café Kona perfeito e servisse uma porção em uma caneca de estilo americano para a mesa de jesa, sua mãe daria risada, na cova, da piada interna entre elas. *Mãe, esse é o café Kona que mencionei para você daquela vez.* Ela queria fazer os mortos rirem.

Havia considerado ir para a Big Island com Myung-eun, que queria ver os vulcões, mas não podia deixar os dois filhos para trás, por mais que suas sobrinhas cuidassem bem deles. Seu filho mais velho parecia recém-obcecado por esportes aquáticos, enquanto a caçula deixou claro que não estava interessada em cafezais. Era uma pena. Enquanto experimentava uma xícara em cada fazenda, Kyung-ah se recordaria que a mãe bebia facilmente de cinco a seis xícaras por dia. Boa em chegar a um meio-termo, ela decidiu ir atrás das barracas na feira de fazendeiros que vinham a Oahu e olhou as datas, os horários e possíveis modos de transporte de antemão. E, para registrar os gostos de diferentes grãos de café, decidiu usar um pequeno caderno que era uma lembrancinha de sua mãe.

As primeiras páginas estavam rabiscadas de lápis coloridos; nenhum de seus irmãos conseguia identificar o que era, mas Nanjung tinha dado uma olhada certa vez e rido sem explicação. Em todo caso, Kyung-ah planejou fazer anotações meticulosas nas páginas seguintes.

Assim que eu escolher um saco esplêndido, vou praticar o preparo. Vou fazer uma xícara para minha mãe que vai deixar todos admirados, depois fazer mais para compartilhar. Bastou imaginar isso para relaxar seus ombros e encher seu peito de orgulho. Kyung-ah torceu para usar em breve o coador que tinha trazido na mala com grande cuidado.

Capítulo 14

Em todo caso, essa experiência me ensinou a sempre reconhecer os que nutrem agressividade. Independentemente de a agressão ser ou não expressa, eu conseguia ver o que havia por trás das aparências. Sabia o momento exato em que o bêbado alegre atacaria; ouvia os palavrões silenciosos das pessoas cujos pés eram pisados; sentia quando a humildade mascarava uma sede de vingança. Todos alimentam agressividade, mas a diferença é vasta entre aqueles com uma leve tendência e aqueles cujos poros fedem a pólvora. Portanto, decidi me cercar de pessoas tão pouco agressivas que me perguntava como elas sobreviviam. Meu primeiro marido, meu segundo marido, meus amigos e meus colaboradores eram pessoas tão delicadas que teriam morrido pela seleção natural – e por isso os amei. Sua delicadeza. Sua pureza. Sua tristeza. Sua vulnerabilidade.

Nesse sentido, Matthias Mauer foi como uma vacina, porém uma dose a mais teria me matado. A violência esculpe o caráter de uma pessoa... embora às vezes a estilhace nesse processo. Sobreviventes de violência passarão a reconhecer seus sinais, mas não posso generalizar mais, pois alguns usam seus sentidos apurados enquanto outros os abandonam em desespero. Considerando como transformei minha experiência humilhante em um recurso vital, eu mesma não devo ser tão delicada assim.

— trecho de *O que perdi, o que ganhei* (1993)

Jisoo não conseguiu disfarçar quando Uyun declarou que continuaria as aulas de surfe.

— Assim, sei que não sou nada boa.

— Então por que se esforçar?

— Decidi fazer isso faz tempo. Além do mais, não preciso ser boa nisso.

— Hm, interessante. Você quer continuar surfando enquanto Kyurim, que nasceu para isso, quer aprender outra coisa agora.

O instrutor de surfe, Andy, havia apresentado a Kyurim uma pessoa que ensinava mergulho livre. *Você parece à vontade com a água, e a água parece à vontade com você*, Andy disse, dando a ele um cartão de visitas surrado. *Vá experimentar se tiver interesse.* No verso do cartão, estava um endereço em North Shore, e Jisoo estava prestes a levá-lo lá de carro.

— Pensei que poderíamos passar mais tempo juntas.

Uyun fez cara de quem pede desculpas.

— Que tal irmos juntas para Los Angeles depois da viagem?

— Eu quero, mas...

As primas se deram um abraço leve antes de entrar em carros diferentes. Jisoo estava com o carro cheio naquele dia. Ela deixou tia Nanjung no museu e tia Kyung-ah na feira, depois seguiu para North Shore com Haerim (que tinha se recusado a acompanhar a mãe) e Kyurim, que estava muito animado.

— Parece onde vovó morava, mais ou menos.

Só Hwasoo e Uyun tinham o endereço e até o número memorizados. Esse tipo de informação escapava a Jisoo. Kyurim e Haerim olharam pela janela com um pouco mais de atenção, e foi isso.

— Você não precisa de uma câmera melhor para uma foto de arco-íris? — Haerim perguntou.

— Não.

— Pesquisei dicas, e dizem que dá para procurar pela hashtag arco-íris — Kyurim disse.

— Claro, mas preciso fazer isso tudo? Vou acabar cruzando com um... por acaso.

Embora descontente com a reação de Jisoo, os mais jovens ficaram quietos por amor a ela. Ela achou a transparência deles uma graça.

Todos os adesivos de para-choque de "Bem-vindos ao Paraíso" na estrada deixaram Jisoo admirada. *Será que um dia já chamei o lugar onde morava e ao qual pertencia de "Paraíso"?* Era uma atitude muito pouco familiar. A frase carregava uma sensação casual de orgulho, como se abrisse os braços para receber os visitantes de todo o mundo. Alguns adesivos eram até decorados por um arco-íris em cada lado. E os motoristas, condizentes com seus adesivos, eram extremamente gentis. Aliás, não havia nem um único farol no cruzamento de seis faixas. Isso a fez ver a confiança da cidade em seu trânsito escasso e na disposição dos motoristas a ceder sem obrigações. Quando Jisoo cedeu a vez, um motorista colocou a mão para fora da janela, agradecendo-a com um gesto descolado. Ela e os primos tentaram imitar o gesto diversas vezes, mas não conseguiram. Sem dúvida, o gesto pertencia exclusivamente àqueles que nasciam e eram criados no paraíso.

Ao chegar a North Shore, os três tomaram uma raspadinha havaiana. O gelo finamente ralado coberto de xarope colorido era um tanto sem gosto para quem estava acostumado com o bingsu coreano com diferentes coberturas, mas eles precisavam vencer o calor de alguma forma.

— Valeu pela carona.

Kyurim tinha dito que a aula poderia ser cancelada se as ondas estivessem altas demais, mas felizmente nesse dia não estavam. Enquanto ele saía correndo para a aula, Haerim e Jisoo estenderam a esteira na areia. Elas estavam em algum lugar entre as praias Pupukea e Sunset.

— Se ficar deitada, você não vai tirar sua foto de arco-íris a tempo.

— Por mim, tudo bem.

Jisoo pegou o celular e se deitou de barriga para baixo, mas o sol estava tão forte que ela mal conseguia ver a tela. Várias ofertas de show tinham se empilhado em sua caixa de entrada. *Gente me mandando mensagens no Instagram para shows, que vida.* Apesar do endereço de e-mail indicado claramente no alto da página, todos sempre preferiam mandar mensagens informais para ela. A carreira de Jisoo dependia de organizadores de eventos ou DJs ou qualquer pessoa que se lembrasse da existência dela ("Ah, tem aquela menina") e, embora ela tivesse sorte de ser lembrada, o pagamento não vinha sendo muito substancial até agora. As baladas de Itaewon onde Jisoo costumava tocar tiveram sua alta temporada de outubro até o final do ano. O Itaewon Global Village Festival, o Dia das Bruxas, o Natal e o Ano-Novo eram datas importantes. *Como pontos de sinalização no Traktor...* Durante as baixas temporadas, ela também escrevia sobre música. No começo, era uma posição honorária – ou seja, sem pagamento –, mas as coisas melhoraram um pouco depois que ela começou a trabalhar com serviços de streaming de música e gravadoras. Ela nunca se cansava de escrever sobre por que gostava das coisas de que gostava, sobre os gêneros e genealogias aos quais pertenciam. Às vezes ajudava com artistas e repertório nas gravadoras de seus amigos também. Fazendo um pouco de tudo, ela acreditava que conseguiria ter uma posição firme na indústria. Segurando as pontas, ainda que por pouco, Jisoo queria se tornar pelo menos alguém com uma reputação no ramo, se não uma DJ famosa. Você sabia que tinha chegado lá quando as marcas de streetwear davam tênis ou fones de ouvido para você, pelo menos era o que se brincava na indústria. Em certas carreiras, os marcos eram claros, enquanto, em outras, permaneciam difusos. Em todo caso, a nova meta de Jisoo era não ser usada como "marca pessoal" de outra pessoa enquanto ganhava a vida. *Argh, mais golpes.* Depois de enviar algumas recusas, ela desceu até a última mensagem não lida. Era de um homem que ela não conhecia, chamando-a para sair.

— Por que eu sairia com você? Babaca.

Ela deletou na hora. Uyun, com seu grupo de amigos pequeno e organizado, sempre se preocupava que a extroversão de Jisoo pudesse causar efeitos negativos. Aos olhos de Jisoo, parecia um medo infundado. Ela não apenas sabia ler as pessoas como também enfrentava o pequeno risco porque acreditava que estranhos eram a chave para aprender mais sobre o mundo. As pessoas eram as aventuras mais interessantes, desde que ela filtrasse os pervertidos na sua caixa de mensagens.

— Olha lá! Aquela pessoa está embaixo da água faz muito tempo. — Haerim apontou para a válvula de snorkel aparecendo a cerca de trinta metros de distância.

— Uau, acho que ela é a melhor de todos aqui.

Abruptamente, o mergulhador ergueu a cabeça. Jisoo e Haerim se sobressaltaram, depois riram alto. Era um cachorro. Um retriever preto. O que elas acharam que fosse uma válvula de purga era a orelha preta dele.

— Tão talentoso! Tão melhor que os humanos.

Quando o retriever preto saiu e um marrom-escuro apareceu logo em seguida, as primas não puderam evitar alimentar altas expectativas. Elas pensaram que esse cachorro nadaria e mergulharia tão bem quanto o primeiro. Mas o segundo retriever, que tinha chegado com duas pessoas, evitou até molhar os pés na água.

— Não acredito que são da mesma raça. Eles têm personalidades totalmente diferentes.

Com a água na altura das coxas, os tutores tentaram o convencer, chamaram e até imploraram para ele se juntar a eles, mas o retriever marrom-escuro se manteve longe da água, latindo em protesto. Risos soaram quando o cachorro se voltou para os curiosos como se dissesse: *Meus humanos perderam a cabeça.*

— Alguns cachorros surfam e alguns cachorros mergulham, mas outros não querem nem entrar na água. Os pássaros devem ter personalidades assim, e é isso que quero descobrir... — Haerim murmurou consigo mesma.

— Não quer criar um você mesma?

— Não, gosto muito mais de pássaros selvagens. Posso observá-los de longe sem incomodar.

— Entendi. Seu favorito é o chapim, não é?

— Os chapins-de-cabeça-preta são os mais inteligentes, mas também gosto dos que não são tão inteligentes assim. Na verdade, amo todos. Pássaros de montanhas e aves aquáticas, também.

Jisoo olhou para o livro fino de aves havaianas, que tinha ficado sujo e amassado nas mãos de Haerim no decorrer de poucos dias.

— Esse livro que você carrega é em inglês, não é? Isso é superimpressionante.

Haerim deu de ombros como uma criança americana.

— Meu inglês é melhor no chat.

Uma pré-adolescente usando uma sala de bate-papo estrangeira?! Às perguntas cuidadosas que Jisoo fez depois, Haerim respondeu que observava aves de rapina em cima de vários arranha-céus dos Estados Unidos em lives e conversava por lá. Um grupo de observação de falcões parecia bem saudável, então Jisoo deixou por isso mesmo.

— Sabia que pombos e falcões costumavam pousar no alto de penhascos rochosos? Eles apenas se adaptaram às cidades.

— Hm, acho que não os imagino em galhos.

De repente, Jisoo achou estranho que Haerim tivesse problemas para se adaptar na escola. *Imagino que as mãos dela sejam um pouco pegajosas de tanto pegar penas e coisas do chão... É por isso que ela sofreu bullying?* Preocupada, Jisoo fez perguntas discretas para sondar e recebeu uma resposta inesperada.

— Sei que não deveria ter ficado brava no ano passado. Mas todo mundo ficava chamando o menino chinês da minha sala de "xing ling". É uma expressão feia. Ouvi que você, Hwasoo e Uyun eram um dezesseis avos chinesas. Como eu poderia não ficar brava?

Jisoo ficou perplexa, não esperava que Haerim as defendesse. A menina da quinta série havia defendido o amigo, lembrando que suas tias, seu tio e suas primas eram descendentes de uma bisavó sino-malaia, de quem ela nem era parente de sangue. *Minha heroína!* Jisoo a abraçou com força.

— Você explicou para sua professora e sua mãe? Contou que tinha um bom motivo para ficar brava?

— Pode me soltar?

— Se você tivesse explicado, sua mãe teria se preocupado menos.

— Expliquei, mas ela disse que eu não deveria empurrar meus colegas.

— Você os empurrou?

— Eles me empurraram primeiro, então empurrei de volta, mas sou mais forte...

— Hmm. Na próxima vez, use as palavras. Palavrões.

Haerim deu risada. Ela parecia infinitamente forte e ao mesmo tempo delicada enquanto balançava o corpo para trás e para a frente, abraçando os joelhos. As primas observaram umas galinhas correrem entre a praia, o estacionamento e os food trucks.

— De quem são essas galinhas?

— De ninguém.

— Como assim?

— Está no livro. Há muito tempo, uns mil anos atrás, pessoas do Sudeste da Ásia as trouxeram para criar, mas um dia uma tempestade destruiu o galinheiro, e todas as galinhas escaparam. Em Kauai, tem algumas que se tornaram completamente selvagens. Elas vivem na floresta.

— Essas também parecem selvagens!

— Quero chegar mais perto.

Haerim se aproximou das galinhas enquanto Jisoo observava. Sempre que Haerim chegava perto demais da rua, Jisoo a afugentava mentalmente.

Kyurim voltou pingando água bem quando o sol começava a se pôr de maneira majestosa. A pessoa que ensinava mergulho veio com ele e disse, sorrindo, que o garoto tinha um talento natural. Embora Jisoo se perguntasse se falavam isso para todos os alunos, Kyurim se gabou de ter conseguido se igualar logo de cara. Não parecia um elogio vazio, ao menos não por completo.

— Hm... Onde vocês estão hospedados?

— No centro — Jisoo respondeu, apenas porque a pessoa hesitou antes de perguntar.

— Está prestes a começar a hora do rush. Querem comer alguma coisa na festa lá em casa?

Com dois menores sob seus cuidados, Jisoo se sentia mais cautelosa do que o normal.

A pessoa que acompanhava Kyurim acrescentou logo em seguida:

— É a festa do meu irmão caçula. Vai ter um monte de adolescentes da idade de Kyurim ou até mais novos.

Quando Jisoo se virou para Kyurim e Haerim, os dois pareciam ansiosos para participar. A pessoa que acompanhava os garotos se apresentou como Chase. Jisoo encontrou ternura nos olhos de Chase.

Capítulo 15

Eu me lembro de sair daquela casa pela última vez, olhando para o quintal dos fundos pela janela da escada. Eu estava carregando um pequeno saco com meus pertences em um braço enfaixado. Matthias, que tinha previsto no dia anterior que eu partiria em breve, havia lançado uma faca de pintura a óleo contra mim. Era para ter ricocheteado em mim, mas estava afiada pelo uso e acabou se cravando em meu braço. Para ser justa, até hashis podem cair do jeito errado e perfurar um pé, então uma faca de pintura a óleo não era diferente. Usei essa ferida como um escudo contra Matthias, fazendo-o recuar. Tive a sorte de aquele homem violento ainda ter um pouco de hesitação dentro dele. Ainda que fosse apenas por um momento.

O jardim dos fundos parecia intocado desde a guerra. Era uma grande área espaçosa de hortas comunitárias cercada por prédios. Dezenas de pessoas haviam morado lá ao longo das décadas, e ninguém havia tentado cuidar do lugar. Eu ficava estranhamente cativada por esse fato, assim como sempre me atraí por expressões vazias em meio a um grupo excessivamente educado... Flores de grama e trepadeiras dominavam o espaço, condenando e afugentando a beleza. O pôr do sol perdeu seu vermelho e deu lugar ao roxo. Fiquei olhando para fora por um longo tempo enquanto secava as janelas sujas. Ninguém pedia para que eu as limpasse nem notava quando eu as limpava, mas era minha forma de pagar o aluguel. Eu tinha pensado em plantar algo, talvez cebolinha ou minari, *mas nunca coloquei esse plano em prática.*

Naquela casa na rua Cornelius, havia um sótão nas sombras. Eu existia antes e depois das festas, mas nunca durante as festas. Escrevia as cartas que Mathias ditava, usava a máquina de escrever, processava as contas, comprava tintas para ele, lavava seus pincéis. Desde estender telas até colocar veneno de rato no porão, não havia nada que eu não fazia. Eu trabalhava como uma máquina na juventude. Só muito raramente, quando Matthias notava que eu era uma pessoa e ele estava de bom humor, aprendi uma coisa ou outra com ele. Eu era uma faz-tudo, uma assistente e, raríssimas vezes, uma estudante. Em dias sem sorte, era seu saco de pancadas.

Eu me preocupava mais na faculdade. Todos os meus professores eram amigos de Matthias. Eles já me tratavam com frieza, e só me restava prever que isso pioraria depois que eu saísse da casa dele. Mesmo assim, eu precisava das minhas notas. Não sabia para quê, mas as queria desesperadamente. Assim como não gritei quando a faca perfurou meu braço, decidi cerrar a mandíbula e aguentar firme.

— trecho de *Da rua Cornelius* (1986)

— Como você pôde ficar até tão tarde? E as crianças? — Myung-hye fingiu repreender Jisoo em nome de Kyung-ah.

A própria Kyung-ah não pareceu se importar. Kyurim e Haerim correram em defesa de Jisoo, dizendo que tinham se divertido *muito* e que foi *superseguro*. Não era do feitio deles exagerar assim.

— Estou impressionada por você ter feito amizade com os locais em tão poucos dias — Kyung-ah disse. Apesar da hora, ela estava passando e experimentando cafés variados, aparentemente ainda sem encontrar os grãos vitoriosos.

— Tia, você sabe que tenho um rosto bem comum. Aonde quer que eu vá, os locais me perguntam como chegar aos lugares. Também devo parecer um pouco faminta, porque as pessoas sempre querem me dar comida! Assim que entro na loja de banchan do bairro, o dono bota comida na minha boca antes que eu termine de falar oi.

— Vai ver ela parece mesmo um filhote de passarinho... — Haerim murmurou. Jisoo fez cócegas nela. Realmente, Jisoo ouvia com frequência que parecia uma papagaia gorducha.

— Mesmo com tia Myung-eun tendo saído para ver os vulcões, ainda não tem lugar suficiente para todo mundo.

Ainda assim, ninguém tentou acordar Hwasoo, que estava esparramada no sofá. Em vez disso, todos se sentaram de pernas cruzadas no chão. Kyung-ah empurrou a parafernália de café de lado e olhou para o boné preto na mão de Kyurim. O bordado amarelo dizia: EDDIE WOULD GO.

— Como você foi ganhar um boné na festa de aniversário de outra pessoa?

— É o que eu estava dizendo.

Como Kyurim se atrapalhou na explicação, Jisoo e Haerim contaram a história.

— É uma frase celebrando um surfista famoso chamado Eddie Aikau.

— O que significa? — Myung-hye inclinou a cabeça.

— Todos ficaram bravos por eu não saber quem era. O aniversariante disse que eu não poderia andar por aí dizendo que aprendi a surfar se não sabia sobre Eddie Aikau. Ele me deu o boné da cabeça dele, falando para eu não esquecer.

Feliz pelo presente, Kyurim o segurava pela aba junto ao peito, abraçando-o com carinho.

— Ah, pensando agora, o torneio de surfe realizado em North Shore se chama "The Eddie", não é? — Uyun achava ter ouvido falar enquanto bebia e vomitava água do mar todos os dias.

— Sim, pelo que dizem, ele salvou centenas de pessoas de afogamento quando era salva-vidas na baía de Waimea — Jisoo explicou. — Ele as salvou enquanto nadava também, mas era mais famoso por remar com as mãozonas e puxar as pessoas para cima da prancha.

Uyun, sabendo como era difícil puxar alguém para cima de uma prancha de surfe, ficou admirada.

— Pessoas descoladas morrem de maneiras descoladas. Ele participou de uma expedição para recriar técnicas antigas de navegação, e eles sofreram um desastre. Eddie atravessou o oceano na prancha de surfe para trazer uma equipe de resgate. O grupo da expedição foi salvo por outro navio, mas Eddie desapareceu no mar...

— Ah, esse tipo de gente deve ser celebrado mesmo. Quando isso aconteceu?

— Vocês se lembram do ano?

— Nos anos setenta ou oitenta?

— Então é assim que os nomes são lembrados, hein?

Nanjung contou para Kyurim que tinha visto um livro sobre Eddie Aikau no museu e se ofereceu para comprar para ele. Embora o inglês de Kyurim não fosse tão bom quanto o de Haerim, ele aceitou.

— Sobre a frase, alguém disse "Eddie iria" ao ver uma onda enorme em um torneio de surfe. Mas poderia ser interpretada de outra forma também.

— Tipo, o que você faria pelos outros em uma emergência, mesmo se estivesse ferido?

— Pois é.

Talvez despertada pela conversa aos murmúrios, Hwasoo se sentou. O livro de Shim Sisun, que estava pousado em sua barriga, caiu no chão.

Hwasoo voltou o olhar vazio para as páginas soltas e velhas, depois olhou para Myung-hye.

— Desculpe, mãe.

— Não, tenho uma edição revisada. Não se preocupe. — Depois Myung-hye acrescentou em um murmúrio: — Papéis se soltam.

Hwasoo juntou as páginas de volta e colocou o livro em cima da mesa antes de sair para o jardim. O ar-condicionado os mantinha frescos, mas a casa parecia subitamente abafada com tanta gente dentro. Notando que Jisoo hesitou em seguir a irmã, Uyun trocou um olhar e saiu atrás da outra prima.

Hwasoo estava fazendo alongamento. Pela maneira como ela relaxava os membros, parecia estar confirmando que as partes do seu corpo estavam mesmo conectadas, o que partiu o coração de Uyun.

— O que você anda fazendo esses dias?

Como a maneira como Hwasoo perguntou lembrou Uyun de sua avó, ela mostrou um álbum de fotos no celular. Era um monstro colorido com olhos compostos e uma papada embaixo do queixo.

— Acabei de entregar. Não é legal? Vai estar em alguns episódios do remake de uma série de ficção científica. Mas não é o vilão principal.

— Essa papada vermelha é assustadora. O que tem dentro?

Ai, merda, Uyun pensou. Dentro da bolsa havia ácido. Um ácido tão forte que derreteria o traje especial do protagonista. Era um personagem baseado no que os roteiristas enviaram, e o ácido não tinha sido ideia de Uyun, mas ela se sentiu mal e demorou para responder.

— Não precisa pisar em ovos comigo o tempo todo.

Hwasoo abriu um sorriso ambíguo, então Uyun sorriu em resposta também. E mudou rapidamente de assunto.

— Como é o livro da vovó? É interessante?

— Sim, acabei de me tocar de uma coisa no trecho que li hoje. O cretino tinha afiado a faca.

— O cretino? Mauer?

Hwasoo tirou o sorriso do rosto e ficou olhando para algum lugar do quintal, onde Uyun não conseguia identificar.

— Não foi a força dele. Nem o ângulo. Ele tinha afiado a faca antes de atirá-la na vovó.

— Sério...?

— Vovó não tinha imaginado esse nível de maldade, mas nós conseguimos imaginar. Porque somos pessoas do século XXI. Sabemos que esse tipo de maldade existe.

Uyun não queria admitir, mas sabia que Hwasoo estava certa. Ela tinha se graduado em escultura, mas já tinha usado facas de pintura a óleo. Não era algo que se cravaria no braço de uma pessoa.

— Você não acha que tudo se repete demais?

O perfil de Hwasoo estava inclinado e tenso, deixando Uyun nervosa. Ela queria perguntar: *Ei, para onde você está olhando? Para onde nas sombras do jardim?*

Nesse momento, Taeho bateu na porta de vidro atrás delas. Ele estava com um avental que provavelmente era da casa e o fazia parecer alguém que morava no Havaí havia pelo menos trinta anos.

Hwasoo abriu apenas uma fresta para o ar-condicionado não escapar.

— Tudo bem, pai?

— Entrem para tomar um vinho. As crianças foram dormir. É hora dos adultos.

Uyun ficou surpresa por seu tio a incluir no círculo dos adultos. O fato de a pessoa que a carregou no colo a considerar uma adulta era como receber uma carteira de motorista aos dezoito anos. Quando Uyun e Hwasoo voltaram à sala de estar, vinho de mercado e biscoitos com pastinhas estavam à espera.

Myung-hye, segurando uma faca de geleia, parecia irritada.

— As pessoas acham que a mãe era uma grande sedutora em Düsseldorf, gastando dinheiro e posando como modelo nua todos os dias e indo a uma festa atrás da outra onde seduzia algum outro homem, mas o que mais fazia provavelmente eram canapés para os outros comerem.

— Ah, deve ser por isso que a vovó só sabia fazer aperitivos — Uyun interveio como se não conhecesse muito bem essa história.

— Quando entrei na família, falei para a mãe: "Mal posso esperar para comer seu kimchi", e ela se virou para olhar para mim... Ai, não consigo esquecer a encarada que ela me deu — Taeho disse.

— Você realmente não sabe interpretar as pessoas. Você queria que *nossa* mãe fizesse kimchi? Nós nos orgulhamos de comprar nosso kimchi.

— Eu não sabia na época.

Rindo da conversa dos pais, Jisoo entrelaçou os braços nos de Uyun e Hwasoo. Desde pequena, ela sempre tinha gostado de se sentar no meio. O celular encaixado entre Hwasoo e Jisoo vibrou. Era uma mensagem de Chase, que dizia ter uma coisa para resolver em Honolulu e se oferecia para levá-la a seus lugares favoritos se ela quisesse. Jisoo comeu um canapé, tomou o vinho branco genérico e pensou por um momento em como responder.

Ela precisava admitir: queria conhecer Chase melhor. Na conversa, ela se sentiu à vontade, mas também sentiu interesse e uma estranha tensão. Sem dizer nada difícil, Chase levava a pensar delicadamente nisso e naquilo; Jisoo gostava desse tipo de pessoa. Sobre o que eles haviam conversado antes? Chase contou para ela sobre como os corais cresciam devagar, como algumas espécies crescem apenas um centímetro por ano. O exoesqueleto do coral, para ser exato. Então perguntou a altura de Jisoo e, quando ela respondeu um metro e sessenta e oito, Chase disse que mostraria para ela um coral que tinha cento e sessenta e oito anos. Jisoo abanou a cabeça dizendo que não pretendia mergulhar nessa viagem e, por algum motivo, acabou dando seu número para Chase. Ela sabia que receberia uma mensagem depois de ter passado o número... *As tarifas de roaming vão vir altíssimas.* Aceitando seu destino, começou a decidir um horário e um local.

Capítulo 16

Eu me lembro com grande clareza do momento em que Min Aevang entrou na minha vida. Estávamos em um salão gelado com pés-direitos tão altos que o burburinho de vozes se dissipava em um zumbido indistinguível. Ao chegar, Aevang tirou as longas luvas de cetim, enrolou-as e veio diretamente na minha direção. Naqueles tempos, embora algumas pessoas fossem simpáticas e justas comigo, a maioria me tratava com certa hostilidade sutil. Desejei que Aevang não falasse comigo, pois tinha medo de que meu estigma se estendesse a outra coreana. Apesar das muitas chances de me apresentar, eu a havia evitado por cortesia. Aevang não notou ou, se notou, não deu importância. Eu deveria ter perguntado enquanto pude... mas ela não era o tipo que se lembrava de coisas como essa.

Sob o chapéu elegantemente inclinado sobre a testa, os olhos de Aevang cintilavam.

— Ah, esses ocidentais... eles não entendem nada. Que tedioso.

Aevang, que alternava entre inglês e francês com facilidade, não falava muito alemão, mas não deixou que isso a impedisse de fazer inúmeros amigos durante sua breve visita. Ela era esse tipo de pessoa.

Mesmo quando chamava um salão cheio de europeus de "ocidentais" com um desprezo mal disfarçado, os que entenderam apenas riram, constrangidos.

Não me lembro do que eu disse em resposta. Aevang. Minha amiga Aevang. Um nome que os coreanos hoje em dia acham antiquado, mas que soava ligeiramente avant-garde *e combinava perfeitamente com ela. Nós nos tornamos amigas rapidamente. Conversando com Aevang, eu me sentia viva. Eu adorava falar em nossa língua materna. Falar sobre arte em nossa língua materna era tão divino que eu poderia morrer. Eu amava as pinturas de Aevang também. Pinturas abstratas com uma combinação de cores vibrantes – me apaixonei por elas à primeira vista.*

— Visite-me em Paris.

— Está bem.

— Não, mude-se de vez para Paris. Não é tão longe assim.

Mesmo quando ela me mandou me mudar, não achei desconcertante. Certa vez, ao caminhar pelo centro de Düsseldorf, nos deparamos com uma leve garoa. Lembro que Aevang tirou o cardigã cinza e o estendeu sobre nossas cabeças. Que o calor e o leve perfume da minha amiga nos protegeram da chuva.

— Escreva-me cartas — Aevang insistiu antes de voltar a Paris. Realmente escrevi cartas para ela toda semana. Em coreano. Minha ortografia e minha gramática deviam ser uma bagunça. Minha língua materna destroçada se restaurou graças a Aevang.

— trecho de *Apesar de tudo, a última sobrevivente* (2002)

Completamente esgotada pelo surfe, Uyun pegava no sono ao pôr do sol e se levantava ao amanhecer sem nenhum sinal de jet lag. Seus músculos doíam terrivelmente pela manhã. Músculos que ela nem sabia que existiam em sua cintura berravam e, por isso, ela quase berrava com eles em resposta, mas se continha e se empertigava. Na cama ao lado da sua, Jisoo dormia profundamente com o celular na mão. Uyun sorriu ao ver o nariz de Jisoo brilhando em sua pele ligeiramente oleosa. *Você me salvou. Você me manteve viva.*

Nanjung abriu a porta rangente de madeira e se sentou na cama de Uyun. Ela colocou o nariz no cabelo da filha.

— Me deixa cheirar você.

— Não.

— Vou cheirar.

Embora Nanjung provavelmente a estivesse cheirando como uma demonstração boba de afeto, Uyun a afastou de leve, lembrando-se do artigo sobre cães que conseguiam reconhecer o cheiro de pacientes com câncer. As duas observaram Jisoo dormir por um tempo. Mesmo dormindo, Jisoo parecia cheia de energia.

— Jisoo salvou você.

Uyun ficou surpresa por esse exemplo aparente de telepatia entre mãe e filha.

— Salvou sim. Você também pensa assim, hein?

— Como ela bolou aquele plano incrível tão pequena?

Uyun se lembrava bem. O anúncio alegre que a prima, de suspensórios, havia feito.

— Nós vamos para a Disney World no ano que vem.

— Nós?

— Eu e você. Além da minha irmã e alguns adultos. Vamos deixar eles irem também.

— Para a Disneylândia?

— Não, Wooorld. É maior.

Jisoo entregou para Uyun uma caixa de fitas VHS com pessoas usando fantasias de Mickey e Pateta estendendo os braços em sinal de boas-vindas na frente do Castelo da Cinderela. Provavelmente um vídeo promocional que veio junto com outro filme da Disney.

Talvez eu não consiga ir, a jovem Uyun pensou, mas não disse em voz alta.

Sem ouvir, Jisoo soube.

— Decidimos ir quando você estiver curada no ano que vem. Podemos ir durante as férias ou matar aula. Vovó disse que vai cuidar disso.

— Vovó disse o quê?

Toda semana, Jisoo vinha e abria o panfleto sujo que tinha ganhado de um colega como um mapa do tesouro para discutir em que brinquedo elas iriam primeiro. Que horários programariam do primeiro ao terceiro dia, o que comeriam no almoço, que lembrancinhas comprariam, onde assistiriam ao desfile e aos fogos de artifício – elas discutiram isso semana após semana em vez de tudo em um dia. Devia ter exigido um esforço excepcional, considerando que esse comportamento tão meticuloso não tinha sido visto até aquele momento da vida de Jisoo. Só adulta Uyun passou a entender que Jisoo, que parecia estar se divertindo, tinha se esforçado muito para fazer algo tão diferente de sua natureza. A jovem Uyun se esquecia da dor enquanto esperava Jisoo, e o caderno que elas preenchiam juntas com seus planos ajudava Uyun a se manter firme mesmo sem Jisoo por perto. Isso permitiu que ela não desistisse, até quando queria desistir.

Mas, quando realmente chegaram à Disney World, o calor inacreditável da Flórida, os racistas as chamando de "xing ling" e cuspindo perto dos pés delas, e as filas impossivelmente longas com um tempo mínimo de espera de três horas impediram que elas colocassem seus planos em prática. Tudo que elas conseguiram fazer foi comer uvas verdes e melão na sombra, fora do campo de visão. Nas fotos tiradas na época, os olhos tanto de Uyun, que estava doente, como de Jisoo, no auge de sua força física, estavam desfocados. Mas elas estavam felizes porque haviam realizado seu desejo. Ao ficarem mais velhas, descobriram que isso era uma raridade.

— Gosto mais de Jisoo do que das sobrinhas de sangue.

— Mãe, você sabe que sangue não tem nada a ver. — Uyun se levantou.

— Vai surfar hoje de novo?

— Sim.

— Não é perigoso?

Devia fazer dias que ela queria perguntar. Uyun deu a resposta que havia preparado ao longo desses dias.

— É tranquilo. O professor fica de olho o tempo todo.

O fato de que ela não conseguia colocar os pés no fundo, que acertava corais mortos quando caía de mau jeito, que a faixa frouxa em seu tornozelo escapou certa vez, isso ela não podia mencionar. Mas também não queria mentir.

— Quer me encontrar depois que terminar?

— Sim. E o pai?

— Vamos deixá-lo fora dessa. Só eu e você.

— Será que não o estamos excluindo demais?

— Bem, as irmãs vão cuidar dele.

— Tem certeza?

Surfar não deu certo. Será que ela não deveria ter ido atrás de Kyurim e aprendido mergulho livre? Mas o objetivo dela tinha sido o surfe desde o começo, e ela se sentiria ainda mais envergonhada se tentasse mergulho livre e também fracassasse. Ela nunca tinha se dado bem em nenhum esporte. Embora quisesse botar a culpa em ter sido doente, considerando que também era terrível em atividades que exigiam flexibilidade, ela provavelmente só nasceu assim.

Em todas as suas aulas diárias de surfe, ela só conseguiu ficar em pé direito duas ou três vezes. Tinha encontrado o equilíbrio, erguido um joelho, depois se levantado, mas teve um mau pressentimento toda vez que se levantou, e esse pressentimento nunca estava errado. Sem exceção, ela caía poucos metros depois. Quando finalmente voltava a subir na prancha depois de engolir água do mar, Andy perguntava se ela estava bem, baixando as sobrancelhas. *Os americanos usam demais as sobrancelhas, é por isso que suas testas são tão enrugadas...* Apesar de estudar e conseguir um emprego no exterior, Uyun não sabia usar as sobrancelhas direito. Ela pensava que nunca aprenderia.

Quando baixava os olhos, Uyun via no peito de Andy uma inflamação bem séria. Ela não tinha notado no primeiro dia, mas chamou a atenção dela depois de algumas aulas. Parecia um tumor causado por exposição excessiva a raios UV. O resto da pele dele também não parecia estar em boas condições. Será que ele não usava protetor solar para se proteger ou não se dava ao trabalho já que passava o dia todo na água? Parecia improvável que os Estados Unidos, com seu sistema de saúde ridículo, examinassem direito a existência de tumores; Uyun não conseguia evitar olhar. Ainda mais porque havia aprendido informações demais sobre ele com o papo que batiam antes e depois da aula. Andy, o homem de meia-idade. Andy, que participou do torneio de surfe Eddie Aikau. Andy, que morava em uma pequena cabana em North Shore e demorava mais de uma hora para chegar a Waikiki. Andy, que trabalhava na loja de bebidas do outro lado da rua nos dias em que não dava aula. Se Uyun precisasse de álcool, Andy prometeu dar a ela um desconto para funcionários.

— Já vai dar a hora. Vamos tentar só mais uma vez.

Uyun ouviu a dica enquanto olhava com nervosismo para as ondas. À primeira vista, ela pareceu ficar em pé corretamente, mas logo teve que pular da prancha para evitar bater em uma criança numa boia. Mas, mesmo se a criança não estivesse lá, ela não achava que teria conseguido.

Andy, andando na prancha como se fosse uma extensão de seu corpo, a alcançou.

— Quase lá. Seus instintos estão bons.

— Mas ainda não andei direito.

— Melhorar em esportes é como subir escadas. Nunca se sabe quando você vai subir um degrau, por isso não pode desistir.

Por que minha escada tem que ser especialmente larga e áspera? Ela enxaguou a água salgada no chuveiro ao ar livre.

Se a guia tivesse afirmado que o Havaí sempre foi pacífico, Nanjung não teria acreditado nela. A velha guia, de chapéu branco, relatou a história de guerra e assassinato com a voz baixa.

— Bem, isso tudo também aconteceu em Roma e na Grécia — ela acrescentou sem cerimônia.

Ela falou no mesmo tom enquanto apontava para um peixe vermelho suspenso no ar e informou que as mulheres antes eram proibidas de comer esse peixe sagrado.

— Tenho certeza de que outras culturas inventaram todo tipo de desculpas para não dar comida às mulheres.

Apesar de sua ofensa sobre o peixe franzino, Nanjung teve que concordar com essa afirmação. Sua filha e suas sobrinhas eram muito mais altas do que as mulheres da geração de Nanjung. O motivo para essa grande mudança em um período tão curto de tempo provavelmente eram diferenças nutricionais. Como o Havaí era tão bonito e esplêndido, ela pensou que lá as coisas seriam diferentes por algum motivo. Quando descobriu que não, sentiu um estranho misto de decepção e alívio. Ela também achava a guia confiável porque parecia falar a verdade sem demonstrar um orgulho excessivo ou estimular a fantasia.

Por outro lado, a mitologia que ela escutou enquanto caminhava entre as estátuas era muito diferente. O deus da paz que anda com um albatroz morto em volta do pescoço; o deus do mar que comanda tubarões, raias e tartarugas; o deus da água doce e das florestas; o deus que dá aos humanos a capacidade de falar e o deus que dá a capacidade de dançar... Essas informações logo escapariam de sua memória porque ela não as tinha lido em nenhum livro e não estavam associadas a nada que ela conhecesse, mas ela se divertiu muito mesmo assim. Mais impressionante era a interpretação havaiana da origem do mundo.

— Tudo nasce do coral, e o coral nasce da escuridão...

Era como um encantamento. *A maioria das lendas não começa pela luz? Uyun poderia gostar dessa interpretação.* Sua filha não era uma leitora tão ávida quanto Nanjung, mas entendia os interesses dela. Ao passo que seu marido perguntava em que ela andava interessada hoje em dia, depois fazia uma cara de quem não conseguia entender o que ela estava dizendo. *Se for para reagir assim, nem me pergunte*, ela pensava.

Não muito tempo antes, ela havia encontrado o marido fumando um cigarro no quintal dos fundos. Ele parecia ter voltado a fumar depois de ter parado quando Uyun ficou doente. Enquanto ela observava sem palavras, ele disse alguma besteira como se não estivesse pretendendo esconder.

— Sabe que nosso quintal é um pouco mais baixo do que a rua? As pessoas têm encontros secretos dentro dos carros nessa esquina, e acho que elas só conseguem ver minha cabeça. É engraçado como se assustam.

— Não assuste os jovens.

— Nem são jovens. Devem ser casos extraconjugais.

Nanjung riu imaginando Myung-joon com um cigarro na boca, a cabeça erguida para a rua. *Ah, vou deixar que ele fume. Não temos mais uma criança doente em casa, afinal.*

— Só não fume dentro de casa.

— Óbvio.

Myung-joon pareceu incomodado pela ordem de Nanjung. Ela sabia que ele nunca fumaria perto das obras de arte. Ele provavelmente lavava as mãos pelo menos três vezes antes de entrar no estúdio. Fazia vinte anos que Nanjung vivia seletivamente em casas de pés-direitos altos e grandes portas duplas em Pyeongchangdong, motivo pelo qual estranhos ou até conhecidos sempre supunham que ela fosse rica. Às vezes, ela desfazia o mal-entendido, outras deixava para lá. Normalmente esperava chegar a oportunidade certa. Na realidade, sua vida implicava em pular infinitamente de aluguel em aluguel. Não havia outra opção, pois Myung-joon tinha que trazer seu trabalho de museus e galerias de arte da região para casa. Casas antigas construídas por estrangeiros eram ideais para telas de mais de três metros de comprimento ou esculturas grandes demais para passar pelas portas, mas essas casas estavam se tornando mais raras. Embora ela quisesse parar de se mudar de um lado para o outro com cinco vezes mais caixas do que uma família comum, ela tinha que comprar uma casa para isso. Gostava da casa em que moravam agora porque havia espaço suficiente para o trabalho de restauração de Myung-joon e nenhum inseto ou rato, e era menos fria do que outras casas no inverno, mas... *Por que não o mandamos encontrar logo um estúdio de restauração em outro lugar e vamos morar em um apartamento?* Era cada vez mais difícil morar em uma casa de verdade.

Se eles morassem em um apartamento, poderiam adotar um cachorrinho fofo, e Uyun poderia voltar para casa com mais frequência ou talvez até retornar de vez. Uyun sempre quis criar um cachorro quando era pequena, mas Nanjung tinha medo de que poderia não ser bom para uma criança imunocomprometida, ao passo que Myung-joon tinha medo que o cachorro estragasse as obras de arte.

— Não é justo que não possamos ter um cachorro em uma *casa*. Não vou deixar o cachorro entrar no seu estúdio. Vou mantê-lo no segundo andar.

— E se o cachorro descer para o primeiro andar à noite e morder alguma coisa em que eu estiver trabalhando?

— Vou ficar de olho nele.

— Uma mordida pode custar centenas de milhões de won.

— Você pode restaurar, pai.

— Um estrago enquanto eu estiver tentando restaurar seria pior.

Eram todas razões válidas, mas ainda assim magoava Nanjung pensar em como a jovem Uyun tinha sido desencorajada. A primeira coisa que a filha teve que aprender quando era pequena foi a não tocar em nada. Por mais curiosidade que tivesse, ela não podia tocar. Além das obras confiadas a Myung-joon, ela precisou aprender de maneira rápida e bastante dura que não podia tocar em nenhum canto das centenas de gavetas do pai cheias de ferramentas, nem nas garrafas cheias de utensílios, nem na estação de trabalho tão caótica quanto harmoniosa. Claro, era tudo pela segurança de Uyun, mas Nanjung se sentia mal por ver uma criança tão pequena que não podia encostar em nada... Uyun teve um lucano como animal de estimação uma ou duas vezes, mas nenhum deles viveu por muito tempo, incapazes de aguentar o frio de uma casa antiga. Sempre que o inseto morria, Uyun chorava tanto que Nanjung pensava que o rosto dela derreteria. *Eu deveria ter deixado que você tivesse um cachorro*, Nanjung lamentava isso apenas agora depois do fato. Ela queria que o marido agora arranjasse um espaço decente para então morar junto com a filha e um cachorro em uma casa quentinha. *Se pegarmos um cachorro branco e ele se sujar, vou dar um bom banho nele. Se o abrigo não tiver nenhum cachorro branco, um que pareça um urso-pardo também seria bom.* Ela também gostava de cachorros pretos, mas teria que pôr um sensor ou algo assim na casa para não pisar nele quando fosse pegar um copo d'água no meio da noite. Foi muito chocante quando um amigo dela pisou sem querer no gato preto dele e fraturou a perna do animal. *Excesso de confiança na agilidade habitual do bichano.*

Depois de sair do museu, Nanjung se dirigiu a Waikiki em um ônibus lento. Enquanto atravessava o cruzamento por uma hora, sendo que levaria quinze minutos de carro, ela não pôde deixar de comparar com o transporte público da Coreia. O motorista parecia dirigir na velocidade mínima que não interferiria nas condições do trânsito. Como as paradas de ônibus frequentes eram em sua maioria usadas por idosos com equipamentos de acessibilidade, o motorista dirigia suavemente, sem nenhum solavanco. Ela não lia muito nos ônibus coreanos, em que paradas súbitas e curvas fechadas eram comuns, mas conseguia ler confortavelmente nos ônibus do Havaí. Comprado de acordo com o tema da viagem, o livro que ela estava lendo era sobre a história oral dos imigrantes coreanos no Havaí. Ela conseguiu se envolver rapidamente com as histórias de pessoas que partiram bravamente para o Havaí vinte ou trinta anos antes de Lady Shim Sisun. Algumas famílias imigraram juntas, outras, sozinhas como noivas por encomenda. Havia motivos religiosos e econômicos. O livro tinha registrado textualmente uma grande variedade de coloquialismos resilientes e bem-humorados. Nanjung estava contente por essa história ter sido escrita assim. Às vezes ela passava por ruas mencionadas no livro, o que dava uma experiência de leitura tridimensional. Ela sentia uma satisfação próxima a puro prazer quando um livro que escolhia sem pensar muito se encaixava tão perfeitamente em seu gosto.

Como dentro do livro estava o Havaí e, mesmo quando ela tirava os olhos do livro, lá estava o Havaí, ela quase perdeu o ponto, mas acabou por sair a tempo. Encontrou Uyun, que tinha chegado primeiro e a estava esperando. Sua filha, espiando freneticamente pela vitrine da loja de colchas havaianas, era insuportavelmente fofa. *Quando ela cresceu desse jeito?* Suas costas bronzeadas pareciam saudáveis, visíveis por trás de uma regata amarrotada sobre o maiô ainda úmido. *Uyun está saudável*, Nanjung murmurou consigo mesma como um feitiço antes de se aproximar.

— Quer comprar alguma coisa?

Uyun abanou a cabeça, seu cabelo ainda molhado.

— São todos incríveis, mas acho que os maiores são mais legais que os menores. Mas não tenho espaço para pendurar os grandes.

— Vamos voltar se ainda estiver com eles na cabeça depois de duas voltas.

As duas gostaram da comida na praça de alimentação, algo de que havaianos de verdade não teriam gostado, depois caminharam tranquilamente. Marcas globais ofereciam edições específicas direcionadas ao Havaí, por isso era divertido olhar vitrines.

— Mas hoje em dia não quero comprar nada depois de olhar direito.

— Sim, já temos tudo que é absolutamente necessário.

Como Kyung-ah continuava passando café na casa alugada, elas queriam beber algo diferente. Sentadas em um café que servia suco de abacaxi em um copo de vidro grande, elas observaram as pessoas irem e virem. Os passos lentos de pessoas que tinham vindo do mundo todo pareciam agradáveis.

— Mãe, você não anda deixando o pai sozinho demais?

— Seu pai deve estar no museu de arte.

Myung-joon gostava de ver os mesmos quadros em dias diferentes, em momentos diferentes do dia, sob climas diferentes.

— Sabe, suas tias vivem nos sondando.

— As tias? Sério?

— Elas devem ter medo que nos divorciemos na terceira idade.

— Vocês ainda não estão na terceira idade.

— Entre divórcio e terceira idade, você se preocupa mais com a idade?

— Ah, pode parecer que sim. Mas não é você o problema. É no meu pai que as tias não confiam.

— Bem, eu entendo que ele tem um histórico e que é por isso que elas se preocupam, mas elas não são a mãe dele. Não gosto quando os irmãos se intrometem demais. Na nossa idade, todos vivemos como bem quisermos.

Nanjung e Uyun achavam graça no passado dele. Myung-joon, que foi para a Itália para estudar pintura e mudou a carreira para ser especialista em restauração, casou-se com a namorada e se divorciou depois de dois meses... Quer chamassem de incidente ou de anedota, foi um grande choque para as irmãs, que, tirando isso, tinham a mente bastante aberta. Talvez fosse porque só Josef Leigh, que estava de férias, havia viajado da Alemanha para a Itália para ver Myung-joon e comparecido à cerimônia de casamento realizada no edifício da prefeitura construído na Idade Média.

— Não acredito que meu pai tinha um lado tão ousado. Ainda não consigo imaginar.

— Não, ele não foi ousado. O que ele fez na verdade foi covarde. Como achou que as irmãs o impediriam, ele as evitou.

Em virtude de sua dissolução rápida, o casamento foi anulado antes mesmo de ser registrado. As tias de Uyun costumavam tirar sarro do nome da ex-esposa dele, Chiara Celsi; brincavam que ela teria terminado a relação dizendo "*Chiara, ma!*", o que significa "Desista!" em dialeto Gyeongsang. Uyun, que deduziu essa história familiar trágica apenas ouvindo conversas de adultos enquanto passava pela puberdade, tinha muito medo que Myung-joon pudesse ter feito algo errado. Isso havia acontecido em meados dos anos 1980, por isso considerou seriamente a possibilidade de o casamento ter desmoronado tão rapidamente porque seu pai tinha sido opressor ou pouco colaborativo de uma maneira asiática. Contudo, a história completa estava longe disso e mais perto de Chiara abandonando Myung-joon para voltar ao ex-namorado. Uyun conseguiu descobrir em detalhes recorrendo à segunda tia, que era a mais simpática e acessível. Depois disso, começou a pensar no pai com mais compaixão.

— Ele se meteu em um drama italiano, basicamente. Eu me pergunto se ela não escolheu seu pai no começo para deixar o ex com ciúme. Eles eram pessoas muito estranhas. Até mandaram um presente para nós quando você nasceu!

— Sim, eu ouvi que meu coelho de pelúcia era deles. Era meu favorito.

— Os italianos realmente sabem fazer coisas macias.

— Pelo menos vovô Josef pôde ver meu pai se casar.

— Pff, o casamento deve ter acabado antes das férias de Josef terminarem. Não sabemos ao certo, mas tudo isso deve ter encurtado a vida dele em um ou dois meses. Ele era uma pessoa muito gentil.

Ao ouvir as palavras da mãe, Uyun sentiu pena do avô, de quem só conseguia se lembrar do toque. Era possível que apenas homens dignos de pena pudessem existir na linha familiar de Shim Sisun. Apenas homens que conseguiam suportar que escândalos de paixão desaparecessem como fantasmas e, depois de um tempo, virassem piada.

— Você é muito parecida com seu pai, sabe.

— Como?

— A maneira como ele foi estudar pintura fora, depois mudou para restauração. A maneira como você foi estudar escultura fora e depois mudou para o que faz agora.

— Arte conceitual.

— É, isso.

Nanjung às vezes se admirava e se assustava pela semelhança entre Uyun e Myung-joon nas expressões faciais e na postura enquanto falavam de coisas que só eles sabiam. Normalmente eles falavam sobre as ferramentas que usavam para trabalhar: como brocas dentárias e ferramentas para montar figurinos eram excelentes e úteis... Os dois às vezes iam a convenções que pareciam não ter relação com seus campos de atividade, mas que ofereciam novas ferramentas para usar. Pai e filha tinham em comum a certeza de que suas habilidades se originavam de investimentos generosos em boas ferramentas.

— Você ainda está usando argila nas suas obras?

— Claro. Uso mais modelos em 3D, mas às vezes argila também. Há alguns casos em que é tudo feito por gráficos e outros em que usamos animatrônicos em partes para economizar dinheiro.

— Então é como um robô?

— É um equipamento mecânico simples com uma boa cobertura. Sei que não há muita coisa dentro, mas ainda assim me surpreende.

— Parece divertido.

Se for divertido, ela não vai voltar para casa, Nanjung pensou. *Não podemos morar com um cachorro então.* Devia haver muito mais trabalho nos Estados Unidos do que na Coreia, e o tratamento devia ser melhor. Poderia ser melhor para Myung-joon se aposentar e o casal se mudar para Los Angeles. O sistema de segurança social lá provavelmente era um caos – a verdadeira dor de cabeça.

— Por você não aprendeu a surfar em Los Angeles?

— Minha casa é longe da praia, e as ondas lá pareciam grandes demais.

— Você vai continuar quando voltar?

— Não, acho que vou estar muito ocupada.

— Por que não faz yoga? Algo seguro.

— Mãe, yoga é intenso. Conheço um monte de gente que se machucou fazendo yoga.

— Não acredito.

— Um caiu enquanto fazia uma parada de cabeça, outro caiu de uma rede suspensa em pleno ar.

— É só respirar com calma, então.

Ao mesmo tempo que dizia isso, Nanjung sabia que a natureza dos jovens era fazer o contrário. Uyun cairia e se machucaria. E não havia nada que Nanjung pudesse fazer a respeito. Quando os amigos dela falavam mal das filhas por ficarem deitadas no quarto lendo quadrinhos sem pensar em sair de casa, ela queria retrucar: *Vocês deviam saber a sorte que têm*. Talvez ela precisasse conhecer mais pais que mandavam os filhos estudarem fora ou imigrarem. Será que havia um livro sobre o assunto? A existência de todos os tipos de livros no mundo era sempre um alívio. Nem todos eram bons, mas até livros terríveis proporcionavam algumas risadas estranhas à sua maneira.

— Vi um livro muito estranho editado recentemente.

— Era sobre o quê?

— Líquen.

— O que é isso? É como um papel?

— Não. Sabe, nas profundezas das florestas, encontramos uma coisa verde na lateral das árvores. É como aquilo. Parece uma planta única, mas na verdade é uma planta e fungos em uma relação simbiótica. Juntos, eles se tornaram capazes de viver em um ambiente em que não tinham como viver um sem o outro.

— Que maneiro!

— Achei um pouco assustador. Quanto mais lia a respeito, mais alienígenas eles pareciam. É incrível como os humanos sobreviveram em um lugar repleto de coisas tão grotescas.

— Eu deveria ler esse livro também.

— Tem um capítulo muito aleatório sobre culinária no meio. É um livro de biologia, mas de repente vêm umas receitas...

— Não acredito. — Dessa vez, Uyun imitou a mãe.

— Não, é sério. Sabe, as pessoas comem líquen *manna*. Então de repente o livro apresenta em detalhes como diferentes países o comem. Misturam com shoyu e sei lá o quê.

— Ai, meu deus.

— É um livro curto. Vai ver o autor quis algumas páginas para encher linguiça.

— Vou pensar nisso toda vez que comer líquen *manna* por sua causa. Não me conte essas coisas. Por que você não escreve um livro sobre livros escritos de maneiras estranhas?

— Pare de falar como sua avó. Você acha que escrever é algo grandioso? Qualquer pessoa sem vergonha pode fazer isso. Encontrar seu estilo e algo sobre o que valha a pena ler em meio à escória descarada do mundo é o verdadeiro desafio.

— Quem diz "escória descarada" em voz alta? Você é tão estranha, mãe. Você é uma mãe estranha.

Rindo da escolha de palavras de Nanjung, Uyun caminhou até uma banca comprida sob a sombra do shopping. Acessórios com pequenas decorações de vidro estavam expostos. A vendedora, com o cabelo enrolado em um lindo lenço estampado, se inclinou à frente para falar sobre os brincos e colares para Uyun.

— Mãe, isso é feito de vidro do mar.

— Vidro do mar? Daqueles que a gente encontra na praia?

— Sim, fizeram isso com os redondinhos que pegaram.

— Vamos comprar um para cada?

Nanjung e Uyun ergueram os acessórios de que gostaram diante de um espelhinho. Elas gostaram de tantos que acabaram comprando coisas também para Jisoo, Hwasoo, Myung-hye, Myung-eun, Kyung-ah e Haerim. Carregando as compras, Uyun considerou qual ficaria bem em quem, enquanto Nanjung se arrependeu um pouco de gastar dinheiro assim, já que ela deveria estar economizando para ir para Los Angeles depois.

Capítulo 17

ENTREVISTADOR *Sua escrita é bastante única. Não existe nenhum outro escritor que tenha a mesma predileção sintática que você. Qual é seu segredo?*

SHIM SISUN *Imagino que seja porque minha noção de língua é como uma vasilha estilhaçada no chão. Coreano, o japonês que aprendi quando era jovem, inglês e alemão estão misturados dentro da minha cabeça – não de uma maneira harmoniosa, e sim com rachaduras por toda parte. Como preenchi as rachaduras, como até acrescentei algo como uma ponte suspensa entre os penhascos, minha escrita pode parecer única. É possível. As pessoas encontram beleza tanto no que foi destruído e restaurado como no que é impecável.*

— trecho de uma gravação de *Uma noite pública de literatura* (1981)

Sou o único que não fala inglês.

Esse fato perturbava Kyurim. Sua mãe, suas tias, seus tios, suas primas e até sua irmã caçula, Haerim, falavam inglês bem e conversavam com todos que puxavam assunto, e apenas Kyurim não conseguia se virar. Ele não sabia se era ou não algo bom que ninguém notasse porque, afinal, ele já não era de falar muito mesmo. Todos eram tão talentosos do ponto de vista linguístico que não pareciam capazes de conceber quem não era. Kyurim descobriu que não era o único quando seu tio chegou discretamente perto dele em uma reunião familiar.

— Eles não falam densamente demais?

Embora sua mãe costumasse zombar do seu tio na ausência dele por ser "alguém sem presença apesar de sua altura", não faltavam habilidades de observação a ele. Seria mais surpreendente se ele *tivesse* presença perto da tia Myung-hye. Quando estava perto da família toda, Kyurim sentia que conseguia morder a abundância de palavras no ar. Elas eram difíceis de digerir, o que sem dúvida tornava longas visitas familiares exaustivas. Ele preferia estar embaixo d'água. Além de não querer falar, não queria pensar. Ele gostava de mergulhar, contar os segundos, subir devagar, depois mergulhar de novo e se concentrar apenas em suas respirações, temperatura corporal e condições musculares. Ele queria sentir apenas as grandes bolhas de ar na boca e as pequenas moléculas circulando por seu corpo.

Quando não pensava, Kyurim sentia como se o tempo tivesse parado. Ou como se tivesse transcendido o tempo. Assim como a vida tinha se submergido na água durante os tempos pré-históricos, na Era Mesozoica e na Era Paleozoica, ele imaginava que o mundo atual sobre a água estivesse para sempre mergulhado atrás de seu colapso.

Ele queria deixar para depois o pedido para a mãe mudar sua academia de reforço escolar. *Pedir para me transferir de escola seria demais, hm*... Sem pensar muito, Kyurim tocou a areia embaixo d'água. Um cardume de agulhas-pretas o rodeou. Será que eles estavam desconfiados ou curiosos? Sempre que Kyurim tentava chegar perto, os peixes transparentes nadavam para longe na distância exata em que ele havia se movido. Eles tinham uma capacidade incrível de medir e manter distância.

Por mais que tentasse esvaziar a cabeça embaixo d'água, Kyurim não parava de pensar nos dois amigos de quem havia se distanciado no último semestre. Desde o meio do ensino fundamental, eles estavam na mesma turma unida; mesmo quando os alunos mudavam de escola ou eram colocados em aulas diferentes na escola, permaneciam próximos. Foi Hanbit, uma de suas amigas da academia, quem deu a Kyurim o apelido de "Gohyang Mandu".

— Comi tantos Gohyang Mandu assim?

— Sim.

— Mas não o suficiente para esse ser meu apelido, né?

— Ah, ele combina perfeitamente com sua personalidade. Bolinhos congelados evoluíram muito além dos Gohyang Mandu, mas você se satisfaz plenamente com o Gohyang Mandu. Você se satisfaz fácil. Você também não enjoa de barras de chocolate Ghana. *Anbunjijok* é saber seu lugar. Como aprendemos na aula. Você é como um erudito clássico.

Ele nem sempre foi Gohyang Mandu; ele também era chamado de chocolate Ghana e Anbunjijok. Apesar de estar cercado pelas tias, primas e uma irmã, além de estudar em uma escola mista, Kyurim gostava de ser próximo de Hanbit. Uma menina. Ele gostava da sensação de equilíbrio que sentia por ter uma amiga assim.

Doyoung, que sempre se sentava perto ou atrás de Kyurim em aula, vivia o chamando em voz alta pelos apelidos dados por Hanbit. Como Doyoung dizia coisas engraçadas e estava na aula seguinte, Kyurim andava com Doyoung o tempo todo. Kyurim se interessava por esportes enquanto Doyoung gostava de eletrônicos, então eles não eram tão próximos assim, mas, na prática, passavam grande parte do dia juntos. Kyurim gostava de ir ao restaurante de tteokbokki perto da academia com Hanbit, Doyoung e alguns outros. O revestimento da panela estava descascado, o que deixava todo mundo com nojo, mas todos gostavam da comida mesmo assim.

Eles nunca mais poderiam voltar a fazer isso. Será que era o corpo ou a mente dele que ficava incomodado? O ar parecia lhe escapar. Ele se sentia incomodado. Não sabia como lidar com esse incômodo.

Kyurim sabia que Doyoung tinha alguns problemas. Às vezes ele fazia piadas de mau gosto ou falava mal de celebridades e entrava em conflito com Hanbit toda vez. Ficou pior depois que entraram no ensino médio. Kyurim não se lembrava do que estava fazendo quando os dois brigaram, mas Hanbit falou depois que ele estava com um sorriso falso. Que ela odiava isso mais do que a cara de Doyoung.

Depois de entrar em repetidos confrontos com Hanbit, Doyoung juntou apenas os meninos da academia para criar um grupo de chat à parte, o que estilhaçou tudo. Doyoung costumava postar fotos de celebridades e memes engraçados lá, mas ele era bom em Photoshop e às vezes ele próprio fazia memes. Adicionou piadas internas entre os estudantes da academia, incluindo queixas sobre os professores também. Kyurim desativou as notificações porque se cansou das mensagens se acumulando e, um domingo, foi fazer trilha com o pai e sua bateria acabou... Naquele domingo, Doyoung tirou uma foto inapropriada de Hanbit, que foi passada imediatamente para as meninas assim que uma delas a viu por sobre o ombro do namorado. Quando Kyurim carregou o celular em casa, inúmeras ligações e mensagens apareceram na tela. Hanbit chorava e xingava Kyurim pelo telefone. *Você deixou que isso acontecesse.*

Se tivesse acontecido na escola, teria havido ao menos um gesto de ação disciplinar, mas, como foi na academia, Doyoung e os alunos que se solidarizaram com ele simplesmente pararam de ir, enquanto os alunos ficaram bravos com Doyoung. As delimitações eram meio dúbias. O fato de que Kyurim não viu a foto em questão foi aceito assim que os pais dele foram à academia e conversaram com os professores. Quase todos os outros aceitaram isso, mas Hanbit não conseguiu aceitar.

Recentemente, Hanbit havia encurralado Kyurim durante o intervalo:

— Você acha que estou sendo injusta? Acha?

Kyurim havia se sentido injustiçado a princípio. Se tivesse olhado o chat antes naquele dia, teria gritado com Doyoung, e Hanbit teria entendido que Kyurim estava do lado dela. Ele se sentiu injustiçado não por Hanbit, mas pela situação. No entanto, quanto mais a escutava, mais ele perdeu a sensação de ser injustiçado.

— Você sempre fez cara de paisagem. Deixou que ele falasse. Aceitou o convite quando os meninos fizeram o grupo de chat. Nunca saiu. Não fez nada quando os outros contaram para você. Kim Doyoung sempre foi um bosta, mas... ah, você não viu? Você estava nas montanhas? Vamos supor que seja verdade. Só de pensar que tive que estar com todos vocês nessa salinha sem janelas há anos, e isso é... um nojo. Isso me enoja.

Fazia sentido que Hanbit se sentisse dessa forma. Kyurim entendia que sua explicação não era nem convincente nem importante desde o que havia acontecido com a sua prima mais velha. Quando o homem jogou ácido clorídrico em Hwasoo, toda a família aprendeu muito bem como era repulsivo um agressor que se fazia de vítima. Kyurim não podia fazer o mesmo. Entre o lugar de agressor e o de vítima, ele devia admitir que estava mais perto do primeiro. Havia auxiliado de maneira estúpida e distraída e, sido cúmplice mesmo antes de ficar sem bateria e do péssimo timing. Parecia impossível recuperar a amizade com Hanbit. Agora, a única coisa que Kyurim poderia fazer pela amiga era dar espaço a ela. Sair da academia e fazer aulas pela internet em vez de não fazer nada. Ele não era tão próximo dos outros alunos como era de Hanbit e não se importava em abrir mão de todos por Hanbit. Mas voltar para a escola e ver Doyoung seria doloroso. Toda vez que Kyurim cruzava com o garoto no corredor, ele tinha que pensar em como não era tão diferente de Doyoung, afinal.

Será que um dia ele estaria nessa situação de novo? Queria evitar mais do que qualquer coisa. Com sua mente simples e devagar, ele pensaria até ficar com dor de cabeça, mas se sentia muito melhor no Havaí. Ele queria morar lá. Ou pelo menos em algum lugar como o Havaí, onde as pessoas fossem um pouco menos perversas do que na Coreia e passassem a maior parte do tempo na praia.

Houve momentos em que ele ficava desesperado para pedir desculpa de novo. *Eu deveria ter criado uma atmosfera em que ele não pudesse fazer esse tipo de coisa. Somos amigos há muito tempo, e falhei com você...* Ele queria comprar uma lembrancinha especial para Hanbit. Ou queria consultar as primas. *Já aconteceu algo parecido com vocês? Vocês já ficaram tão bravas que romperam a amizade com uma pessoa por ela não ter feito nada?* Suas primas poderiam ter algumas informações úteis, mas ele não se sentia confiante em explicar sem parecer que estava se justificando. No fim, não pediria desculpas nem conselhos.

Kyurim se lembrou da vez que Jisoo zombou dele.

— Hwasoo Unni é como aspas, porque é sempre séria. Sou um pouco destrambelhada, então sou como uma vírgula. A cara de Uyun é de um ponto de interrogação. Haerim é surpreendentemente firme, então ela é um ponto-final. Você... é uma elipse.

Ele decidiu tomar isso como um sinal. Algumas palavras não precisam ser ditas. Como as palavras injustiçadas de alguém que não foi injustiçado. Kyurim pensava devagar e nunca vocalizava o que era filtrado. Tornar-se a elipse que ele nasceu para ser não parecia ruim. Por um momento, ele pensou que a as correntes de água com diferentes temperaturas no mar lembravam os pensamentos em sua cabeça, mas deixou até isso para lá. Depois de receber o sinal de Chase, começou a voltar à superfície devagar.

— Mãe, compra pés de pato para mim? — Kyurim implorou, ignorando tudo que precisava ser dito.

— Não vai ser só mais uma coisa para levar de volta? Você não vai usar isso em casa.

— Não, vou continuar usando. Então compra para mim.

Os pés de pato que ele usava emprestados machucavam a parte de trás de seus tornozelos porque não eram do seu tamanho. Kyurim mostrou os calcanhares vermelhos para ela.

— Tá. Mas é você quem vai ter que fazer caber na sua mala. Nem sonhe em colocar na minha.

Mãe e filho chegaram a um meio-termo. À noite, deram uma volta por várias lojas e encontraram os pés de pato perfeitos para Kyurim. Eram feitos de borracha preta sem fivela, e ele sentiu uma elasticidade que não cederia por um longo tempo. Kyurim sabia que usaria esses pés de pato para sempre.

Foi então que viram Taeho no shopping.

— Kyung-ah! Kyung-ah!

Taeho se aproximou deles ao lado de um homem desconhecido com o braço apoiado sobre seu ombro.

— Vocês não vão acreditar: cruzei com meu amigo do ensino fundamental aqui! Não é incrível? Que mundo pequeno.

Enquanto sua mãe dava oi com indiferença, Kyurim invejou o marido da tia. Desejou que ele e Hanbit um dia se encontrassem em um destino de viagem distante e ficassem felizes em se ver. Ele sabia que seria impossível, mas parte dele ainda não conseguia desistir.

Capítulo 18

Nós nos mudamos de Düsseldorf para Frankfurt, e lá engravidei da minha primeira filha. Embora fosse a apenas uma viagem de trem, pensamos que as pessoas na cidade nova seriam indiferentes a nós. Quem foi? Quem se deu ao trabalho de contar a notícia para Matthias?

Embora algumas pessoas digam que Matthias sempre teve tendências suicidas, sei que não é verdade. Como a autópsia revelou, seu fígado e seus pulmões teriam durado mais poucos anos no máximo. Ele só quis usar seu fim inevitável para acabar comigo e com Josef uma última vez. Sei que eu não deveria, mas sempre imagino Matthias cantarolando enquanto se preparava para morrer. A maneira como ele escreveu a carta de suicídio/carta de amor devotada para mim que continha apenas falsidades, depois deixou instruções firmes para o advogado... As janelas do sótão davam para o jardim, portanto, em vez disso, Matthias pulou do quarto andar para a rua. Era a cara dele preferir a rua ao andar mais alto. Algumas pessoas sobreviviam a cair do quarto andar, mas ele não. Ele morreu no mesmo instante.

Como ele escreveu que não podia viver com minha traição porque me amava, mas me deixou suas pinturas, sua casa e sua propriedade, tive que enfrentar o ódio de toda a Europa. Tornei-me a bruxa asiática que havia destruído o pintor talentoso. A mídia era mais lenta na época, mas as pessoas já amavam fofocas tanto quanto amam agora. Não demorou muito para a zombaria se transformar em violência. Tijolos voaram pelas minhas janelas, lixo e esgoto foram deixados na minha casa e pequenas ameaças na rua se agravaram. Era tudo o que Matthias desejava. Ninguém viu suas verdadeiras intenções, seus planos finais traçados antes mesmo de sua cabeça bater na calçada executados um a um. Certos suicídios são atos de violência. Um ato final de violência. Parte do que ele queria era se matar, porém, mais do que isso, certamente também queria matar minha felicidade, minha arte e meu amor. Assim como ele não podia voltar à vida, pretendia que eu nunca me recuperasse da sua morte.

Eu e Josef fomos a Paris e nos escondemos na casa de Min Aevang. De Düsseldorf a Frankfurt, de Frankfurt a Paris, nos mudamos como se seguíssemos uma coreografia. O pai de Aevang ainda é suspeito de ter sido colaborador do comércio colonial por possuir negócios suspeitos e deixar a Aevang uma casa como aquela em Paris em tempos tão empobrecidos, mas ele certamente foi um pai esclarecido para a filha. Naqueles tempos, era difícil ser independente e valente sem um pai como ele, e que alívio é esses tempos terem acabado. Aevang, sempre tão destemida, nos protegeu quando estávamos extremamente assustados. Ela até adiou seu retorno por mim, para que eu não sofresse um aborto espontâneo. Também foi Aevang que, depois que as coisas ficaram mais seguras, sugeriu que viajássemos todos juntos à Coreia.

Voltar à Coreia era algo que não tinha sido considerado como opção, mas pareceu sensato quando toda a Europa me desprezava. Josef também concordou que era melhor assim. Quando Aevang me pediu para escrever uma crítica curta para o livreto de uma exposição que estava prestes a acontecer, deve ter sido um gesto de incentivo da parte dela para me convencer a sair da minha letargia. Mas tudo mudou depois disso.

— trecho de *E então minhas palavras voltaram a mim* (1997)

Deve ter sido quase uma falsidade ideológica. Quando Shim Sisun voltou à Coreia, sua classe, seu status e sua profissão haviam mudado – tudo graças a Min Aevang. Transformar sua notoriedade europeia em um mistério envolvente não foi obra de Sisun. Hwasoo, como neta de Sisun, conseguia ler nas entrelinhas. Min Aevang fez tudo isso acontecer. Distribuindo ou disseminando informações, agindo como uma ponte entre Sisun e os outros, construindo a carreira dela como gestora. Min Aevang sabia muito bem se fazer passar por boa dama inflando o peito como uma ave de plumas magníficas, e as pessoas se deixavam enganar porque entendiam que ela usava seus talentos não para si, mas por aqueles de quem ela gostava. No entanto, Aevang faleceu antes de ter idade suficiente para ser chamada de uma "boa dama" nesse sentido, por isso nenhum dos filhos de Sisun se lembrava dela com clareza.

— Ela usava muitos chapéus chiques, né?

— Sempre que começávamos em uma escola nova, ela nos dava canetas-tinteiro ou coisas assim. Acho que gostávamos bastante dela.

— Ela usava um perfume forte que era muito gostoso. Qual era o aroma? Gardênia?

— Ela sempre brincava sobre adotar Myung-eun.

A mulher, que permanecia apenas em velhas fotografias e memórias vagas, havia estabelecido sua avó no mundo da arte coreana. Os degraus que Sisun havia conseguido subir obstinadamente durante a crise se revelaram úteis. Se quisesse, ela poderia ter voltado a pintar, mas disse que não queria. As pessoas não entendiam como uma pintora poderia simplesmente parar de pintar assim, mas ela parou por completo e jogou suas obras antigas fora. As pinturas que Matthias havia deixado a ela à força e aquelas que ela mesma havia largado para trás em Düsseldorf juntaram poeira, foram roubadas ou esquecidas e, às vezes, ressurgiam.

Na Coreia, Sisun escreveu em vez de pintar. No começo, desenvolveu uma afetação peculiar em coreano que soava como alemão ou inglês traduzido, mas logo recuperou a sensibilidade linguística de escrever de maneira natural e potente. Ela começou com ensaios curtos e publicou em diversas revistas até conseguir um contrato literário. O que foi pensado como uma estadia de três meses se transformou em um ano, dois anos, e ela nunca mais voltou. Depois de uma década, Josef Leigh voltou à Alemanha sozinho. Entre o amor e a linguagem, Sisun havia escolhido a linguagem. Ela não conseguia desativar as palavras depois que elas começaram a brotar... Myung-hye, sendo o tipo que supera tudo, passou pelo divórcio dos pais fingindo ser madura e indiferente; Myung-eun ficou tão magoada que depois adotou o sobrenome da mãe; e Myung-joon, que foi quem mais sentiu falta de Josef, passava as férias na Alemanha.

Para criar três filhos, Sisun escreveu ensaios. Hwasoo nunca soube como os avós haviam dividido os bens. Sempre que o dinheiro estava apertado, Sisun provavelmente queria vender as pinturas de Matthias Mauer. Mas ela esperou o momento certo para doar e escrever a respeito disso. Sem revelar tudo de uma vez, ela escreveu fragmentos sobre sua vida privada em relação à qual todos eram tão curiosos. As coisas vulgares que as pessoas queriam saber, ela apenas insinuava, e enchia seus livros com o que queria dizer ao mundo. Era uma estratégia inegavelmente esperta. Ou talvez a maneira de Sisun compreender aos poucos o que havia passado com ela.

— Por que ela, que via tudo com clareza, demorou tanto tempo para digerir o que havia acontecido? — Hwasoo perguntou.

— Vovó não conhecia os termos que conhecemos hoje — Jisoo disse.

— Termos?

— *Gaslighting*, corrupção de menores, coisas assim. Conhecendo esses conceitos, partimos de uma perspectiva diferente de alguém que precisa de uma explicação longa sobre cada um.

Hwasoo sempre se surpreendia com a inteligência de Jisoo. As pessoas que só viam o lado divertido de Jisoo supunham que ela não era esperta, mas isso não era verdade. Hwasoo estimava os neurônios da irmã – tanto que recomendou a ela em várias ocasiões não usar drogas durante a moda dos balões de gás hilariante nas baladas.

— Você não deveria ter rancor da vovó — Jisoo disse.

— Não tenho.

— Vovó se esforçou à maneira dela. Pode não ter sido eficiente, ela pode não ter vencido, mas mesmo assim. Em todo caso, as pessoas só conseguem ver o que se mostra nos tempos em que elas vivem.

— Mas vovó era uma pessoa à frente de seu tempo.

— Isso é verdade, mas ela também era apenas uma mulher da nossa idade. Não, ela era mais jovem do que somos agora.

Era possível que Hwasoo... sentisse um pouco de rancor. Como Sisun disse: "Certos suicídios são atos de violência", e Hwasoo se ressentia da avó por perpetuar essa violência. Para ela, Sisun era a adulta por excelência, e Hwasoo talvez desejasse inconscientemente que os adultos tivessem quebrado a corrente suja e pesada antes que chegasse a ela.

Sou uma adulta também.

Ela não podia ser uma filha, uma neta, alguém a ser protegida para sempre. Como poderia viver como adulta? Embora já fosse adulta, era uma adulta *de verdade*? Seria difícil fazer isso dormindo o dia todo. Era um sintoma de regressão. O corpo provavelmente estava agindo dessa forma para proteger a mente, mas ela tinha que se libertar e sair dessa. As pessoas diziam que era uma situação compreensível, mas Hwasoo estava cansada de ter que ser compreendida.

Algo escroto havia acontecido a Hwasoo. Ela não fazia ideia de que havia se tornado uma pessoa que diz "escroto", mas não havia palavra melhor para a masculinidade tóxica. Vovó dizia que palavrões também eram uma forma de expressão; bastava usá-los de maneira precisa e explosiva.

— Não deve haver vida após a morte.

— Ah, que droga. Queria ouvir música depois de morrer. — Jisoo espreguiçou os braços como um gato gorducho.

— Se vovó ainda estivesse em algum lugar nesse mundo, ela não teria deixado que uma coisa assim acontecesse. Ela teria mudado o mundo inteiro, mas teria me protegido.

— Como um guarda-chuva fantasma?

O estranho comentário de Jisoo fez Hwasoo tentar imaginar um guarda-chuva fantasma, mas ela não conseguiu.

— Não, tipo... deixando um aviso vago escrito em um quadro branco. Ou fazendo-o tropeçar na escada para que ele caísse e todo o ácido clorídrico se entornasse sobre ele.

— Vovó teria sido um fantasma muito criativo, mas realmente não deve haver uma vida após a morte se nada aconteceu. Sinto falta da vovó. Aliás, sabia que fiquei com a caixa de botões dela?

— Caixa de botões?

— É uma caixa de ferramentas, mas tem um monte de botões dentro. Os botões extras que vêm com as roupas quando as compramos novas. Vovó envolveu cada um em papel e escreveu quais botões vão com quais peças de roupa porque eram todos parecidos, embora ela nunca fosse usar nenhum desses botões. Como esses botões extras são as únicas coisas que restam com a letra da vovó, choro toda vez que abro a caixa. Acho que eu poderia até começar a atuar. Se um dia precisasse chorar para uma cena, tcharam!, eu a abriria. Berreiro cem por cento garantido.

— Não sabia que você tinha isso. Não precisa mostrar para mim. A casa da vovó era tão bagunçada, mas acho que não era uma bagunça total se ela organizava os botões. Ela tratava os móveis com tanto descuido que fiquei em choque quando descobri que eram Bauhaus de verdade. O cinzeiro e o abajur dela foram feitos por Marianne Brandt. Quase os joguei fora sem saber.

— Deviam ser peças relativamente novas e banais quando vovó as comprou. Ela provavelmente não fazia ideia de que se tornariam tão valiosas.

— A mãe dizia que mulheres que moram sozinhas devem ter móveis magníficos, por isso ela os deu para a tia Myung-eun, mas acho que ela os enfiou no sótão.

— A tia se muda com frequência. Tenho certeza de que ela vai usá-los algum dia.

— Sinto falta das cadeiras de vime em que vovó ficava. Será que jogamos todas fora?

— Tem uma na minha sala. Vime está na moda de novo, então fica bem natural.

— Você refez as almofadas?

— Sim. Eu as medi e fui ao mercado de Dongdaemun para mandar fazer. Escolhi uma estampa com folhas enormes e brilhantes. Mas a poeira que tinha se acumulado em cada vinco ao longo de pelo menos trinta anos... foi muito difícil limpar com cotonetes.

— A mãe e a vovó provavelmente tinham personalidades conflitantes.

— As relações entre mãe e filha não são todas difíceis? Você também não está passando por um momento difícil tendo sido arrastada para esta viagem em família?

— Ah, eu disse que viria. Quer comer panquecas?

— Até quero, mas tenho compromisso.

Uma leve culpa perpassou o rosto de Jisoo enquanto a rejeitava, o que secretamente chateou Hwasoo. Ela não gostava que sua irmã mais nova pensasse que tinha que protegê-la ou ao menos proteger suas emoções.

— Você vai se encontrar com aquela pessoa de novo? Tem certeza de que é seguro? Você não pode simplesmente sair atrás de pessoas desconhecidas.

— Chase é... Vai ficar tudo bem.

— Tá, você tem bons instintos. Acho que você tem os melhores instintos de todas nós.

— Se estiver nervosa, quer vir também?

— Não, estou bem.

Jisoo não insistiu, depois experimentou duas camisetas que pareciam iguais para Hwasoo. Sentindo-se impaciente, Hwasoo abriu sua mala para a irmã, mas, no fim, Jisoo pegou emprestadas roupas de Uyun, que já tinha saído da casa. Hwasoo a observou em silêncio.

Jisoo disse:

— Uyun não vai se importar.

— Não falei nada.

Jisoo saiu, e Hwasoo se preparou para sair também. Ela estava apenas tomando banho e trocando de roupa, mas levava muito mais tempo para isso do que Jisoo. Hwasoo parava por longos períodos várias vezes. Como uma pessoa anêmica sem energia, ou uma pessoa com olhos invisivelmente vermelhos, ela parava e voltava se mexer.

Só quando chegou ao restaurante de panquecas ela se deu conta de que havia deixado o livro de Sisun para trás. Hwasoo soltou um pequeno suspiro inaudível aos outros e pegou um jornal gratuito oferecido pela loja. Ela tomou cuidado para não ser flagrada, pois achava que suspirar em público era imaturo. No jornal, havia opiniões sobre como aumentar os fundos para os serviços de educação e saúde necessários na região, um aviso sobre uma área fechada em razão de fortes ondas erodindo as estradas costeiras, seguido por retratos falados de assaltantes de estacionamentos e pessoas que pilotavam drones ilegais em um parque nacional, e toda uma página de notícias internacionais reunidas ao acaso e, depois, vinha a seção de obituários. Eletricista, assistente de biblioteca, designer de sapatos, veterano naval, mecânico de fazenda de abacaxis, veterano da força aérea, funcionário de hotel, gerente de vendas, supervisor de plantação de açúcar, treinador esportivo, presidente de patrocínio... Parecia uma semana em que pessoas de todas as idades, de cinquenta e dois a noventa e três, faleceram. Às vezes as mulheres ou não eram identificadas por uma profissão, ou eram chamadas de donas de casa. Havia algumas pessoas cujos sobrenomes pareciam coreanos. Será que elas conheciam a vovó? Mesmo se não conhecessem, será já que teriam passado uma pela outra alguma vez? Depois dos obituários, vieram os itens usados e anúncios imobiliários. Pequenas fotos de casas em todo o Havaí estavam impressas também e, nas fotos, não havia defeitos e todos os quintais pareciam perfeitos, por isso ela as admirou por um tempo.

— Tentando comprar uma casa? — perguntou a dona, servindo o prato de panquecas. Hwasoo perdeu a oportunidade de responder. A mulher pegou o jornal da mão de Hwasoo e passou os olhos rapidamente pelos endereços. — Se continuar vindo aqui com frequência, esta é a mais próxima do restaurante.

Como a mulher estava sendo simpática, Hwasoo perguntou o que estava querendo perguntar.

— Suas panquecas são uma delícia, e quero compartilhá-las com minha família. Por acaso você vende uma mistura? — Ela tinha visto muitas misturas para panqueca havaiana no supermercado e em lojas de conveniência.

A dona balançou as mãos.

— Você acha que isso vem de uma mistura? Nunca que sairia assim.

Hwasoo estava sendo grosseira? Tinha insultado a proprietária? Era por isso que o restaurante se chamava Expressão Adequada? Hwasoo ficou um pouco espantada.

— Traga todos aqui. Se forem pele e osso como você, vou ter que engordar todos vocês.

Por sorte, ela não parecia chateada. A dona abanou a cabeça para os braços finos de Hwasoo, que também não ficou nem um pouco ofendida. Netas que tinham uma boa relação com as avós costumavam ser compreensivas com mulheres mais velhas. Hwasoo deixou de lado o jornal e se concentrou em comer. Fazia meses que sua menstruação não descia. Era comum ela dormir durante as refeições e, mesmo quando comia, seu corpo rejeitava a comida. Mas ela sentiu que seu corpo receberia tão bem as panquecas da Expressão Adequada como tinha recebido na primeira vez em que as comeu. Ela sentiu que seu corpo as absorveria.

Hwasoo encontrou o que queria levar para a jesa – parecia que tinha sido decidido desde o princípio –, mas o problema era convencer a dona orgulhosa a cooperar. Persuasão exigia forças, e ela tinha que se fortalecer. Hwasoo espiou bastante a cozinha, mas não conseguiu continuar a conversa naquele dia.

Capítulo 19

MYUNG-HYE *Na verdade, eu invejava meus amigos com mães tradicionais. Sempre que ia a uma casa limpa e bem cuidada, queria morar lá. Nossa cozinha era tão horrível que cresciam fungos nela. Eu achava mesmo que alguém morreria por comer algo estragado; por isso, sendo a filha mais velha, eu ficava varrendo e limpando. Mas, claro, além de tudo, tínhamos uma família grande. A casa virava uma bagunça em um instante, e a mãe não tinha interesse nenhum em cuidar dela... Não havia mal nisso naqueles tempos, mas hoje em dia negligência também é considerada um abuso, então ela teria sido denunciada.*

MYUNG-EUN *Ai, meu deus... Os mortos não podem se defender, então dá para não falar assim? Produtor, edita essa parte, por favor.*

MYUNG-HYE *Por quê? A mãe nos criou para ser sinceras. O que você vai fazer a respeito? Nossas filhas, as netas dela,*

	amam muito a avó. Mas nós moramos com a mãe. Era difícil. Nem sempre era fácil amá-la. Acho que é por isso que relações entre mães e filhas são complicadas. Mas, depois de errar algumas vezes na vida, me divorciar e até fechar a empresa do meu padrasto, aprendi a ver que o fato de minha mãe não ser tradicional havia me ajudado. Ela nem pestanejava diante da maioria dos erros e nunca criticou as filhas de acordo com critérios convencionais.
KYUNG-AH	*Acho que ela foi uma mãe rara para aqueles tempos. Graças a ela, pude ignorar todas as lendas populares sobre madrastas.* [risos] *Recebíamos muitos convidados em casa, e eles sempre chamavam nosso irmão de "Futuro Sr. Fodão". A mãe devia odiar, porque, um dia, retrucou: "E minhas filhas? Não são Futuras Fodonas?", e fez um convidado que estava se repetindo passar vergonha. A mãe estava com um braço ao redor do meu ombro na hora, e foi então que eu soube que ela me considerava uma de suas filhas. Lembro de ficar feliz com isso.*
MYUNG-EUN	*Não é uma anedota ruim, mas você não acha que falar "foda" é um pouco demais? Pode não falar assim?*
KYUNG-AH	*Você está constrangida demais porque o produtor é seu amigo. Pare de se preocupar. É tão típico de filha do meio. Em todo caso, a mãe tinha valores muito particulares. Não muito tempo antes de morrer, ela estava agachada sob o sol, queimando alguma coisa com um isqueiro. Quando olhei mais de perto, ela estava derretendo as hastes de um par de óculos de sol da Chanel que tinha ganhado. Acho que ela disse que não encaixaram direito.*

Myung-eun	[suspira] *Também não acho que essa história seja tão importante assim.*
Myung-hye	*Se não gosta do que estou dizendo, por que não fala você?*

— trecho da versão não editada do
documentário especial *Mães e filhas* (2007)

Na Big Island, Myung-eun andou e andou e andou. Ela atravessou a caldeira vulcânica, caminhou até o observatório e andou na terra nova criada por uma erupção de lava de apenas um ano antes. Como é o caso de tudo que nasceu recentemente, a terra parecia rústica. Gases vulcânicos prejudiciais sopravam aqui e ali, mas ela os evitou a tempo. Pelo visto, teria que ter vindo um pouco antes para ver lava jorrando vermelha viva como queria.

Apesar da intenção de relembrar a mãe, Shim Sisun, os pensamentos de Myung-eun se voltaram a seu pai, Josef Leigh. Ela sentiu um aperto no peito por achar que estava traindo Sisun. Culpa das botas de trilha. Como havia aprendido com o pai a amarrar os cadarços (atando o último nó em volta dos calcanhares), ela pensava nele toda vez que arrumava os cadarços. Nesta ilha que exigia um carro quatro por quatro e botas de trilha, ela não conseguia separar completamente seu pai de sua mãe.

Myung-eun havia mudado de sobrenome assim que o sistema de registro familiar *hoju* foi abolido. O resto da família não entendeu, perguntando por que ela tinha ido tão longe. *Deixe o passado para trás*, eles insistiram. Embora não conseguisse explicar para a família, definitivamente não foi porque estivesse brava com o pai durante todo esse tempo. Ela apenas quis. Desde então, viu a mãe chamar as netas pelo nome errado algumas vezes. Como muitas avós, ela recitava os nomes de todas as outras crianças para chamar apenas uma e, quando a chamava pelo nome completo, vinham todos os tipos de sobrenomes. Park Hwasoo como Shim Hwasoo, Chung Kyurim como Lee Kyurim, Lee Uyun como Chung Uyun. Era uma confusão, mas isso também não importava. Myung-eun achava que, dos quatro filhos, uma poderia pegar o sobrenome de Sisun, por isso se deu ao trabalho de mudar de sobrenome legalmente. Seu pai já havia falecido e, mesmo se não tivesse, ela só precisava da permissão do tribunal.

Ela chegou à conclusão de que seu pai simplesmente não havia conseguido imigrar. O que às vezes acontecia com as pessoas. Ela foi entendendo isso aos poucos depois de virar adulta. Não eram muitos os que conseguiam ser transplantados para onde não tinham familiares ou outras relações. Talvez tivesse sido melhor se fosse em algum lugar da península da Malásia, mas parecia que Josef Leigh não conseguiu criar um laço com a Coreia. Enquanto Sisun se enredava como uma vinha em sua língua materna e na cena artística coreana, e seus três filhos cresciam mais próximos do coreano, Josef deve ter ficado à deriva. A expressão perdida dele de que ela se lembrava era real ou significava que ela a havia imaginado pelo contexto? Ele havia tentado à sua maneira. Havia se esforçado para fazer o que sabia. Mandava obras de artistas coreanos para a Europa e, trabalhou como agente diversas vezes e até fez planos de abrir uma galeria. O problema é que ele foi perdendo a motivação, como se murchasse. Foi porque seu coreano não melhorou? Ou porque ele não queria viver em mais uma ditadura? Ele não conseguia se apegar ao lugar. Seu amor definhou. Ele sentiu saudade de sua terra. Myung-eun teria preferido uma despedida emocionada, mas ele foi para a Alemanha em uma viagem a negócios e nunca mais voltou. Ela se ressentiu da covardia dele como uma forma fraca de lidar com a situação. Justificativas continuaram por cartas, telefonemas e convites, mas cada filho respondeu à sua maneira: sentindo mágoa ou se esquivando ou, mais adiante, sendo compreensivos.

— Pode ter sido o tipo de relacionamento que só consegue continuar sob pressão externa... Nós nos distanciamos depois que a força externa chamada Matthias desapareceu. Isso não tem nada a ver com vocês. Seu pai não os abandonou.

Sisun chegou às próprias conclusões, mas Myung-eun não queria especular até esse ponto. Ela não queria admitir o efeito que Matthias tinha em qualquer circunstância.

A última vez que ela havia visitado o pai foi quando viajou a Munique para uma conferência acadêmica. Ela pegou um trem para Düsseldorf e passou alguns dias com ele. Josef Leigh tinha emagrecido e envelhecido àquela altura e, para fazê-lo rir, ela comentou sobre o casamento italiano fracassado de Myung-joon, mas ele desatou a chorar de remorso como se fosse culpa dele. O pai dela, que já usava óculos de lentes grossas, os tirou para secar as lágrimas. O pai dela, que tentou pedir desculpas de alguma forma à filha com seu inglês com sotaque alemão... Ele era uma boa pessoa. Pela primeira vez, Myung-eun pôde ver o que Sisun viu em Josef. Ela conseguia imaginá-lo na juventude. A essa altura, Josef também teve um segundo casamento fracassado. *Se for para você ser tão solitário, deveria simplesmente viver conosco*, ela quis dizer, mas não disse. Myung-eun às vezes se impressionava por levar uma vida sem se casar nenhuma vez depois de nascer de pais que se casaram repetidas vezes.

— É jovem — ela murmurou enquanto caminhava.

A terra era jovem demais. Por mais que andasse, ela não conseguia se acostumar. Toda vez que a lava era expelida, a superfície mudava e a costa se alterava nesta ilha. Ela ficou contente por ter pegado outro voo para andar lá, embora isso significasse ficar longe da família. A terra em que Myung-eun costumava andar era antiga e resistente. Comparada com aquela, era uma mudança bem-vinda.

— Você vai continuar escavando pelo resto da vida? Vai ser a "tia toupeira"?

Myung-hye importunou a irmã mais nova sobre sua carreira por mais de vinte anos até aparentemente ter desistido hoje em dia, mas Myung-eun gostava muito da expressão a "tia toupeira" que brotou do nada. Quando Jisoo fugiu de casa, ela havia oferecido o sofá em sua casa de pés-direitos baixos como uma caverna, de modo que realmente se tornou uma tia toupeira. Ao contrário da concepção equivocada de Myung-hye, Myung-eun não escavava a terra com tanta frequência. Ela conduzia prospecções de superfície sempre que possível para evitar danos e, em casos especiais, começava a escavar depois de uma escavação preliminar. Sua lombar era frágil de tanto escavar valas na juventude, e ela pagaria o preço nos anos futuros, mas era tolerável na maior parte do tempo. Cansativo era o aspecto administrativo. No caso de pesquisas acadêmicas apoiadas pela Administração do Patrimônio Cultural ou pela Fundação, era tranquilo, mas a guerra de nervos se consumava no resgate de artefatos encontrados em canteiros de obras. As corporações agiam como tiranas, e proprietários individuais eram como uma dor de cabeça. Mesmo assim, era uma benção os fundos de loteria serem usados para projetos de apoio à escavação em pequena escala. Sempre que via alguém comprar um bilhete de loteria, Myung-eun queria abraçar a pessoa. Como não havia nada como um fundo de loteria para ajudar a academia e as artes, ela queria que cada vez mais pessoas criassem o hábito de comprar bilhetes de loteria. Embora a sorte agraciasse uma minoria, Myung-eun queria dizer que eles contribuíam para conservar uma relíquia quase destruída.

— Seu relatório de pesquisa de escavação é excelente. Deve ser porque você é filha de Shim Sisun, hein?

Ela ouviu repetidas vezes esse tipo de comentário porque todos sabiam sobre a mãe dela sem que ela nunca mencionasse, mas fazia tempo que havia parado de dar importância. Myung-eun pensava que Sisun acharia certa graça em como ela vivia escrevendo coisas para serem lançadas como materiais públicos ou PDFs em vez de serem vendidos. Myung-eun não conseguia imaginar uma vida diferente dessa. Uma vida em que usava roupas com muitos bolsos. Uma vida leve, leve, em que ela olhava para o tempo acumulado em terras antigas. Nem todas as pessoas ao redor de Myung-eun tinham o coração leve; ela era particularmente leve. A família queria que Myung-eun fosse morar na casa de Buamdong com os objetos que sua mãe havia deixado, mas parecia um peso grande demais para ela.

O artefato favorito de Myung-eun era uma louça de barro do Museu Nacional Buyeo. Não porque fosse chique, raro ou tivesse alguma relação pessoal com ela. Era um tipo simples de louça de barro colocada na primeira sala de exposição de qualquer museu e parecia ter sido afundada nas chamas de um forno. Não estava tão estragada a ponto de ser inutilizável; foi apenas a parte de cima que ficou um pouco amassada, e o artesão provavelmente ignorou pensando: *Bem, já que fiz, vou usar assim mesmo*, sem nunca imaginar que seu trabalho fracassado sobreviveria mil e quinhentos anos e seria exposto em um museu. Ele devia ter feito tantas outras louças de barro muito melhores, mas foi essa em particular que acabou por ser desenterrada e exposta em uma vitrine – como o artesão do século IV ficaria chocado e envergonhado! Era uma piada de mil e quinhentos anos. Uma piada frívola de um tempo para o qual poucas pessoas dariam importância ou do qual dariam risada.

Ela ficava contente por escavar artefatos de antes do século X. E não do século anterior... Os métodos de escavação não deviam ser tão diferentes assim, mas Myung-eun não conseguia imaginar como os outros se sentiam ao fazer esse trabalho. Parecia a mesma coisa à primeira vista, mas ela se sentia muito distante desses outros trabalhos. A escavação de restos mortais na cidade de T estava prestes a começar, e a família vivia perguntando sobre isso a Myung-eun, mas ela não tinha o que dizer. Enquanto andava e andava e andava, ela se preocupou se não havia enterrado demais a dor, se não havia escolhido a fuga como mecanismo de sobrevivência.

Enquanto andava na fronteira entre consciência e inconsciência, ela cruzou com uma pessoa que coletava algo que havia se endurecido no formato da lava do último ano. Seus olhos se encontraram, e ela deixaria isso de lado e passaria reto, mas a pessoa se empertigou abruptamente.

— Você, a botânica! Esses bastões de caminhada, esse chapéu, esse colete e essa calça! Você deve ser botânica, não é?

Myung-eun abanou a cabeça internamente enquanto se aproximava dele, achando a extroversão americana bastante incômoda.

— Não, posso parecer, mas sou arqueóloga. De arte budista.

— Sério? Errei meu palpite... pensei que fosse certeiro. Mas, enfim, você tem o sorriso do Buda!

Myung-eun sorriu, torcendo apenas para que ele não estivesse pensando em alguma cabeça de Buda colocada em um restaurante de fusão asiática.

— O que você está coletando? — Myung-eun perguntou, pensando que também deveria demonstrar algum interesse.

— É uma ʻōhiʻa lehua.

— Como ela voou até aqui assim que a lava endureceu e brotou?

— As sementes da flor de lehua não viajam pelo vento, mas pela água. Não é incrível?

Myung-eun, que normalmente observava as plantas apenas como ilustrações e fragmentos, examinou a flor estendida pelo botânico.

— Mas você precisa tomar cuidado com as vespas quando passa por essas flores. Muitos já foram picados este ano, o que causou um pânico enorme.

Demonstrando gratidão pelo conselho útil, ela devolveu a flor, mas o botânico subiu o visor por um breve momento e olhou para Myung-eun, depois encaixou a planta com cuidado entre papéis, escreveu o nome científico no canto e a devolveu para ela.

— Pode ficar.

Ela recebeu um presente onde não estava esperando receber. Esse estranho, que ela havia conhecido no meio de uma terra vazia que provavelmente nem tinha sido incorporada aos mapas ainda, por algum motivo estendeu uma flor e seu significado para Myung-eun. Ela ficou surpresa e, enquanto pensava que a mãe teria reagido com mais elegância, guardou o presente na bolsa.

— Obrigada. Acho que era isso que eu estava buscando na Big Island.

Mais do que acreditar, ela respeitava a lenda de que quem quer que tire um subproduto vulcânico de seu lugar ou o transporte para fora da ilha receberá a fúria e a maldição de Pele. Myung-eun vinha se questionando que diabos levar à jesa da mãe, e esse desconhecido deu a ela o presente perfeito. Como não era um subproduto do vulcão, mas uma semente que caiu em cima dele e uma flor que cresceu a partir dela, ela pensou que conseguiria evitar a maldição. Myung-eun vasculhou a bolsa, perguntando-se o que poderia dar em troca, então encontrou um incensário que havia colocado lá em algum momento. Ainda cheirava a zimbro. Embora temesse confirmar o estereótipo de que asiáticos carregavam incenso para todo canto, ela decidiu não pensar demais nisso, pois o botânico pareceu feliz com o presente. E assim uma pessoa que escava terras antigas e uma pessoa que examina a superfície de uma terra nova trocaram pequenos presentes.

Quando Myung-eun mandou mensagem para a família dizendo que estava no caminho de volta depois de encontrar algo esplêndido, todos ficaram um pouco ansiosos.

Capítulo 20

Minhas memórias do Havaí são sempre um pouco turvas. Será que é porque se passou muito tempo? Ou porque eu fazia um trabalho pesado naquela época? A repetição de dias parecidos não deixa nada marcante para depois. Não que algo marcante seja sempre bom. Apenas fragmentos de imagens ressurgem. Encantos passageiros, como o momento em que me questionei se um pinheiro não era grosso demais para ser um pinheiro. Fragmentos vívidos – são tudo que tenho.

Às vezes procuro e leio coisas relacionadas ao Havaí para preencher as lacunas. Recentemente peguei emprestado um livro sobre peixes tropicais de Nanjung, que lê sobre temas muito estranhos. O capítulo sobre o peixe-voador explicava que as fêmeas e os machos simplesmente espalham seus óvulos e seu esperma na água corrente, e não protegem nem criam seus filhotes. Que conveniente, pensei. Pais indo embora antes da próxima geração ser inseminada... A surpresa foi descobrir que setenta e oito das cento e trinta espécies de peixes-voadores vivem em pares depois desse ritual reprodutivo simples. Mesmo depois da temporada de acasalamento, dizem que os pares rodeiam o coral e comem juntos. Pesquisadores ainda não descobriram se eles fazem isso para ter mais um par de olhos para encontrar comida, se é melhor para a sobrevivência revezar enquanto comem e se todos os pares são feitos de um macho e uma fêmea. Em todo caso, o fato de que até os peixes têm relacionamentos além da procriação alivia parte da minha solidão certos dias.

— trecho de *Os diários de Shim Sisun, verão de 1994*

— Tsch! — Chase espirrou.

— Ah, você tem um espirro peculiar. — Jisoo deu risada, baixando a janela do carro. O ar quente lá de fora entrou.

— Sério? É a primeira vez que me falam isso.

— Na próxima vez que for espirrar, pode gravar e mandar para mim?

— Como assim? Sério?

— Sim. Coleciono o som de pessoas espirrando.

— O que você vai fazer com eles?

— Ainda não decidi.

— As pessoas mandam mesmo gravações para você?

— Sim. Pense um pouco. Você sempre sabe quando está prestes a espirar.

— Tá, vou mandar o meu também.

— Promete?

— Prometo. Então é parte de seu trabalho colecionar sons?

— Uma música nova por dia. Um som novo. Estou tentando encher minha biblioteca procurando por aí, mas não sei se sou boa no meu trabalho.

— Por quê?

Jisoo ponderou como explicar sua vida para Chase. Nenhum dos últimos trabalhos que conseguiu foi como DJ; foram mais para fingir ser DJ. Por exemplo, escolhendo clipes do YouTube em uma ordem empolgante para a piscina do hotel... Não era um trabalho de DJ. Parecia, mas não era. Também era desconcertante rejeitar trabalhos bem pagos que exigiam engolir seu orgulho, só para fazer uma apresentação legítima e ouvir comentários como: *O público está animado não porque ela seja boa em mixagem, mas porque tem presença de palco.* Isso a incomodava mais porque era verdade. Ela pensou na expressão "corte de som" na mixagem. No começo, parecia estranho comparar algo que era invisível e intocável pela mão, mas fez sentido depois. O som deveria ser cortado de maneira precisa, mas ela não havia chegado a esse estágio. Só quando conseguisse dominar toda a apresentação. Jisoo tinha visto uma apresentação assim uma vez. Tudo se conectava como uma faixa perfeitamente fluida, sem que nenhuma pessoa conseguisse sair. Todos interligados e se movendo no mesmo ritmo. Pouquíssimos DJs criavam uma rara sensação de transcendência que durava alguns segundos.

— Talvez eu só não seja talentosa. É como se eu não conseguisse subir de nível no momento em que tenho que subir. Além disso, existem DJs demais no mundo. Meia dúzia de pessoas excepcionais já encontraram seu lugar. Não precisam de mim. Talvez esse seja só mais um trabalho que passe por mim. Já passei por vários. Não sou muito consistente.

— Não diga isso. Você é uma pessoa de mente aberta, então deve ficar ansiosa para mudar também. Senti isso muito forte quando conheci você. Você estava aberta. Como uma janela robusta com uma boa abertura ou uma casa bem ventilada.

Chase acrescentou que foi por isso que quis fazer amizade com ela e, portanto, Jisoo conseguiu ser generosa consigo mesma por um momento. A dupla estava curtindo sua agenda cheia e se aproximando como Chase queria. Quando visitaram Chinatown, Jisoo pensou que Chase talvez tivesse ascendência chinesa. Diziam que os edifícios antigos que ainda restavam ali tinham sido construídos com tijolos que navios mercantes tinham usado como pavimentação para equilibrar o navio. Ou seja, os imigrantes chineses teriam mergulhado e resgatado os tijolos atirados por marinheiros. Como seu rosto estava cheio de orgulho enquanto relatava essa história, ela pensou que Chase poderia ter nascido na China. Mas as paradas seguintes que fizeram foram em um restaurante de *musubi* e um de yakisoba.

— Como assim? Esse yakisoba é melhor do que o que comi em Tóquio.

Chase pareceu contente.

— Estou te falando: é melhor do que o que minha vó faz.

Se a avó faz yakisoba, é possível que a família seja japonesa. A dupla pegou o carro para a costa oriental, onde comeu o *musubi* embalado para viagem sobre a praia mais limpa que Jisoo já tinha visto na vida. Depois limparam tudo, sem deixar nenhum grão de arroz para trás.

— Como essa praia é tão limpa? Não tem nada na areia. É tudo areia.

Com uma olha rápida, ela encontrou o motivo. Não havia estacionamentos, nem lojas, nem banheiros, nem chuveiros, nem salva-vidas. Nenhum estabelecimento comercial tinha sido aberto ao longo da praia, que estava disponível apenas para os moradores da região. Talvez fosse inconveniente para os turistas, mas os locais tinham claramente se dado conta desde o começo de que algumas coisas precisavam ser priorizadas em relação ao turismo. Como resultado, a areia estava limpa, sem um único lixo.

— Deve ser bom morar aqui. É um verdadeiro paraíso.

Jisoo olhou para as pequenas ilhas rochosas ao longe. Chase pareceu hesitar por um momento com o que Jisoo disse.

— Mas acho que vou ter que me mudar.

— Por quê?

— É caro demais. E está ficando cada vez mais caro.

— Não tem vagas de trabalho para os jovens?

— Tem trabalho, mas acho que nenhum que dê conta do aumento do custo de vida. A maioria são profissões na área de serviços. Como os preços de moradia, alimentação e necessidades básicas aqui são os mais caros de todos os estados, muitas pessoas se mudam.

— Para onde?

— Califórnia. A maioria vai para a Califórnia.

A expressão calma de Chase entristeceu Jisoo. Ela não conseguia acreditar que alguém precisaria deixar uma cidade natal como essa.

— Então não é um paraíso.

— Como poderia ser? — Chase demonstrou confusão.

— Todos os adesivos de para-choque dizem: “Bem-vindos ao Paraíso”. Por que todos colocam isso para confundir as pessoas, então?

— É nossa maneira de demonstrar nosso afeto único pelo meio ambiente, não dizer que não existem outros problemas. O mercado imobiliário está disparando, enquanto as estações de tratamento de água e esgoto são escassas.

Sentindo-se tristes, foram mergulhar depois se secaram ao sol. Sem um chuveiro, essa era a única coisa que dava para fazer. Ficariam com areia por todo o corpo e cheirariam a sal pelo resto do dia, mas tinham se aproximado tanto que isso não era um problema. Além do mais, Jisoo ficou empolgada em descobrir que Chase nasceu de uma história complicada de havaianos indígenas, imigrantes suíços e imigrantes japoneses.

— Sou o resultado de alemães, peranakans e japoneses se atraindo uns pelos outros!

— Somos seres indescritíveis da Terra.

— Dizem que, se mais pessoas como nós se juntarem, em cinquenta anos todos vão se parecer conosco.

Parecia que um mundo como esse chegaria em breve ou nunca.

— Ei, por que você atende pelo seu sobrenome? — Jisoo perguntou finalmente.

— Como você sabe?

— O nome completo do seu irmão estava escrito no bolo.

— Ah, aquele bolo era grande demais. Sim, gosto que me chamem pelo meu sobrenome, então as pessoas me chamam de Chase.

— Entendi.

— Um nome com gênero era estressante, ainda mais quando eu era adolescente. Estou me preparando para fazer a transição e agora isso não me incomoda mais tanto, mas...

Jisoo queria que fosse uma pergunta casual e se sentiu mal por talvez forçar uma história pessoal, mas decidiu não se sentir mal porque Chase parecia à vontade falando do assunto.

— Tá. Não vou esquecer.

— Você parece muito séria. Aqui não é *Mad Max*.

— Tenho que ser séria. Já cometi um erro grande antes.

Jisoo contou para Chase sobre seu erro alguns anos antes. Sem pensar, tinha incluído um DJ não binário em um artigo recomendando dez DJs mulheres. Ela teve a desculpa de um prazo curto e de não conhecer a pessoa ao vivo, mas isso havia acontecido porque ela tinha sido insensível. Jisoo fez uma correção rápida e pediu desculpa para ê DJ, mas isso ficou em sua cabeça. *Se você for insensível, vai acabar magoando as pessoas de quem gosta.* Depois que desabafou isso tudo, Chase assumiu um ar mais sério também.

— Mas você tem uma boa personalidade.

— Como assim?

— Acho que existem dois tipos de pessoas no mundo. As que se lembram dos erros dos outros e as que se lembram dos próprios erros. As segundas são muito melhores.

— Isso não é muito binário?

— Tem razão. Eu não deveria fazer isso.

A dupla riu deitada de costas como focas, depois conversou um pouco mais antes de pegar no sono. Foi um cochilo suave mas profundo que pareceu conectar suas costas à terra. Quando acordaram, o sol estava se pondo.

— O sol já se pôs! Não tirei nenhuma foto do arco-íris hoje também. Minha tia diz que já encontrou uma coisa boa — Jisoo resmungou enquanto colocava um lenço ao redor do pescoço.

— Estou com fome. Pizza?

— Pizza!

Embora muito próximos, quase se distanciaram de novo por causa de uma discordância sobre pizza havaiana, mas comeram uma fatia de seus sabores favoritos e compararam *coco puffs* na Liliha Bakery de sobremesa.

— Acho que deveríamos experimentar todos os pães e doces.

— Sim, tem uma grande variedade. — Chase sussurrou no ouvido dela: — Confie em mim. Só os *coco puffs*. Os *coco puffs* são de longe os melhores.

— Confio em você.

Jisoo decidiu confiar na opinião de uma pessoa local. Ela encheu a caixa de *coco puffs*. Depois pegaram o carro até Tantalus (que Chase chamava de "colina") para a vista noturna.

— Confie em mim. Seul tem uma ótima paisagem noturna. De longe a melhor. Você tem que vir visitar. — Dessa vez, Jisoo sussurrou no ouvido de Chase.

— Está bem. Confio em você.

Havia menos luzes, e elas brilhavam menos do que em Seul, mas ela tinha que admitir que combinavam muito com os *coco puffs*. Naquele dia, ela fez muitas coisas além de encontrar um fatídico arco-íris.

Capítulo 21

As pessoas me perguntavam: sua escrita cheira à morte... quem morreu? O interessante é que esperavam uma resposta literária e supunham que apenas uma pessoa havia morrido. Eu não conseguia falar do massacre. Amei um homem que morreu, eu dizia. Que ele morreu jovem, de maneira trágica e bonita, porque sei que era o tipo de resposta que as pessoas queriam. Mas agora falo a verdade. Como o incidente aconteceu no século passado, eu deveria conseguir falar sobre ele agora. Enquanto recordo os horrores, meu coração bate forte e sinto como se minhas costelas estivessem prestes a estourar, mas vou dizer: minha família morreu na cidade de T. Todos morreram. Exceto eu. A polícia e os soldados os mataram.

— trecho de *Mulher XYZ* (2001)

Myung-hye admirava como sua professora de hula pronunciava Havaí. Assim como fazia com a hula, ela tentava imitar a pronúncia e a filosofia da professora. Embora a viagem fosse curta demais para Myung-hye aperfeiçoar qualquer coisa, e a probabilidade de nunca chegar à essência das coisas a entristecesse, ela achava que essa tristeza era natural de viagens. Uma constatação de que a atração não necessariamente leva à conexão.

Os professores eram chamados de *kumu hula*; as aulas aconteciam na *hālau hula*. Myung-hye conseguia entender por que os americanos brancos influenciaram a rainha regente a banir a hula antes de depreciá-la como uma mera atração turística. Eles temiam o poder da hula. Quanto mais aprendia, mais ela sentia a força e a vibração em cada ponta do dedo. Hula era uma linguagem, uma cultura e parte de uma religião. Se uma estrangeira se sentia assim, imagine como essa dança deve ser preciosa para os havaianos nativos! A *kumu hula* de Myung-hye estava entre as pessoas que davam continuidade ao fio da vida em meio a inúmeras dificuldades. Ela falava sobre o espírito do Havaí no fim de cada aula, e Myung-hye ficava tão ansiosa para o momento da história como ficava para a parte de dança da aula.

— Doenças chegaram junto com o capitão Cook, doenças que não havíamos encontrado antes de o arquipélago havaiano ter contato com o mundo exterior. Inúmeras pessoas morreram. Alguns dizem que apenas um em cada dez sobreviveram; outros, que um em cada vinte. No fim, restaram apenas quarenta mil pessoas. As terras que amávamos havia mais de dois mil anos se tornaram plantações controladas pelos filhos de missionários brancos. Imigrantes asiáticos atravessaram o vasto oceano para suprir a escassez de mão de obra. Fazendeiros fizeram acordos com os Estados Unidos para evitar tarifas. Nada era como queríamos. Fizemos grandes esforços para evitar a diluição de nossa cultura e nosso espírito. Felizmente, nossa língua foi recuperada e a hula foi revivida, mas ainda há um longo caminho a percorrer. Os estrangeiros não deveriam nos objetificar como atrações turísticas. Claro, sei que todos vocês estão aqui para aprender corretamente e ter uma compreensão mais profunda.

Myung-hye ficou subitamente envergonhada de ter visitado a plantação de abacaxi Dole e tomado o sorvete de abacaxi lá. Ela também se sentiu mal por, ainda que por poucos anos, sua mãe ter trabalhado em uma ilha saqueada.

— Vou dar um exemplo das coisas ridículas que estão acontecendo. Supostos empreendedores do outro lado do oceano apareceram um dia e registraram uma marca comercial com o nome de um prato tradicional. O que significa que os locais não podem usar o nome em anúncios, nem mesmo em cardápios! Não é uma porcaria? E então o "empreendimento" faliu... Não dá para desfazer isso. A interferência externa usurpa nossa cultura e torna difícil a vida para os locais. É devastador.

A *kumu hula* usava com frequência a palavra "locais", que parecia diferir de "nativos". Locais incluía pessoas de todas as raças e etnias. Todos que moravam no Havaí havia muito tempo com afeto pela comunidade pareciam ser considerados locais. Quando Myung-hye pediu a confirmação, a professora parou para refletir sobre o significado.

— Preservar a cultura indígena é uma prioridade, considerando como sofremos. Nesse sentido, os objetivos das pessoas indígenas nem sempre estiveram alinhados com os de imigrantes não brancos. Mas acho que, nas vezes em que trabalhamos juntos, conseguimos evitar uma catástrofe muito pior.* Hmm.

---

* Parafraseado da tradução coreana de *From a Native Daughter: Colonialism and Sovereignty in Hawaii* [De uma filha nativa: Colonialismo e soberania no Havaí] escrito por Haunani-Kay Trask e traduzido por Lee Il-kyu.

Sim, acho que todos que tentam impedir que este lugar seja transformado em um mercado barato e vivem de maneira autêntica e não exploradora são locais.

Myung-hye gostou dessa inclusão. *A Coreia precisava de uma categoria como "locais"*, ela pensou. Havia realmente uma necessidade de ampliar os termos de pertencimento e receber mais pessoas. A população imigrante da Coreia do Sul estava crescendo. A categoria de locais tinha um bom potencial de acolher grupos mais diversos, não? Mas será que "locais" funcionava em um contexto coreano? A categoria atual de "coreanos" parecia tão restritiva... Será que conseguiria se expandir sem precisar introduzir uma palavra nova? Sua cabeça doía. Se sua *kumu hula* e sua mãe tivessem se conhecido, elas provavelmente teriam tido uma conversa interessante. Myung-hye não tinha seguido os passos de Sisun. Para Myung-hye, envolver-se com línguas e ideias era uma atividade estritamente econômica. Para Sisun, também tinha sido, mas apenas até certo ponto. É claro que era diferente.

Pensar em sua mãe a fez lembrar de que, antes de vir ao Havaí, ela tinha enviado suas amostras de DNA para a equipe de escavação de restos mortais na cidade de T. Era uma experiência que ela nunca havia pensado em viver. Como se sentiria em relação a ser parente de fragmentos de ossos enterrados na terra? Será que ela conseguiria encontrar seus avós, os irmãos de sua mãe, os cônjuges e filhos deles? Como reconheceria as esposas dos tios? As pessoas que não podiam ser identificadas ou não tinham ninguém como parentes eram simplesmente deixadas como restos não identificados? E os ossos de primos que teriam apenas um ou dois anos de idade – podiam ser encontrados? Por mais doloroso que fosse refletir sobre memórias intergeracionais, talvez os restos mortais fossem diferentes de memórias.

— O que vamos fazer com os ossos que recebermos?

— Cremá-los e espalhá-los onde espalhamos os da mãe, o que mais?

— Sei que é tarde, mas não deveríamos montar uma casa mortuária da família?

— Houve conversas sobre um funeral conjunto. E um parque memorial tornaria tudo mais fácil.

Os irmãos estavam divididos sobre a questão. Myung-hye e Myung-joon queriam um espaço simples, enquanto Myung-eun acreditava que alguém que havia morrido como bicunim não deveria ocupar um espaço físico, e sim mentes e corações. Kyung-ah não opinou.

Hula é como uma meditação, Myung-hye murmurou, saindo da *hālau*. Bolhas subiam das profundezas de dentro dela. Assim que ela desativou o modo Não Perturbe do celular, oito notificações surgiram em sua caixa de entrada. Oito e-mails ao longo de duas horas de hula. Mais do que nunca, ela estava pronta para passar a empresa para Kyung-ah, mas sua irmã caçula parecia hesitante. As duas haviam fundado a empresa depois de fecharem a do pai de Kyung-ah. Um gosto diferente da amargura daquela época encheu a boca dela; ela não conseguia identificar o que era exatamente.

Quando Myung-hye voltou à casa, Hwasoo estava lendo um dos livros de Sisun enrolada em uma coberta. Ela provavelmente sentia frio por causa de seu estilo de vida sedentário.

— Como você está com frio no Havaí? Quando Sanghun vem?

— No dia que ele disse que viria, imagino eu.

— Você está tão desinteressada assim em seu marido?

Em silêncio, Hwasoo mexeu nas páginas trêmulas.

— Cadê Jisoo?

— Foi ver uma pessoa.

— É um encontro?

— Você sabe que é difícil dizer com Jisoo.

Myung-hye concordava.

— Ela não discrimina.

Sua filha mais nova era assim desde a infância. Ela se dava bem com pessoas afáveis e sensíveis. Saía com estudantes estrangeiros e estudantes com deficiências. Ela não tinha critério – apenas algo que atraía as pessoas. Quando Myung-hye a lembrou de sua amiga com síndrome de Down da escola primária, a reação de Jisoo foi muito típica de Jisoo.

— Ela tinha síndrome de Down?

— Sim, você não sabia? Você vivia com ela!

— Eu não fazia ideia.

— O que eles falavam para você na escola?

— Nada demais. Argh, você deveria ter me contado. Agora me sinto mal. Ela era tão ansiosa, e eu vivia falando para ela pular de lugares altos. Eu não teria feito isso se soubesse. Eu me sinto péssima. Ai, meu deus. Você também sabia, Hwasoo? Você e a mãe são péssimas.

— Mas nem sua amiga, nem a mãe dela falavam nada.

— Tenho certeza de que, no fundo, tinham raiva de mim... Deviam ter. Eu ficava falando para ela pular de dois em dois degraus e superar seus medos. Argh, me sinto terrível. Ela deve ter caído por minha causa em algum momento.

Jisoo, nessa época estudante do ensino médio, havia roído as unhas naquele dia. Mas, apesar de seus erros e remorsos, sempre manteve o coração aberto e corria até as pessoas de braços abertos. Enquanto Jisoo conseguia ser sociável até no Havaí, Hwasoo ficava em casa. Myung-hye queria poder combinar as duas personalidades, mas essas coisas estavam fora do controle dos pais.

— Quer aprender hula comigo?

— Não.

— É muito bom... — Myung-hye se conteve.

— Por que, você se sente curada?

Myung-hye procurou por um momento alguma acusação nas palavras de Hwasoo, mas não conseguiu ler nada no rosto inexpressivo da filha.

— Só estou sugerindo caso esteja entediada.

— Não estou.

— Você almoçou?

— Sim.

— O que você comeu?

— Panquecas.

Myung-hye se lembrou que Hwasoo havia comido panquecas no dia anterior e um dia antes também. Será que sempre havia gostado tanto assim? O suficiente para comer todo dia? Às vezes, Hwasoo era como uma estranha para Myung-hye, e não apenas por causa do que havia acontecido à sua filha; talvez a relação entre elas tivesse sido assim desde sempre. Será que Sisun se sentia assim em relação aos filhos? Myung-hye ficou curiosa sobre o que não poderia mais saber.

Resignada, sentou-se no sofá e reviu o dia de hula em sua cabeça.

Capítulo 22

Enquanto dou palestras por aí, muitos pais me fazem os mesmos questionamentos durante as sessões de perguntas e respostas: Meu filho quer entrar para as artes. O que devo fazer? *Eles parecem pensar que devo ter uma resposta muito perspicaz como pintora e escritora. Vou contar a realidade da indústria até onde a conheço sem esconder nada, mas primeiro quero dizer que não se oponham nem insistam em proibir. Que tanto o fracasso quanto o sucesso nas artes são enormes, que o sucesso é muito mais raro – esses fatos permanecem os mesmos no passado, no presente e no futuro. Mas esse não é o problema. Há uma questão muito mais grave de segurança. Vocês sabem com que frequência vejo pessoas que deveriam ter se tornado artistas e não se tornaram, que viveram vidas decentes e estáveis por fora enquanto, por dentro, se machucavam lentamente? Elas praticam um nível assustador de automutilação. No momento em que você pensa:* Ah, não, essa pessoa está com problemas, *é tarde demais, e não há nada que se possa fazer por elas. Mesmo com um emprego em uma grande corporação ou uma empresa familiar, quantias enormes de dinheiro, um bom casamento e filhos adoráveis, algo interno as corrói. Como um parasita que se entranha nos intestinos quando não há mais nada para comer. Se elas se tornarem colecionadoras ou aficionadas e conseguirem saciar seus desejos dessa forma, isso é bom, mas a maioria não tem essa sorte. Elas deixam de ver sentido no trabalho e não conseguem se aproximar das pessoas ao seu redor e se cercam de artistas muito mais pobres do que eu e apenas consomem até elas próprias estarem gastas. Álcool, jogo e todo tipo de comportamento destrutivo vêm à tona e aceleram essa derrocada. Teria sido melhor se tivessem começado a arte em uma idade em que pudessem ter feito isso com mais conforto, ainda que os resultados fossem terríveis. Claro, todos podem começar em algum momento – porém a arte não como um hobby, mas como uma carreira, normalmente não pode começar muito tarde. Mesmo nos casos de pessoas excepcionais que começaram aos quarenta ou cinquenta anos, é depois que a janela de oportunidade ficou muito menor. Portanto, a pergunta que fica é a seguinte: vocês que conhecem o temperamento de seus filhos, deixando de lado a questão do talento, acham que eles vão se machucar se não fizerem arte? Observem se eles desenham e escrevem e cantam e dançam por prazer, se ficam perturbados quando não podem fazer isso. Especialmente se for a segunda opção, não tentem planejar a vida deles por eles. Os motores que movem essas crianças não podem ser operados por outra pessoa. Sim, você é apenas outra pessoa. Os pais, no fundo, são estranhos. Você pode ter que ajudá-los a se livrar de algumas fantasias excessivas sobre o mundo, mas deixe seus filhos descobrirem sozinhos se seu potencial faísca por pouco tempo ou se queima longamente.*

— trecho de uma palestra organizada pela
Associação de Pais Coreanos XXXX (1984)

Haerim se dedicou a entender se os pássaros do Havaí estavam em condições decentes. Em primeiro lugar, eles eram limpos. Os chuveiros públicos, onde os humanos enxaguavam a água do mar sem sabonete, deixavam poças onde os pássaros também se banhavam. Até os pássaros sabiam que a água doce era boa, e estava claro que conheciam muitos locais de banho além daqueles embaixo de chuveiros.

Também não faltavam vegetação e comida. A falta de desprezo até por pombos surpreendeu Haerim. Ninguém os impedia enquanto entravam e saíam de janelas abertas de restaurantes e andavam por aí bicando migalhas. Ninguém os enxotava. Talvez porque ajudassem a manter o chão limpo. Haerim sempre tinha achado triste que os pombos pousassem em muros de prédios cobertos de pregos ou sob píeres sujos, mas a situação ali parecia melhor. Eles pareciam mais à vontade.

A grande curiosidade de Haerim era sobre as aves nativas do Havaí, mas elas não eram fáceis de avistar. As espécies introduzidas, que tinham se adaptado melhor a cidades e outros ambientes em rápida transformação, chamavam mais a atenção do que as espécies nativas. Sempre que ela avistava um pássaro colorido e abria o livro ilustrado com entusiasmo, confirmava que tinha vindo da Ásia ou da América do Norte. Alguns deviam ter voado de longe, e outros deviam ter se empoleirado no mastro de um navio de carga para descansar as asas. Haerim não gostava de como alguns pássaros eram extremamente inteligentes enquanto outros não tinham absolutamente nenhuma habilidade de autodefesa. Ela quase ficava brava com as espécies tão inocentes que morriam indefesas. Não que devesse ficar brava com as aves nessa situação... Haerim às vezes desejava ter nascido pássaro, e não humana. Certa vez, ela encontrou um pássaro que havia morrido no meio de um canteiro de flores perto de seu condomínio, do qual restavam apenas ossos. Até os ossos estavam limpos. É óbvio que ela amava mais os pássaros do que as pessoas.

— Antes de você nascer, eu ouvia pássaros cantando do lado de fora da janela quando estava quase dormindo. Você deve ter sido um pássaro em outra vida.

Sua mãe dizia que ouviu pássaros cantarem em vez de ter um sonho que previsse a gravidez.

— Devia ser um bulbul castanho-ruivo para fazer tanto barulho a essa hora.

— Não era tão barulhento.

— Um chapim, então.

Não que ela não gostasse de bulbuls castanhos-ruivos, mas era óbvio que queria que fosse um chapim. Ela ficava admirada com como filhotes de chapim eram ruidosos e agitados na primavera e no verão porque estavam aprendendo a se comunicar pela música, então ficavam estoicos no começo do outono. Eles se tornavam mais cuidadosos à sombra e voavam melhor, e gritavam apenas quando necessário. Como seria virar adulto de uma estação para outra? Era difícil para Haerim imaginar. Os pássaros, antes de ficarem reservados, eram como bebês... Bebês humanos, filhotes de cachorros e pássaros recém-chocados eram todos uma graça, barulhentos e chamativos a ponto de serem vulneráveis. Os chapins da primavera eram fofos, mas os que roubaram seu coração foram aqueles do outono; eles costumavam morrer no inverno. Como a expectativa de vida deles era de sete a nove anos, só restava a ela torcer que não tivessem nascido muitos chapins naquele ano. Haerim não conseguia entender por que sentia um amor tão ilimitado por algo que tinha uma vida tão breve com um coração que batia tão rápido e deixava para trás apenas plumas leves e ossos finos. Seu amor parecia semelhante ao que seu pai sentia por libélulas, então podia ser algo genético. Caso a habilidade de amor ilimitado por outra espécie esteja escrita nos genes.

— Estou falando para você que libélulas com envergaduras de sessenta a setenta metros voavam por aí durante a Era Paleozoica! — seu pai havia dito com uma expressão acalorada.

Mas, como as libélulas eram carnívoras, teria sido difícil viver na mesma era. Quando era pequena, Haerim quase foi mordida por um cachorro sem coleira. Por sorte, não ficou com medo de cachorros, mas pensava que ser perseguida por uma libélula gigante devia ser bem assustador. Não haveria como fugir se uma a mordesse com aquelas grandes presas. Considerando a hipótese de que as libélulas foram ficando menores com o surgimento das aves, ela definitivamente tinha gostos diferentes do pai.

Seu pai era como um abetouro, no sentido de que usava roupas listradas e gostava de vagar sozinho, enquanto sua mãe era como uma pata-mandarim, pois adorava vestir cores brilhantes e tinha um físico robusto. Embora os machos fossem os espalhafatosos. Seu irmão era como o guarda-rios-comum, porque era atlético. Ele fazia com tranquilidade coisas que os outros não conseguiam – por que ele não se dedicava a sério aos esportes? Haerim riu baixo depois de comparar tia Myung-hye a um pelicano. Ela não tinha visto um pelicano na vida real, mas adorava a maneira vigorosa como um tinha bloqueado um beco e mordido a coxa de um transeunte em um documentário. Hwasoo tinha um ar de maçarico, mas Haerim não conseguia decidir de qual espécie. Jisoo era uma papagaia, sem dúvida; os traços sociáveis da ave combinavam com ela. Tia Myung-eun era exatamente um gaio-comum. Na vez em que fez trilha e viu um gaio-comum, pensou na tia imediatamente. Tio Myung-joon tinha uma boca um tanto protuberante, como se fosse uma naceja, e tia Nanjung, que parecia arrumada e elegante à primeira vista, mas era bem intimidante quando você a conhecia, fazia Haerim se lembrar de uma pega-azul. Uyun era uma pitta-fada; Haerim não tinha visto nenhuma na vida real, mas elas se pareciam de alguma forma. Tinha mais alguém? Opa, ela se esqueceu de tio Taeho. Ele era como uma laverca? Ou um rouxinol-grande-dos-caniços? Uma trepadeira?

Haerim pensava em pássaros o dia todo. Nas penas de contorno e de voo de seu pássaro favorito. Ela também gostava de desenhar os pássaros que tinha visto na vida real e tentava fazê-lo com a grande caixa de lápis coloridos da mãe. Não muito tempo antes, quando visitou a província Gangwon, viu um papa-moscas-do-paraíso pousado no meio da rua, então ele levantou voo de repente – era magnífico. Embora ela quisesse desenhá-lo, era uma ave migratória quase nunca vista na Coreia, então não estava incluído no livro ilustrado que ela tinha; também não havia nenhuma foto de que ela gostasse na internet.

São tantos os pássaros que não vi – inúmeros –, mas o mundo está acabando...

Haerim pressentia um grande perigo. Observadores de aves, cientistas contando o número de aves, acadêmicos e outros profissionais ao redor do mundo estavam em choque e em pânico. Os insetos estavam desaparecendo, e as aves eram as próximas. Esse pensamento a fazia se sentir fraca e a acordava no meio da noite. Ela pensava que deveria largar a escola como outros ativistas ambientais da sua idade.

Ninguém tinha interesse por aves. Apenas os já interessados se preocupavam. As aves estavam morrendo, mas também estavam sendo mortas porque os humanos não se davam ao trabalho de colocar um adesivo em suas paredes e vidraças à prova de som. Ela odiava que as pessoas continuassem construindo edifícios de vidro pouco eficientes em termos energéticos. Era repulsivo pensar que humanos vendiam edredons de penas de ganso e soltavam balões no céu em eventos comemorativos... Sempre que comentava esses assuntos, Haerim ficava irritada quando os adultos diziam: *Você pode resolver isso quando crescer. Estude muito para mudar isso,* e reagiam como se estivessem ao mesmo tempo achando graça e orgulhosos dela. O que eles esperavam que ela fizesse depois de terem se divertido destruindo tudo? Era ridículo pensar que ela poderia fazer alguma coisa a respeito no futuro. Quando? Depois que todas as aves morressem? Ela não queria conversar com ninguém, na verdade. Exceto pessoas com os mesmos interesses, os observadores de aves espalhados pelo mundo. É por isso que seu inglês estava melhorando. Ficou melhor porque ela praticava todos os dias com urgência e paixão.

Myung-eun saiu zonza do quarto.

— Haerim, o que está fazendo acordada a essa hora? — Ao notar os rabiscos na mesa, ela fingiu reconhecer o desenho. — Ah, é seu pássaro favorito? O chapim?

— Não, esse é o papa-moscas-do-paraíso-indiano.

— As cores são parecidas.

— Os tamanhos e formatos são completamente diferentes.

— Hmm.

— Aquela flor que você trouxe. Sabia que existem pássaros com bicos curvados exatamente como ela?

— Para beber o néctar?

— Sim. Então, quando uma certa planta entra em extinção, o pássaro também entra.

— Os bicos deles devem ter evoluído assim.

— As pessoas plantavam espécies de plantas não nativas antes de os pássaros começarem a morrer. Estão voltando a plantar plantas nativas agora.

— Eu não fazia ideia.

Os adultos sabiam muito menos do que ela esperava, não que quisessem aprender. Haerim concluiu que precisava tomar sozinha decisões de vida importantes. Seu irmão não andava querendo ir para a escola nos últimos tempos, então talvez houvesse uma forma de formarem uma aliança para persuadir a mãe. Seria possível escapar de uma competição acalorada e escolher uma vida em que ela pudesse ver muitos pássaros e ser útil para eles? Embora nunca tivesse trocado mais do que cinco palavras por dia com o irmão, não parecia difícil convencê-lo e manipulá-lo. *De Chung Kyurim, eu dou conta.* Ela estalou a língua. *Ou devo fingir interesse por libélulas e seguir meu pai por aí? Onde há libélulas, deve haver pássaros também. Meu pai parece excêntrico, mas na verdade é conservador, enquanto minha mãe parece conservadora, mas na verdade é excêntrica, então, se eu conseguir encontrar o meio-termo...*

Haerim começou a traçar estratégias em segredo enquanto coloria a cauda de um papa-moscas-do-paraíso-indiano. Myung-eun, observando a sobrinha fofa, serviu um copo de suco de laranja para Haerim.

Capítulo 23

A análise estatística na arte deve ser impossível porque são muitas as exceções. O que posso dizer para vocês são meras anedotas de observações casuais, mas acredito que os artistas vivenciam um ponto de virada a cada vinte anos. Se começaram a desenhar aos dez, então mudarão aos trinta, cinquenta, setenta. Se começaram aos vinte, será aos quarenta, sessenta, oitenta... Sim, oitenta. Não estou brincando – até uma pessoa de oitenta anos pode mudar. Existem artistas de todas as idades que desenham todos os dias. Um tipo de sorte adquirida a duras penas. Em todo caso, vejo que aquilo que se pode chamar de ponto de virada é recorrente a cada vinte anos mais ou menos. Como uma pessoa que desistiu no meio, fico impressionada. Testemunhar essa transformação esplêndida, essa metamorfose, de graça e sem dedicar muito esforço, me emocionou. Talvez eu tenha chegado até este ponto porque me deixo encantar muito facilmente.

Mudanças drásticas que acontecem de vinte em vinte anos podem envolver um ímpeto por uma expressão mais plena ou um ingrediente que de repente cative você ou uma cor que você não tenha descoberto até então ou uma iluminação depois da meditação. Especialmente por esta última, os ocidentais morreriam... [risos] *Então, pessoal, aguentem os próximos vinte anos. Não será fácil, mas, quando encontrarem uma esquina, façam a curva sem hesitar. Desenhem todos os dias, mas cuidado com as articulações. Ah, alguns de vocês estão rindo e alguns estão sérios. Muitos de vocês já devem ter dores articulares. É sobretudo genética, então alguns se acostumam a usar as articulações de maneira imprudente para sempre enquanto outros cuidam delas e mesmo assim sentem dor. É injusto, mas o que podemos fazer? Não se desgastem de nenhum modo.*

É um prazer estar aqui celebrando o começo de todos vocês, mas fico um pouco desapontada por provavelmente não poder ver as transformações radicais de todos daqui a vinte anos. Quando chegarem a esse próximo passo que surpreenderá até vocês mesmos, por favor, lembrem-se de hoje. Não das minhas palavras destrambelhadas, mas de seus colegas aqui ao seu lado, e reconheçam as conquistas uns dos outros. Comemorem como fogos de artifício.

— trecho da gravação de um discurso de formatura em 1995 na Faculdade de Artes XX

Sempre que Myung-joon dizia que era o primeiro e único filho homem em uma casa de três filhas, todos respondiam: "Ah, você deve ser o favorito", e ele dava o melhor de si para não rir na cara deles. Todos sempre ficavam surpresos ao ouvir que a mãe dele estava ocupada demais fazendo discursos de formatura para ir à formatura do próprio filho. Não havia decepção da parte dele porque suas irmãs haviam erradicado esse "sentimento idiota" dele durante a infância. Mais do que qualquer coisa, o que sentia pela mãe era fascínio. Ela era uma pessoa extraordinária, e Myung-joon se sentia um pouco nervoso por não ser tão interessante quanto ela. Quando ficou convencido de que não teria como se dar bem em um campo em que alguém tão fascinante como Sisun não havia tido sucesso, desistiu da pintura e se dedicou ao restauro de pinturas. Ele havia se decepcionado genuinamente quando Uyun largou a escultura. Era uma pena – será que isso provava uma certa diluição no sangue da família? Só recentemente ele havia conseguido deixar esse pensamento de lado. Myung-joon passou a entender que havia tido a sorte de encontrar um trabalho que combinava melhor com ele, e o trabalho de Uyun também estava seguindo uma direção única e estimulante.

Muitos que tinham ouvido algo sobre o fracasso do primeiro casamento oficial, mas nem tanto de Myung-joon, culpavam Sisun. Só que até Myung-joon reconhecia que os coreanos culpavam demais os pais por tudo. O fato de ter crescido em um ambiente familiar liberal pode ter contribuído para ele cometer um erro tão grande, claro, mas Sisun não criou esse ambiente familiar sozinha. Ele também teve um pai e um padrasto – não era estranho que apenas a mãe fosse responsabilizada toda vez? Além do mais, ele acreditava que qualquer jovem de vinte e poucos anos levado à Itália poderia cometer um erro parecido. Ele consegue rir disso agora, mas na época tinha sido tudo tão difícil que ele chegou a ficar clinicamente deprimido... Mesmo agora, ele resmungava consigo mesmo por suas irmãs mais velhas zombarem dele a respeito disso. Nem em memória queria reviver sua juventude desajeitada.

Será que essa falta de jeito já havia passado? A sensação de segurança que ele tinha na carreira parecia sustentar as outras partes de sua vida. Sua mãe estava certa: quando você faz a mesma coisa por cerca de duas décadas, encontra um tipo de degrau e consegue se realizar subindo nele. Isso não era verdade em todo campo, mesmo fora da arte? Ele se beneficiava muito do avanço das ferramentas. Era comum usar um microscópio digital, um espectrofotômetro, um medidor de pH e um paquímetro, mas, por vezes, assim que se sentava para trabalhar, as camadas de tinta se expandiam em sua mente como se ele tivesse dado zoom. No entanto, a necessidade de se manter humilde e ser atento no trabalho permanecia a mesma. Só que agora os resultados felizmente desviavam menos do que ele previa. A alegria de preparar a disposição perfeita de adesivos, de operar o soldador elétrico corretamente... Acima de tudo, ele se alegrava por ter desenvolvido um instinto de aceitar apenas trabalhos que conseguia fazer bem. Quando começou, aceitava por entusiasmo obras que não conseguia restaurar, mas hoje em dia a avaliação que ele fazia na inspeção inicial se mantinha a mesma até a conclusão do restauro. Os problemas eram resinas sintéticas sem uma fórmula definida para restauro ou outros ingredientes novos. Às vezes ele conseguia encontrar uma solução, mas às vezes não, o que acabava fazendo o cliente perder tempo. Antigamente, era difícil definir se apenas precisava experimentar algo ou se estava estragando a obra, mas ele foi desenvolvendo um instinto com o tempo. O instinto deve ser uma coisinha afiada – que pena que tenha demorado vinte anos para surgir! Mas o que podia fazer? Às vezes ele queria que os artistas não tivessem experimentado com materiais tão pouco estudados, mas também sabia que não deveria desejar isso. Alguns artistas criam propositalmente obras que quebram e não podem ser preservadas. O desejo de preservar é como o desejo de possuir; o especialista em restauro pode estar entre esse confronto de forças sutis.

Fora das questões de trabalho, porém, ele não sabia ao certo se tinha ficado menos desajeitado.

— Sabe, a imaturidade masculina é realmente um nojo — Myung-hye disse.

Parecia uma crítica desnecessária, mas Myung-joon mordeu a língua. Ele não queria se meter em briga.

— Fico com medo que ela se divorcie de você na velhice.

Ele ficou um pouco abalado pela preocupação de Myung-eun.

— Pois é, você não é exatamente o melhor dos companheiros.

E magoado pela opinião da irmã mais nova.

Enquanto isso, Nanjung, que realmente vivia com ele, nunca expressava muito descontentamento.

Os dois tinham sido companheiros na luta para proteger a filha e, agora, eram mais como colegas de quarto. Cada um tinha sua vida e não invadia o território do outro. Formando uma relação econômica de confiança, compartilhando ao menos uma refeição por dia... Myung-joon não sabia bem em que deveria tomar mais cuidado nem o que deveria fazer melhor.

Até no Havaí, eles dividiam o mesmo quarto, mas cada um fazia o que queria. Mas então suas irmãs mais velhas ficavam falando para eles fazerem uma caminhada ou darem uma volta de carro, fazendo insinuações óbvias e empurrando um na direção do outro e tudo mais. Era exaustivo. Até Kyung-ah colocou as chaves do carro na mão dele, dizendo que fazia algumas horas que ninguém usava o veículo e insistiu para os dois tomarem um ar.

Sob o pôr do sol do Havaí, Myung-joon olhou de canto de olho para Nanjung no banco do passageiro. *Uma viagem em família como essa deve ser difícil para ela.* Ela tinha apenas seguido Uyun até lá. Uma rajada de vento soprou pela janela aberta, balançando os brincos de vidro que Nanjung disse ter comprado com a filha.

Nanjung, talvez notando o olhar dele, quebrou o silêncio:

— Por que o imperialismo parece igual em todo o mundo?

— ... Hm, quê?

Myung-joon não conseguiu responder com naturalidade. Nanjung passava a maior parte do dia lendo e estava ocupada demais correndo atrás de todos os pensamentos que vinham dos livros que havia terminado que começava conversas sem explicar o contexto de como havia chegado à pergunta. Para ser um bom esposo, ele precisava seguir com diligência o rumo inesperado de cada conversa.

— A maneira como o Havaí foi anexado... é estranhamente familiar. Estrangeiros os atacaram de repente, tomaram sua terra e seus recursos, destruíram sua cultura, criaram um Estado fantoche e o absorveram por completo. Primeiro os missionários, depois os militares... processaram isso.

— Processaram?

— Isso. Acho que o imperialismo é um tipo de usina de processamento. As mesmas coisas acontecem toda vez. Chega a ser repugnante como é previsível.

— Era assim naqueles tempos. No século passado, no anterior e no outro.

— Não é passado.

— Hm?

— Ainda está acontecendo. Só que é mais dissimulado. Estamos vivendo na era do imperialismo com um marketing melhor.

— Não pode ser...

— Você gosta de galerias e eu gosto de museus. O que há de mais imperialista do que esses dois espaços?

— Mas estamos nos esforçando para escapar disso. Você não acha?

— Temos um caminho muito, muito longo a percorrer. O que foi tirado não pode ser restaurado, e aqueles que saquearam nem sabem o que fizeram. Olhe os Estados Unidos.

Eles fingem que estão do lado da justiça só porque lutaram contra os fascistas na Segunda Guerra Mundial, mas veja o que eles fizeram com o Havaí. Com os indígenas americanos. Os imperialistas não percebem que são imperialistas. Não querem admitir.

— E se a Coreia tivesse sido poderosa? Na época em que todos eram imperialistas descarados?

A pergunta de Myung-joon fez Nanjung pensar.

— Não teria sido a Coreia. Joseon. Não sei, porque não sou da Dinastia Joseon, mas... acho que nenhuma pessoa de uma região em particular é mais ou menos cruel. Os *Homo sapiens sapiens* têm uma crueldade inerente dentro de si. Ela vem à tona quando acham que podem sair impunes. O nível de nojo de um grupo é determinado por serem ou não capazes de admitir isso.

— Nível de nojo, interessante.

— Não acho que deveríamos vir aqui nos divertir como turistas depois de ter passado por uma farsa parecida.

— Tente dizer isso à minha irmã mais velha.

— Como eu poderia... Enfim, não deveríamos ter vindo ao Havaí se gostamos do Havaí. Assim como visitamos cada vez menos as ilhas de Jeju porque nos preocupamos com elas.

— Não sabíamos antes de vir. Só descobrimos aqui.

— Isso é verdade.

— ... Está tudo bem entre nós, certo?

Nanjung fez cara de quem começaria a rir.

— Suas irmãs manipularam você de novo? Por que você continua caindo na delas?

— Elas parecem achar que estou errando feio.

— Elas são estranhas. Quando você não estava aqui, elas até o culparam por seu casamento na Itália.

— Como assim? Não posso falar por todo o resto, mas realmente fui a vítima. Que grosseria.

— Elas têm medo de que você se assemelhe a seus pais.

— Qual deles? — Shim Sisun ou Josef Leigh? Tanto Myung--joon como Nanjung pensaram por um momento. — Elas acham que foram abandonadas pelo nosso pai?

— Não, acho que elas superaram isso.

— Minha mãe foi fiel aos esposos. É o que penso, pelo menos.

— Assim, ela estava passando por maus bocados na Alemanha quando conheceu seu pai. Suas irmãs querem que a relação deles tenha sido de amor, não uma rota de fuga. É o que os filhos desejam, sabe? Que os pais tenham se amado de verdade, que tenham sido frutos de amor.

— Então você está dizendo que minhas irmãs são inseguras porque o casamento dos nossos pais não durou? Ainda que seja verdade, por que estão descontando em mim? Elas deveriam se preocupar com elas próprias

— Porque você é fácil. É por isso que me casei com você.

— Eu me casei com você porque a achava inabalável.

— Eu? Em que sentido?

— Quando estava patinando, você não desistia por mais que caísse.

Myung-joon se lembrava de Nanjung naquela época: uma jovem programadora enviada à instituição onde Myung-joon trabalhava. Ela ficou lá por um breve período para instalar um sistema de gerenciamento de arquivos, mas comprou discretamente patins novos quando viu todos os funcionários sobre o lago congelado no pátio.

— Sou de Busan! Vi as pessoas de Seul exibindo seus patins e quis também.

Os funcionários que patinavam desde jovens mandavam bem no gelo acidentado, mas Nanjung caiu vezes e mais vezes. Ela não desistiu. Quando seu período de contrato acabou, ela havia ficado muito boa. Myung-joon tinha se perguntado se feriria essa mulher de Busan como havia ferido a de Nápoles, mas ele ficou contente por chamá-la para sair. Ele não tinha nenhum arrependimento.

— É estranho pensar em gelo no Havaí, hein?

— Estamos bem, certo? — Myung-joon perguntou de novo.

— Sim, você é um bom muro. Quando lanço uma ideia, ela sempre volta de um jeito interessante.

— Pensei que estávamos jogando raquetebol, mas eu era um muro esse tempo todo?

Nanjung apenas riu e não se deu ao trabalho de elevar o status de Myung-joon como muro. Um muro adequado – ele ficou um pouco assombrado, mas decidiu aceitar.

— Será que deveríamos demonstrar mais afeto na volta? Andar de braços dados ou coisas assim?

— Claro. Posso fazer isso por você.

Myung-joon tentou lembrar onde era o rinque de patinação mais próximo de casa, enquanto Nanjung recordava a vez em que jogou fora o primeiro par de patins que tinha enferrujado. Tinha sido doloroso jogar fora aqueles calçados brancos e firmes. Agora ela precisava alugar. Mesmo assim, seria bom. Os pensamentos que passaram por eles de maneira tranquila e relaxada logo se derreteram sob o sol. Quer se lembrassem desse momento depois, quer não, tudo ficaria bem.

Capítulo 24

Assim como vivi sem saber como vivia, vou morrer sem saber como vou morrer. Antigamente eu pensava que meus filhos pequenos eram o motivo por que a dor no peito não havia me matado, mas talvez não seja verdade. Vivi por aqueles que morreram antes de mim. Não desisti enquanto passava de uma poça de luto a outra, pois eu era o arquivo dos mortos. Pois o passado perde sentido se a última sobrevivente não mantiver um registro. Eu tinha, em certo sentido, perdido meus amigos e me tornado "algo". Eles haviam se juntado e seguido em frente sem mim.

É vergonhoso, mas recentemente chorei na frente das minhas netas. Estavam falando sobre uma vacina contra o câncer cervical na TV, e chorei ao pensar em Aevang. Fiquei mal por ter assustado minhas netas. Apesar disso, não consegui evitar chorar pelo fato de minha amiga ter morrido tão jovem por uma doença para a qual agora havia vacina. Minha Aevang, a pessoa mais maravilhosa que já conheci. O poder dela mudou as marés em meio ao progresso lento. Em vez de segui-la na morte, decidi fazer um registro de Aevang. Meu coração resistente me permitiu fazer isso.

Quem lerá esse registro? Meus esforços podem ter sido em vão, considerando como a civilização vai acabar embaixo da terra. As rosas viverão mais do que todos nós. Sabia que os humanos vivem há duzentos mil anos nesta terra enquanto as rosas vivem há quarenta milhões? Claro, as rosas deviam ser muito diferentes naqueles tempos. Gostaria de ver um fóssil com meus próprios olhos um dia. O fóssil de uma rosa. Dizem que a primeira rosa brotou por aqui, na Ásia Oriental.

Agora, estou vigiando as covas sob uma pilha de rosas. Quando eu deixar de ser esse "algo", vou jazer com eles. Sob as pétalas, sob a terra, sob a neve. Sinto pena de quem for esse "algo" depois de mim.

— trecho de *Apesar de tudo, a última sobrevivente* (2002)

Uyun estava carregando um caixão. Não um caixão de estilo americano, mas um caixão de pinheiro coreano. Segurando a alça de corda áspera, ela estava bem à frente do caixão. *De quem era esse caixão? Por que estamos andando tanto com ele?* O caixão parecia pequeno, mas ao mesmo tempo grande. Parecia meio-dia, mas ao mesmo tempo meia-noite. Quando os carregadores do caixão viraram a esquina, passou pela cabeça de Uyun que ela estava em um mundo com sombras mal desenhadas.

— É o caixão da vovó — sussurraram no ouvido dela. Ela queria se virar para ver quem era, mas sua cabeça se recusava a se mexer.

— Não pode ser dela. Vovó não era tão pesada — Uyun disse.

Uma resposta apática à qual ninguém respondeu. Eles encontraram uma escada que não fazia sentido algum, que descia e voltava a subir. Era parecida com as escadas instaladas em estações de metrô para evitar alagamentos.

— Você não está ouvindo?

Barulhos de arranhões de dentro do caixão. Como se o relógio de pulso do cadáver estivesse se batendo na parede do caixão. *O corpo seria cremado – por que havia ficado um relógio?* Parecia estranho, mas ela não questionou. Parecia improvável que recebesse alguma resposta de verdade.

— Você não está cansada? Quer trocar comigo? — Alguém se ofereceu para carregar o caixão no lugar dela.

— Não, estou bem.

— Tem certeza de que seu braço não está doendo?

— Está tudo bem.

Ela estava bem até esse momento, quando de repente perdeu a força nos ombros. A escada ressurgiu, e Uyun se esforçou para não soltar o caixão. A pessoa que se ofereceu para trocar de lugar com ela ficava puxando-a e entrando na sua frente. *Por que você está fazendo isso comigo? Me solte!* Ela tentou se livrar da pessoa, então acabou perdendo a força. O caixão caiu de viés e se estilhaçou enquanto a porta se abria...

Uma notificação de e-mail a despertou. Ela não devia ter silenciado o alarme.

Foi bom ela não ter visto a pessoa dentro do caixão. *Eu não conseguia soltar o caixão e não conseguia olhar dentro nem conseguia trocar de lugar.* Sentindo uma ressaca do pesadelo, ela se acostumou à escuridão do quarto. Ela estava desconfortável. Estava acostumada a colchões desconfortáveis, mas esse era especialmente ruim. Quando olhou para o lado, Jisoo não estava na cama. Ela não devia ter voltado ainda ou tinha saído de novo. Sendo assim, Uyun acendeu a luz e abriu o e-mail. Era sem dúvida um e-mail de trabalho, mas, depois de um pesadelo, ela queria mergulhar a cabeça em qualquer coisa diferente. O e-mail começava com uma saudação simples e casual, depois dizia que eles sabiam que Uyun estava de férias, mas estavam mandando o e-mail com antecedência só para ela ficar a par da reunião de brainstorming na semana seguinte. Acrescentava que ela poderia ir mesmo se não tivesse olhado o e-mail. *Se você estivesse no meu lugar, poderia mesmo esperar até o fim das férias para olhar o e-mail? Você mandou, então eu vi!* Mesmo considerando que o chefe havia interrompido seu pesadelo, ela sentiu raiva do chefe workaholic malévolo. O assunto do e-mail era que o cliente, o diretor de arte de um filme de terror, pediu que Uyun concebesse de antemão um monstro que espreitasse sob a areia do deserto. *Se for possível, se tiver tempo de ter isso no fundo da mente enquanto aproveita as férias...* Que monte de asneira. Uyun se perguntou se apenas workaholics se tornavam gerentes ou se uma pessoa desenvolvia o vício em trabalho por ser gerente. Ela tinha se mudado para os Estados Unidos para não trabalhar demais e receber pouco na Coreia, mas acabou trabalhando demais voluntariamente nos Estados Unidos, onde o custo de vida era o dobro. Era doloroso constatar que era mais ou menos a mesma coisa em todos os lugares do mundo.

— Você consegue fazer terror? E *gore*? Você não pode fazer apenas coisas fofas. Consegue imaginar e desenhar carne putrefata?

Ela suspirou enquanto se lembrava de ouvir essas perguntas incisivas em entrevistas de emprego. *Será que é porque sou mulher, porque sou asiática ou as duas cosias?*

— Terror e *gore* são minhas especialidades — ela respondia com confiança.

O portfólio de Uyun era fino na época, mas depois foi engrossando com os monstros. Ela trabalhou com fervor para que fossem notados. Em uma empresa pequena, fazia as vezes de artista conceitual e modeladora 3D, e se concentrou na primeira área depois que se transferiu para uma empresa grande. Apenas quando eles estavam extremamente ocupados ela ajudava com a modelagem 3D. Não havia necessidade de revelar seus talentos de outro modo.

Embora ela dissesse que terror e *gore* fossem suas especialidades, preferia terror. Uyun imaginava que os espectadores se enojariam menos com algo invisível do que com algo puramente repulsivo e achava mais sofisticado destacar silhuetas ao mesmo tempo que maximizava sombras e sons. Era difícil algo continuar assustador se fosse visto diretamente sob a luz. Era uma sorte se não ficasse ridiculamente engraçado. Ela se sentia realizada por fazer melhor do que ninguém criaturas que espreitavam sutilmente, e as outras pessoas de sua equipe também concordavam em certo grau com a sensibilidade de Uyun. Embora ainda fosse o trabalho dela como criadora saber como era o monstro de todos os ângulos, da epiderme ao esqueleto, mesmo que não fosse visível.

Um artista sem criatividade colocaria uma criatura que fosse uma variação de escorpião, tamanduá ou gafanhoto no deserto. Ou um feneco ou suricato de cujo exterior fofo saíssem entranhas. Um órgão protuberante que arrancasse a mão do personagem principal que se aproximou porque o animal era fofo. Mas até isso era óbvio. Tudo isso já existia. Não havia nada mais difícil do que evitar o que já existe. Embora a história do cinema seja curta e a dos jogos eletrônicos seja mais curta ainda, será que isso acontecia porque imaginar coisas sombrias era algo que acontece desde que o mundo é mundo? Ela não conseguiria voltar a dormir de jeito nenhum, então abriu a pasta de ideias bem como a pasta de monstros abandonados. Sua pasta de ideias era organizada por categorias, com todos os tipos de estranhos animais, plantas e organismos entre o reino animal e vegetal. E a pasta de monstros abandonados estava cheia de rascunhos recusados. *Meus filhos, meus filhos nascituros...* Uyun sentia um afeto por eles. Às vezes, eles recebiam uma segunda chance de sair da pasta de monstros abandonados e vir à luz. Porque um monstro que não fosse certo para determinado projeto poderia ser perfeito para outro.

Uyun gostava da história de que dunas de areia se movem carregando os corpos daqueles que morreram no deserto. Que tal brincar com isso? E se houvesse algo na areia e parte do que é revelado na superfície for um esqueleto coberto de farrapos? Uma isca que se aproveita da curiosidade pelo que há debaixo da roupa. Ou deveria estar em pé e de costas? Você gostaria de ver a frente depois de ver as costas. Como uma planta que induz a reprodução brotando uma flor que se assemelha a um inseto ou ave. Então como essa isca se mantém fixada? Por um espinho? Muco? Nervo? A que está ligada? Ao sistema digestivo da planta insetívora? Ou bem nos intestinos... Uyun achava que todas as cavernas pareciam entranhas. A isca talvez fosse desnecessária. Os protagonistas andavam e chegavam a uma área que é elástica como um trampolim. Eles vão subir nela, curiosos. Um personagem descuidado poderia pular com força. É na verdade uma válvula e, quando a válvula se abre e se fecha, ele cai embaixo da terra. No intestino, tricomas se movem furiosamente e, entre eles, há parasitas... e se todo o deserto fosse uma rede assim?

Ela tinha lido certa vez que os oásis não eram tão limpos ou belos como se imaginava. Normalmente eram contaminados por fezes de animais que vinham para beber água. Que tal um oásis perigoso e com névoa dentro? E se você não tivesse escolha senão beber a água, mas houvesse algo dentro dela? E se um colega com um rosto inchado e ensanguentado atacasse você de repente? E se você vomitasse, mas o vômito continuasse se movendo?

Ventos de areia às vezes cegavam as pessoas permanentemente. E se você usasse óculos de segurança para se proteger, mas houvesse dentro do vento outras coisas que rasgassem suas roupas e sua pele? A semente de bomba afiada que ela criou para um projeto recente foi bem recebida. Disparava-se em uma espiral e arranhava tudo no impacto. Ela apenas havia tornado a semente explosiva preexistente mais brutal, mas se tornou um elemento divertido do jogo. Seria semelhante demais a essa semente? Ela tinha que tomar cuidado com o autoplágio. Nos ventos... um lenço de seda? Um monstro que voasse como um lenço de seda e cobrisse seu rosto e sufocasse a pessoa enquanto a absorvia não parecia tão mal. Como lutar contra isso?

Mandíbulas de libélula eram assustadoras como Haerim dissera; líquen era assustador como sua mãe dissera; envenenamento do sangue também era assustador. O mundo era cheio de coisas assustadoras. A possibilidade de envenenar o sangue com uma ferida no mar ficava mais assustadora quanto mais ela pensava a respeito disso. *Cogumelos são muito assustadores, mas vamos evitar monstros muito semelhantes a micélio, já que estão muito em voga hoje em dia. Asbestos são assustadores, radioatividade é assustadora; o que mais é assustador?*

Por mais que ela se preparasse de antemão, o cliente nunca sabia o que queria. Isso permitia a existência do trabalho de Uyun, mas também significava que a turbulência era sempre parte do processo. Afinal, ela tinha que propor ideias dezenas de centenas de vezes para alguém que não sabia o que queria. *É isto? Que tal isto?* Os melhores clientes eram aqueles que sabiam claramente o que queriam, mas eles eram tão raros quanto Guillermo del Toro. Como ela ficou desapontada depois de assistir ao filme *Hellboy* de 2019! Como tinham conseguido estragar de maneira tão desastrosa o que Del Toro havia feito.... Não havia necessidade de ter usado todo aquele dinheiro para provar que não dava para fazer aquilo sem Del Toro. Era até bom que Abe Sapien, que foi basicamente o primeiro amor de Uyun, não tivesse aparecido. O sucesso na indústria cultural era consagrado por um único detalhe, e ninguém sabia que detalhe era esse. Considerando que até pessoas que pareciam definitivamente ter aquele "quê" especial faziam coisas insossas e óbvias, era possível que o "quê" fosse surpreendentemente fácil de perder ou algo com data de validade. Uyun também torcia para ter esse "quê" dentro de si. Ela torcia para que não perdesse a força. A subcultura à qual ela pertencia era definitivamente distorcida em certo sentido escroto, de modo que todos os mestres de monstros até essa altura tinham sido homens, mas ela queria gritar: *Aqui tem uma mulher que faz monstros muito bem!* Seria uma sede de reconhecimento? Seria vaidade? Mas não eram a sede de reconhecimento e a vaidade que moviam a indústria cultural?

Mesmo agora, ela não conseguia imaginar o quanto deveria amar o trabalho. O amor pelo próprio trabalho era como um lobo-monstro indomável que revelava as presas e mordia o dono se não se tomasse cuidado. Deixaria você doente e estragaria sua vida. Mas sentir pouco entusiasmo pelo próprio trabalho era como uma ordem de escolher apenas coisas moderadas e modestas, o que feria seu orgulho. Ela se perguntava qual gênero concordava mais com a tendência atual de encontrar sentido nas pequenas alegrias, de escolher uma vida que fosse mais fiel ao próprio interior do que ao julgamento dos outros. Uma vida fiel ao próprio interior era de fato importante, mas ela desconfiava que pudesse ser uma artimanha para privar as mulheres de conquistas mundanas. Mas, enfim, buscar conquistas quebrava seu equilíbrio entre trabalho e vida, e ela sentia que morreria trabalhando.

Talvez todas essas preocupações fossem típicas de alguém que foi doente na infância. Crianças doentes sempre acabavam pensando sobre a vida no futuro perfeito. *No futuro, vou ter morrido.* Essa perspectiva distorcida, de julgar a vida de trás para a frente a partir da morte, a tornava indecisa. O que era importante? Significativo? Útil? O que ela escolheria se morresse dali a três anos? Quais desejos havia internalizado da sociedade? Quais desejos eram verdadeiramente dela? O que ela somaria ou subtrairia de sua vida?

— Ah, você estava acordada? — Jisoo entrou no quarto desajeitadamente bem quando Uyun estava ficando com dor de cabeça.

— Jisoo, você realmente vive uma vida disciplinada.

— Não me enche.

— Não, falo como elogio.

Jisoo jogou a bolsa no chão e caiu prontamente na cama de Uyun.

— Você precisa esvaziar a cabeça para pegar as ondas — ela disse.

— Pode parar de ter tanta razão? — Uyun ficou surpresa com o cheiro de ar livre que emanava do cabelo de Jisoo. Uma leve mistura do ar da noite, orquídeas e cera de chão americana. *Aonde ela foi e se divertiu?* Uyun sentiu uma leve inveja. — Ei, devo voltar para a Coreia?

— Por que, está difícil lá?

— Acho que vou me sentir triste ao fim da viagem, quando todos voltarem para a Coreia e eu tiver que ir sozinha na direção oposta.

— Quer que eu vá com você?

— Você tem tempo?

— Tempo eu tenho, mas dinheiro não. Você é que não tem tempo, né? — Mesmo que Jisoo fosse com ela, Uyun provavelmente teria que passar a maior parte do tempo no trabalho. — Volte se estiver muito difícil. Você disse que as coisas estão meio que em aberto.

— Mas a questão é que só sei fazer monstros. Quero voltar depois que fizer pelo menos um grande filme de monstros.

— Você quer fazer um blockbuster?

— Sim, é melhor fazer um grande.

— Então por que não foi para o Japão?

— Você sabe que até os monstros japoneses vêm dos Estados Unidos hoje em dia.

Jisoo estalou a língua.

— Americanos. Eles pegam tudo, incluindo as coisas asiáticas.

— Sério. A hegemonia cultural é *real* e enlouquecedora. Eles nunca se fartam.

A prima dois anos mais velha se deitou de barriga para baixo, matutando. No escuro, os brancos de seus olhos pareciam azuis.

— Se você deve voltar ou ficar lá... bem, não sei porque nunca morei lá.

— Gosto de como você admite de cara quando não sabe de algo. Mesmo quando preciso desesperadamente de conselho.

— Eu ficaria feliz se você voltasse. Minha maior felicidade seria morar perto de você e de uma loja de conveniência.

— Sou tão importante quanto uma loja de conveniência?

— Metade das minhas contas de cartão de crédito vão para lá. Não acho que eu consiga viver uma vida de supermercado.

— E você quer?

— Realmente... Não quero essa vida. É, devo aceitar isso em mim.

Uyun sentia o mesmo, mas não gostava que houvesse tão poucas lojas de conveniência nos Estados Unidos e que ela tinha que ir de carro. Parecia que todos eram igualmente atraídos pelo ponto de luz no escuro, nas horas da madrugada em que queriam chorar de frustração, quando tudo ficava assustador. Mas ela também ficava com receio de que aqueles que desejavam ir à loja de conveniência tarde da noite fossem os responsáveis por fazer a sociedade operar de maneira mais cansativa.

— Sorvete de vesícula biliar.

Jisoo começou o jogo que elas jogavam com frequência desde a infância. O objetivo era imaginar uma combinação nojenta de comidas, e quem inventasse a mais tremendamente terrível venceria. As duas haviam inventado esse jogo em uma ala de hospital e continuado a jogar mesmo com o oceano Pacífico entre elas.

— Eca. Castella de lula.

— Misturar frutos do mar com doces é uma manobra manjada. Para castella de lula, eu sugiro pepino cozido.

— Cozinhar já é terrível. Boa. Sopa de cogumelo fria com caldo de refrigerante leitoso.

— Bolinho com microverduras.

— Parece pouco apetitoso. Linguiça de água-viva.

— O que as águas-vivas fizeram para você? Salada de toranja com *butterbur*.

— Parece amargo pra caramba. Mas acho que pessoas que gostam de *butterbur* podem gostar de toranja também, então pode combinar...

Elas continuaram até Uyun voltar a pegar no sono em algum lugar entre "ponche de melão com molho *mala*" e "taco de conchas com rabaça". Dessa vez ela dormiu profundamente sem nenhum pesadelo.

— Volte — Jisoo sussurrou de brincadeira no ouvido da prima adormecida. — Ou não. A escolha é sua.

Capítulo 25

Não é fácil fazer as pessoas rirem com um discurso fúnebre. Mas meu segundo marido, Hong Nak-hwan, tornou isso possível. Aquele excêntrico viveu como queria, depois partiu. Algumas pessoas gostavam muito dele, enquanto outras deviam ficar fartas dele mesmo de longe. Não havia meio-termo sobre o que as pessoas sentiam por ele. Na verdade, era porque Hong Nak-hwan não conseguia suportar pessoas monótonas perto. Mesmo como sua esposa, eu achava perigoso como ele ficava grosseiro se seu interlocutor não o interessasse. No entanto, não era uma falha absoluta porque, se ele tivesse achado você interessante em algum momento, era extremamente generoso e ficava ao seu lado até o fim. É interessante ou não? Ele julgava tudo na vida apenas com essa régua. Aos olhos de Hong Nak-hwan, o lugar de origem, a formação, a riqueza, a experiência ou seja lá o que for de uma pessoa não eram informações importantes. Nem mesmo gênero ou boatos a respeito dela... Hong Nak-hwan às vezes dava grandes oportunidades a mulheres – não sei se homens assim são comuns hoje em dia, mas, nos anos 1970, eram muito raros. Eu tinha recebido oportunidades como essa e até me questionava se às vezes ele não se esquecia de que eu era mulher. Hong Nak-hwan simplesmente me achava interessante. Desde o dia em que nos conhecemos até o dia em que partiu deste mundo. Ele me deu oportunidades, me apresentou a pessoas que me ajudariam, me preparou e me divulgou. Era um publicitário nato e, nesse sentido, dava-se bem com Aevang. Houve dias em que quase pensei que seria melhor que aqueles dois tivessem se casado, mas vai saber como as faíscas entre duas pessoas funcionam. Sinto muita falta daqueles tempos. Quando vejo textos publicitários escritos por Hong Nak-hwan ainda em uso, eles me fazem rir e chorar. Embora os outros possam me ver e se perguntar por que essa vovó está chorando na frente de uma loja de móveis ou de uma farmácia.

Sei que há quem desconfie que nossa relação tenha começado como um caso extraconjugal. Nós nos conhecemos em um contexto puramente profissional. Hong Nak-hwan era conhecido de um conhecido, e nós nos encontramos em um salão de arte. Fazer nossos próprios salões de arte veio muito depois, e não fizemos mais do que apertar as mãos naquela noite. Mas acho que é verdade que simpatizei com ele. Queria alguém como ele ao meu lado. Queria ficar mais próxima dele. A pureza dessa simpatia se tornou mais confusa com o passar do tempo, algo que quero refletir e perguntar a minha versão mais jovem, mas posso dizer com certeza que não foi um caso. Apenas depois que soube que ele estava pagando para a ex-esposa estudar fora que nossa relação mudou.

— trecho de "Em homenagem ao terceiro aniversário da morte de meu amor e meu colega Hong Nak-hwan", em *Publicidade XX*

APRESENTADOR *Recentemente foi revelado que você escondeu ativistas estudantis em sua casa no final dos anos*

1970 até meados dos anos 1980. Poderia, por favor, nos contar algumas histórias dessa época?

SHIM SISUN *Não foi algo que fiz sozinha. Eu e o sr. Hong Nak-hwan apenas deixamos algumas pessoas ficarem por um tempo. Todos fazíamos isso naquela época.*

APRESENTADOR *Houve boatos até de um túnel secreto que vocês fizeram.*

SHIM SISUN *Isso foi obra de Nak-hwan. Por acaso, os vizinhos diagonalmente atrás de nós tinham colocado a casa para alugar, então Nak-hwan a transformou no dormitório dos funcionários. Como nossos funcionários eram jovens, dava perfeitamente para esconder estudantes entre eles. Ampliamos um buraco que já existia na cerca – ah, claro, nós o restauramos depois, mas plantamos algo como lespedezas para o buraco não ficar visível. Não era nada grandioso como um túnel secreto. Além disso, as duas casas tinham garagens, o que era muito conveniente... Transportávamos pessoas no porta-malas, e fico mal em pensar nisso agora. Devia ser perigoso.*

APRESENTADOR *Que pessoas eram transportadas normalmente?*

SHIM SISUN *Manifestantes estudantis que davam aulas à noite, trabalhadores que criaram sindicatos. Eles vinham à casa com frequência, ainda mais em 1983, quando o governo espalhou o boato de que a Associação de Escolas Noturnas estava tentando começar uma revolução socialista e prendeu centenas de pessoas. Foi uma época ridícula em que o governo prendeu e torturou pessoas por estudar à noite e trabalhar em sindicatos. No fundo, eu achava que não havia nada demais na Escola Noturna de*

Trabalho, pois era algo que também havia existido no último período da dinastia Joseon e durante o período colonial japonês; eu não achava que era nada pelo que o governo devesse perder a cabeça. Depois que passei por 1987, me dei conta que tinha sido um movimento extremamente forte e que era por isso que tinha sido reprimido. Parece que algumas eras só podem ser entendidas com clareza depois que passam.

APRESENTADOR *Você encontrou algum deles mais adiante na vida? Eles voltaram a visitar você?*

SHIM SISUN *Bem, cheguei a encontrar um... mas ele tinha virado um político muito decepcionante.*

APRESENTADOR *Como assim?*

SHIM SISUN *Como um ativista trabalhista se tornou um político decepcionante? No começo, pensei que ele pudesse ter algum problema na cabeça, mas ele ainda não foi hospitalizado, então também não deve ser isso. O mundo é muito incompreensível. Ainda não o entendo. Parece que a vida me dá tapas na cara assim que começo a pensar que a entendo, como se dissesse: "Você não sabe nada".*

— trecho de um evento comemorativo na exposição especial do Museu de História de Seul "Buamdong: Histórias secretas de intelectuais culturais" (2003)

Hong Kyung-ah não conseguia definir facilmente que tipo de pessoa Hong Nak-hwan havia sido. Um publicitário que deixou uma marca ousada na história da publicidade coreana. Mas essa era a definição de estranhos, e não a definição de sua única filha.

Hong Nak-hwan tinha ombros realmente incríveis. Quando ela era pequena, pensava que o pai era basicamente um gigante, mas, depois de um tempo, deu-se conta que ele não era tão alto assim. Seus ombros eram firmes e grossos na frente e atrás como se ele tivesse uma armadura dentro do corpo e, como ele gostava de álcool e alta gastronomia, também tinha uma barriga redonda e protuberante. Com seu cabelo grosso e denso, ele parecia um pouco um general em um romance clássico asiático. Como ele tinha seus próprios critérios firmes que não necessariamente condiziam com os do mundo, avaliava as pessoas e os trabalhos próximos ou distantes dele de acordo com esses critérios. Deve ter feito muitos negócios secretos durante a ditadura e os regimes militares, mas ainda teve a coragem de transportar ativistas estudantis no porta-malas do carro. A família sabia que ele era menos motivado por um desejo de democracia e mais por sua raiva de que vários de seus anúncios tinham sido censurados.

Também era curioso que metade dos funcionários da empresa do pai de Kyung-ah fossem mulheres e muitos fossem pessoas LGBTQIA+. Era um tempo em que as pessoas se surpreendiam de haver ainda que apenas uma mulher com funções importantes, e até essa única mulher era forçada a se aposentar antes dos trinta – então Kyung-ah perguntou ao pai tempos depois como isso era possível. Para ver se havia um motivo por que ele dava um tratamento especial.

— Ah, eu não era tão à frente de meu tempo nem nada assim. Fazia isso porque o recrutamento agressivo era um grande problema na época. Roubavam funcionários na cara dura se fossem razoáveis em seu trabalho. Se você contratasse pessoas que não eram reconhecidas nem perseguidas em outros lugares e deixasse que fossem elas mesmas, elas não iriam embora mesmo se outras empresas oferecessem o dobro do salário. Eu só cuidava de meus lucros. Fazia com que trabalhassem duro.

Hong Nak-hwan era alguém que confundia todos com quem conversava, e talvez fosse intencional. Ele parecia ser assustador quando ficava bravo, mas a filha nunca o tinha visto bravo. Normalmente, ele via graça naquilo de que deveria sentir raiva, e isso às vezes chegava a irritar. Como quando a mãe biológica de Kyung-ah se divorciou dele e ele gostou da ideia de a ex-esposa estudar no exterior e, por isso, deu dinheiro a mais para ela. Se tivesse segurado o dinheiro como um patriarca daqueles tempos, ela não teria morrido... Kyung-ah tinha ressentimentos como esse. Além disso, nenhum dos filhos entendia a relação dele com Lady Shim Sisun.

— A relação deles era... mais física? — Myung-eun sentiu um calafrio.

— O que pode ter sido? O que os uniu? Nossa mãe e seu pai.

Myung-hye era a mais próxima de Kyung-ah, mas ainda assim chamava Hong Nak-hwan de "seu pai", o que não era exatamente para se distanciar, porém mais para ceder espaço a Kyung-ah.

— Eles definitivamente amavam vinho. Toda vez que eu tinha que colocar as garrafas para reciclar, ficava com vergonha... Buamdong é inclinado, então, se eu não prestasse atenção, elas rolavam e se quebravam. Eram muitas garrafas vazias depois de todo fim de semana.

— E eles andavam nos mesmos círculos. Isso com certeza.

— Mas gostar de vinho e andar nos mesmos círculos não basta para fazer um casal rir e viver junto por tanto tempo.

— Eles eram apaixonados. É o que a mãe escreveu em seus livros. Que eles se amavam.

— O que você acha, Myung-joon? Por que acha que eles se davam tão bem?

— Eles faziam coisas para o consumo popular, mas não tinham medo de divergir do público. Talvez essa parte da personalidade deles os tenha tornado um excelente par. O ângulo de sua divergência em comum — Myung-joon respondeu, sério.

— Do que você está falando? Tão chato.

— É por isso que falamos "Ele?" para você.

Claro, ele foi criticado apenas por Myung-hye e Myung-eun.

Em todo caso, Kyung-ah definitivamente herdou os ombros de Nak-hwan. Quando Hong Nak-hwan finalmente morreu depois de batalhar contra a doença, ele havia perdido muito peso, mas seus ombros de dinossauro permaneceram e não cabiam no caixão, mesmo eles tendo encomendado um extragrande. Enquanto olhavam o caixão, todos choraram até o diretor funerário tentar forçar os ombros de Nak-hwan para dentro. Não que a família tenha rido de maneira inapropriada na época, mas, passado o luto, virou uma piada familiar.

— Quando eu morrer...

— Não morra, mãe.

— Não, digo, quando eu morrer daqui a muitos e muitos anos. Peçam um caixão duas vezes maior do que imaginam.

— Que pedido sombrio.

— Não revirem os olhos. Estou dizendo: os ombros da família Hong são largos e grossos. Vou ser humilhada se alguém tiver que fazer força para me enfiar no caixão. Ah, pai, aquele era o maior caixão que tinha.

— Tá, mãe. Por favor, pare de falar sobre caixões. Você já falou isso um zilhão de vezes.

Kyung-ah imaginou que daria tudo certo já que tinha pedido aos filhos. Ela tinha sorte de ter um físico forte sendo web designer. Enquanto todos ao seu redor tinham problemas na cervical, no ombro, na lombar, na pelve, apenas ela estava bem e era assim que resistia por tanto tempo. Ela era uma designer de quarenta e tantos anos – uma contratação surpreendente em qualquer empresa. Embora não tivesse a ver só com seu talento profissional, por mais constrangedor que fosse.

Myung-eun e Myung-joon foram para a pesquisa, enquanto Myung-hye e Kyung-ah escolheram o mercado. Tanto os anos 1980, quando Myung-hye conseguiu seu primeiro emprego, como os anos 1990, quando Kyung-ah conseguiu o dela, foram terríveis. A tendência era as mulheres se aposentarem assim que se casassem e, se quisessem trabalhar depois de ter filhos, tinham que voltar logo depois do parto. Em termos de salários, promoções e até pequenos benefícios dentro da empresa, elas sofriam muita discriminação. Mas isso não significou que Myung-hye e Kyung-ah se deixassem acolher por Hong Nak-hwan de cara. Elas não se candidatavam às seleções (Myung-hye por orgulho e Kyung-ah por vergonha), mas entraram logo que a empresa se afundou e os funcionários saíram por causa da doença de Nak-hwan. Apesar dos esforços das duas, a empresa praticamente ruiu. Elas tentaram convencer que poderiam trabalhar do mesmo modo, já que fazia um tempo que Nak-hwan havia deixado o cargo, mas todos os contratos tinham sido feitos em nome dele. Era o valor do nome de um patriarca sem nenhum defeito social. Duas jovens mulheres não poderiam substituí-lo. E assim elas descobriram a futilidade da autoridade emprestada. Contratos foram perdidos, pessoas partiram e apenas a casa em Buamdong ficou, enquanto a fortuna da família desaparecia feito pó. Não apenas o dinheiro de Nak-hwan, mas também o dinheiro de Sisun que estava associado a ele desapareceu em pleno ar. Elas quase se reergueram, mas a crise financeira asiática de 1997 atacou imediatamente. *Então é isso que significa botar o último prego no caixão.* As irmãs aceitaram o fracasso.

Elas não podiam se manter derrotadas. Não acreditavam que outras empresas admitissem mulheres que haviam fracassado. As duas juntaram o pouco que havia restado e fundaram uma agência de publicidade on-line. Myung-hye, a planejadora, cuidava do trato com o mercado, e Kyung-ah, a web designer, ficou responsável pela criação e pelas operações. Recomendar que Kyung-ah estudasse web design foi a última previdência de Hong Nak-hwan. Elas conseguiram crescer um pouco durante o boom empreendedor. Mudaram o escritório do segundo andar de um restaurante chinês em Hoehyundong para Gwanghwamun. A internet abriu espaço para os celulares e, quando o boom empreendedor enfraqueceu, startups surgiram e o mercado continuou mudando, mas, no fundo, comunicação ainda era o ponto central. Comunicação com clientes, comunicação entre planejador, designer e desenvolvedor com visões diferentes, comunicação com consumidores – havia inúmeros obstáculos para ter sucesso nisso tudo, mas as irmãs conseguiram. Elas acabaram por conseguir todas as vezes, arrebanhando os gostos de todas as pessoas feito ovelhas.

— Vou me aposentar agora. Taeho se aposentou, quero apoiar Hwasoo e Jisoo, quero um tempo só para mim. Acho que já trabalhei demais.

Quando Myung-hye expressava suas intenções de se aposentar, ela não fazia ideia de como Kyung-ah se sentia fraca. Ficava tão mal que revivia o pesadelo de vinte anos antes. Não achava que conseguiria se virar sem a irmã mais velha. Mas Kyung-ah era apegada demais à empresa para entregá-la completamente a outras pessoas. Apegos traziam dores de cabeça. Para esfriar a cabeça, entrava em seu site favorito de paleta de cores, atualizava a página e resmungava. Olhar um site que reunia várias cores complementares ajudava sua carreira e também funcionava como uma meditação. Ela tinha passado todo esse tempo como a bebê da família – será que conseguiria ser firme agora? A liderança era uma ferramenta que ela não havia usado até então. Era preciso descobrir se sequer existia dentro dela.

Apesar dos esforços das duas, a empresa também tinha seus problemas. Como era um mercado de concorrência desleal, elas não conseguiam pagar adequadamente os funcionários novos com graduações sofisticadas. Acontecia o mesmo com os freelancers intermediários e avançados que eram trazidos quando um projeto dava errado. Fazer o trabalho ela própria era divertido; ser gerente era difícil e delicado. Quando os funcionários gostavam de um chefe de departamento, os clientes não gostavam. E quando os clientes gostavam de um chefe de departamento, os funcionários não gostavam. Era confuso acompanhar quem era talentoso e quem era incompetente, e ela não sabia por onde começar as melhorias. Será que conseguiria decidir isso tudo sem a irmã mais velha? Depois de se esconder atrás de um monitor todo esse tempo? Kyung-ah considerou até se demitir da empresa junto com Myung-hye. Kyurim estava prestes a se preparar para as admissões universitárias, e Haerim era uma menina excêntrica que precisava de atenção.

— Diretora, o fato de você continuar a trabalhar nos dá esperança.

Os comentários das funcionárias mais jovens a fizeram adiar a demissão. Mesmo em empresas de maioria feminina com garantia de licença-maternidade, as mulheres costumavam largar seu trabalho em escritório. Normalmente, o maior obstáculo era a entrada dos filhos na escola primária. Kyung-ah também havia saído correndo do escritório para a escola diversas vezes, e o marido que corria atrás de libélulas não servia para muita coisa. Às vezes, ela invejava Myung-eun.

Kyung-ah não se arrependia de ter dois filhos, mas invejava essa vida leve. O ócio para se concentrar em qualquer coisa. Já Kyung-ah tinha vivido mais de uma década com a concentração, a memória e outras habilidades fragmentadas.

Por ser membra fundadora da diretoria, ela conseguiu superar esses momentos de crise. Portanto, o fato de Kyung-ah ainda estar trabalhando era algo mais como uma falsa esperança. "Falsa" parecia explicitamente negativo, então ela tendia a chamar de "vaga esperança". Ela queria ser a vaga esperança da indústria. Um tipo alternativo de esperança antes da esperança de verdade surgir. Talvez ver uma mulher com talentos medíocres dar conta do recado por muito tempo em uma indústria de oceano vermelho daria coragem àquelas que viessem depois.

Myung-hye e Kyung-ah estavam no meio de um plano de cinco anos para melhorar a empresa. Elas aumentaram um pouco os salários na medida que o lucro operacional permitia. Introduziram horários de trabalho flexíveis que eram mais flexíveis do que os de qualquer outra empresa. Não importava quando os funcionários realmente vinham trabalhar desde que estivessem presentes nas reuniões. No começo, os funcionários abusaram disso, então elas mudaram a regra. Expandiram os dias de férias e criaram uma atmosfera em que os colaboradores poderiam usá-los com liberdade. Elas aboliram festas de escritório. Era algo que quase nunca tinham, mas as eliminaram oficialmente. Elas reconheciam pessoas que corrigiam os erros de outras e as apoiavam. Implementaram programas de exercícios e de autoaprimoramento de manhã e no horário de almoço. Ofereciam check-ups anuais em um hospital conceituado.

As melhorias eram efetivas quando os funcionários trabalhavam dentro da empresa. O problema era que projetos maiores exigiam contratos externos por questões de segurança. Não muito tempo antes, uma equipe talentosa pediu demissão da empresa coletivamente porque estavam exaustos após desenvolverem um aplicativo de banco. Por mais dinheiro que elas ganhassem, era um prejuízo se as pessoas saíssem. Horários de reuniões inúteis característicos da indústria financeira, a cultura ostensiva de *parecer* trabalhar *versus* trabalhar de fato, os passos ineficazes de tomada de decisão, palavras e atitudes misóginas, abordagens inadequadas, nada parecia aceitável. *Posso mudar minha própria empresa, mas o que fazer com a cultura corporativa de outra?* Além disso, quando o outro lado era de longe o mandachuva, ela não fazia ideia de como encarar a situação.

— Diretora, não é que não tenhamos tempo. É que os superiores não estão tomando uma decisão. Eles vão rejeitar tudo que trouxermos, então não vamos mostrar para eles tudo em que trabalhamos, vamos mostrar apenas um a um. Não sei que tipo de desempenho é esse.

— Só façam sua parte e deixem acontecer. Vou cuidar do resto.

— Depois as designers são chamadas de egoístas por serem mulheres. Eles olham o aplicativo de vale-alimentação e nos xingam por não fazer hora extra.

— O que é isso, os anos 1990?

— E um dos executivos fica seguindo as funcionárias mulheres depois do trabalho... Ele é especialmente inoportuno perto da funcionária mais jovem, Nayoon.

— Deixe que eu cuido disso.

Cuidar dessas coisas não era fácil, mas ela conseguia em um estado de indignação. Era só o que ela podia fazer; a gerente do projeto sofreu de uma doença inflamatória durante todo o projeto por um motivo desconhecido. Os médicos não souberam identificar quando ela foi ao hospital, mas, no fim, era estresse. A líder do projeto ficou com uma úlcera estomacal, e a editora chegou a ser hospitalizada por herpes-zóster. Todas as três deixaram a empresa por problemas de saúde, então Kyung-ah não tinha como segurá-las. Ela pediu para voltarem quando recuperassem a saúde, mas não podia ser muito descarada, porque não tinha conseguido proteger suas funcionárias. Bancos, seguradoras e conglomerados eram balbúrdias teimosas. Eram eles que tinham o dinheiro, mas ela não podia estabelecer planos a longo prazo com eles.

— Então, precisamos consertar a Coreia? — Myung-hye estava com a voz doente e cansada. — Isso não vai acontecer antes de o alto escalão morrer e ser substituído por pessoas novas. É por isso que vou me aposentar. Estou cansada de estar no alto escalão.

— Só fico desapontada que você tenha desistido de nossos planos de reforma.

— Não basta arrumar nossa própria empresa. Você sabe o princípio básico de uma planejadora? Descobrir logo no começo o que é ou não possível.

— E você está me dizendo para me concentrar em saber se funciona ou não porque sou designer?

— Não estou jogando você na cova dos leões. Encontrei um novo diretor em formação. Fiz minha parte. Se não quiser continuar trabalhando, vamos deixar para o diretor novo e encontrar um comprador.

Kyung-ah não tinha nada contra o novo diretor. Ele não era enfadonho para alguém de sua idade e experiência, mas ela não sabia ao certo se era o tipo de pessoa capaz de imaginar o que não havia sentido na própria pele. Acima de tudo, não haveria nada mais feio do que a empresa composta por mais de oitenta por cento de mulheres ganhar uma diretoria totalmente masculina. Como a palavra *feio* expressava esse sentido de maneira tão precisa? *Feio*. Expressava o desprezo tão bem.

Kyung-ah decidiu ficar onde estava e não abandonar seu posto. Como uma pessoa com boas articulações que consegue se sentar em uma cadeira por um longo tempo. Quando você não é capaz de entender uma situação, não tem escolha se não esperar alguém mais inteligente aparecer. Se depois surgir uma mulher que tenha sobrevivido a essa indústria em declínio, Kyung-ah vai passar o bastão para ela. Se sua empresa não conseguir experimentar semanas de trabalho de quatro dias ou algumas outras coisas, bem, ela não terá conseguido, mas... ela não tinha tanto medo do que deu errado e depois deu certo, do que se acumulou e depois se distribuiu.

— Minha pequena autoridade ao menos não é mais uma autoridade emprestada — ela disse baixo a caminho de comprar café. Ninguém a escutou, muito menos a compreendeu, mas isso não importava.

Capítulo 26

Minha carreira na pintura estava quase acabando pela primeira vez em... oito anos? Não, nove, quando acabei fazendo uma exposição individual. Pensei que a oportunidade nunca chegaria de novo se eu a deixasse escapar naquele momento. Pedi que Shim Sisun redigisse uma resenha e uma brochura de arte para o panfleto, e ela veio ver minhas obras em andamento várias vezes antes da mostra. Será que queria ver o processo de conclusão?

Na segunda ou terceira visita, ela hesitou antes de me dizer:

— É muito bonito. Parece que tem alguma coisa morta na barriga, mas é bonito. Porém... já pensou em pintar exatamente isso umas quatro vezes maior?

Fiquei em choque.

— Basta aumentar a dimensão para dar um efeito diferente, eu acho.

Suas palavras simples tocaram em algo dentro de mim. Meu coração estava encolhido. Eu estava pintando em telas pequenas em um quartinho nos fundos da cozinha, num ateliê que não era um ateliê, e eu não tinha notado que estava encolhida. Porque minha vida estava lotada demais e eu não tinha liberdade nenhuma. Porque fazia muito tempo que eu havia esquecido que era pintora.

Antes da mostra, consegui fazer várias obras grandes e, mesmo depois, continuei a me examinar. Estou me aprisionando em um molde pequeno? Estou me negligenciando no quartinho dos fundos da cozinha? *Revia até quando não gostava da pintura.* Será que ficaria melhor se eu pintasse quatro, cinco, dez vezes maior?

"As mulheres precisam fazer coisas grandes sem se preocupar com o que os outros pensam. Se não houver espaço suficiente, os outros precisam abrir espaço. Ocupem todo o espaço e deixe para os outros encontrarem uma solução. Há pessoas cujo trabalho é resolver problemas como esse. Sejam ousadas, não cedam, façam obras maiores. Grandiosas, grandiosas. Eu sabia que seria grandiosa."

Às vezes sinto falta da sra. Shim Sisun, que ficaria muito satisfeita com minhas exposições.

— trecho de "Shim Sisun lembrada pela pintora Hwang Min-ha", em *As palavras que me salvaram* (2016)

Embora pensasse que fosse ótimo que sua sogra houvesse criado as filhas para serem determinadas, Taeho resmungou consigo mesmo sobre perder o café para o argumento vigoroso da cunhada. Café não era uma memória apenas entre Kyung-ah e a sogra dele. Taeho e Sisun também tomavam café com frequência, e ele até tinha uma anedota mais engraçada.

Após o diagnóstico de que Sisun não tinha um sistema cardiovascular muito bom, ao menos ela estava se esforçando para melhorar a saúde na época, por isso estava tentando reduzir a cafeína. Não foi um grande sucesso, então Myung-hye a importunava com frequência. A maneira como ela era pressionada pela filha mais velha e depois ficava de mau humor o fazia ter pena dela, mas também era engraçado. Um dia, Myung-hye, Taeho e Sisun combinaram de se encontrar no centro, mas Taeho e Sisun chegaram primeiro ao local de encontro porque Myung-hye estava com um trabalho atrasado.

— Mãe, quer um café antes?

— Claro.

Os olhos de Sisun brilharam, e Taeho foi pedir. Ele não havia pretendido enganá-la. Apenas o sinal de descafeinado chamou a atenção dele naquele dia. Quando Sisun bebeu metade da xícara com alegria, Taeho perguntou:

— Como está o café hoje?

— Está ainda mais gostoso.

— Ah, então você pode continuar bebendo descafeinado.

— Quê?

— Esse é descafeinado.

Só quando a mão de Sisun que estava segurando a xícara tremeu, Taeho percebeu que havia cometido um erro. Myung-hye chegou nesse momento; a princípio, ela iria criticar Sisun, mas logo ficou do lado dela e atacou Taeho.

— Você testou minha mãe? Para ver se ela notaria a diferença do descafeinado? Você perdeu a cabeça?

— Myung-hye, eu não fazia ideia de que você tinha se casado com um homem tão assustador! Eu era feliz por ter um genro tão gentil, mas agora... — A sogra levou a mão à cabeça de maneira teatral.

— Eu... só pensei que, como ela estava diminuindo o café...

— Mas sugerir e trocar em segredo não são a mesma coisa.

Embora ele refletisse sobre sua insensibilidade, daquele dia em diante Sisun olhou para todos os alimentos oferecidos por

Taeho com desconfiança. No começo pareceu genuíno, mas depois virou uma piada entre os dois.

Em outro momento, Taeho estava passando um tempo em Buamdong com as filhas em um dia de folga do trabalho quando vieram vender um filtro de água para Sisun. Taeho não conhecia todos os conhecidos de Sisun, mas sabia que esse vinha com frequência para vender seguros, pasta de dente de algum esquema de pirâmide e todo tipo de produtos inúteis. Então, quando ele começou a recitar um roteiro de vendas óbvio, Taeho estava prestes a intervir como um bom genro quando Sisun discretamente pisou no pé dele. A memória das sandálias de cetim de Sisun pisando com firmeza ainda fazia Taeho rir. Sisun acabou por assinar o contrato pelo filtro de água naquele dia.

Depois que o vendedor saiu, Taeho argumentou:

— Mãe, ele estava claramente se aproveitando de você! Há tantos filtros de água melhores no mundo. Se precisa de um, posso pesquisar para você.

— Vou pagar pela minha vida em muitas prestações.

— Sua vida?

— Foi esse homem que viajou de longe para me dizer para não voltar à minha cidade natal.

Taeho pensou ter ouvido essa história. Ao contrário da imagem de um salvador, o homem tinha um rosto fortemente enrugado e estava sempre usando uma camisa havaiana por algum motivo. Mesmo no inverno, ele tinha uma camisa havaiana por baixo. Como Myung-hye e as irmãs o chamavam de "tio Incheon", Taeho pensou que ele tinha nascido em Incheon, mas era evidente que não.

— Mas você não pode ser usada assim pelo resto da vida.

— Não. Esse homem acha que esse filtro de água é um produto muito bom, e penso que ele está cuidando de mim ao me trazer bons produtos. E não há problema em pensar desse modo.

Taeho não conseguiu entender a princípio, mas depois acabou entendendo. Sua sogra argumentava que, quando fazia café com água daquele filtro, o sabor era mais suave, embora ela própria não acreditasse nisso. Era estranho se lembrar daquela camisa havaiana inautêntica no Havaí. Sua sogra conhecia muitas pessoas aleatórias além do tio Incheon. Houve uma vez em que Taeho ficou surpreso em ver o bêbado que havia vomitado no carpete de Sisun como um famoso cantor *pansori* na TV em uma manhã de domingo; outra vez, ele achou nos livros didáticos da filha o pintor que havia causado um pequeno incêndio enquanto fazia algum lanche... Enfim, eles eram cheios de personalidade. Para Taeho, que havia crescido em uma casa calma e pacata, todo dia era um certo choque. As conversas na família de Taeho consistiam em alguns comentários esparsos geralmente sobre hortifrútis. Eles declaravam que tinham comprado a abóbora na casa de fulano e sicrano e que era muito firme, planejavam fazer uma conserva de ameixa e discutiam quantas caixas de repolho encomendar. Então acabava o assunto, e eles voltavam a avaliar os tomates e batatas-doces cultivados com água do mar. Como os familiares de Taeho eram assim, talvez esse fosse o motivo por que não conseguiram se opor ao casamento apaixonado. Eles não eram armados com a linguagem da oposição e, por isso, meio que passou por cima deles. Myung-hye tinha sido treinada fortemente pela mãe, então ignorou seus olhares insatisfeitos e falou sobre hortifrútis por quatro a cinco horas, finalmente ganhando os corações da família de Taeho. Contar histórias interessantes sobre um arroz particularmente delicioso, uvas recém-importadas e cogumelos híbridos não era nada para uma publicitária experiente como ela.

"Nasci em uma família genérica, depois entrei em uma família insondável."

Era assim que Taeho resumia sua vida. Ele gostava da sogra imprevisível e vivia admirado pelas mulheres poderosas que haviam brotado de Sisun. Ele amava sua esposa e suas filhas, desejava que as cunhadas fossem felizes e não achava ruim que Haerim às vezes o observasse como a um pássaro.

É por isso que ele queria trazer algo digno, algo grandioso, algo incrível dessa vez. Mesmo que ele fosse um figurante harmonioso nessa casa multiforme, quem se bastaria em sempre representar um figurante? *Boa jogada, amor. Perdi para o pai! Irmão, você é incrível...* Ele queria ouvir essas palavras. Embora fosse uma viagem familiar, ninguém estava viajando junto, então não havia como saber o que os outros estavam preparando, se estavam próximos de terminar. Sua veia competitiva só foi notada por Myung-hye.

— Quer dizer, eu sou o adulto chefe aqui, então não posso trazer algo medíocre.

— Por que você? Eu é que sou a adulta chefe — Myung-hye respondeu enquanto se esforçava para tentar deixar a cama pouco confortável um pouco mais confortável.

— Sou três anos mais velho do que você!

— Sim, mas este é um matriarcado, então eu sou a chefe desta família.

— Ah, claro... Bem, como companheiro da chefe desta família, não posso trazer algo medíocre!

— Amor, você já esteve aqui antes. Você não viajou para cá? O que fez daquela vez?

— Só fiquei deitado em uma cadeira perto da piscina.

— Então fique deitado. Você vai adoecer se fizer algo fora do comum.

Myung-hye parecia pensar que Taeho estava de bobeira sem fazer nada, mas, enquanto todos estavam ocupados fazendo suas coisas, ele comprava pães para a manhã seguinte, abastecia a geladeira com água, suco e cerveja, botava o lixo para fora e limpava os banheiros. *Quem você acha que lava as toalhas todo dia e as pendura para secar?* Ele decidiu guardar isso e não criar estardalhaço. Estava cansado do som do motor, então cedia os carros para os outros e caminhava pelas redondezas, contemplando o lugar. Ele estava perto de perguntar às pessoas na rua o que havia de especial na região.

Seria conveniente se ele pudesse se comunicar por rádio, Taeho pensou. Se ainda fosse possível alguém responder a perguntas em certa frequência. Quando pilotava, ele sempre se comunicava com a torre de controle e com outros pilotos. Muitas informações diferentes eram transmitidas, mas a maioria eram conselhos. Opiniões intermináveis sobre o vento, a chuva e as nuvens pareciam continuar em seus ouvidos mesmo enquanto ele dormia, com uma leve estática, até quando não estava pilotando. Alguns anos atrás, o CEO de uma empresa aérea escreveu na internet que os pilotos reclamavam demais sendo que o trabalho deles era muito fácil hoje em dia graças à função de piloto automático. Isso acabou causando uma tormenta na internet, mas acontece que, mesmo com a ajuda da tecnologia, não era fácil tomar decisões contínuas a cada minuto. Exigia muita energia. Parecia muito verdadeiro que o cérebro era um órgão que gastava muita energia. Exausto, Taeho contava os dias para a aposentadoria, mas, agora que estava sozinho e longe da frequência aberta em que conselhos eram trocados, não percebeu que sentiria a estranheza desse distanciamento. Ele se sentia zonzo como se não pudesse tomar nenhuma decisão por conta própria. Também não se adaptou bem porque seus ombros sem ombreiras pareciam nus. Talvez Myung-hye soubesse como ele se sentia e fosse por isso que decidiu se aposentar ao mesmo tempo; ele ficava grato pela compreensão dela.

— Da aposentadoria até a morte agora é uma corrida entre nós dois. Preparar, apontar fogo, então quem morrer primeiro ganha.

— Por que você fala essas coisas com tanta alegria?

Embora sua esposa não fosse o tipo consolador, a vida dele ainda estava em altitude de cruzeiro. Embora o acidente de Hwasoo tivesse abalado todos na família, Taeho acreditava que eles se sentiriam bem depois de um tempo. Se trezentas pessoas embarcassem em um avião, duas tinham que ser pessoas que você não queria encontrar. Era assim que Taeho entendia esse incidente.

Não, você entendeu errado. Pense sobre isso mais um pouco. O mundo não é tão simples assim...

Às vezes, quando seu cérebro coçava com a voz da sogra, ele se esforçava ao máximo para ignorar essa voz. Rebatendo: *Não é da minha natureza examinar as coisas complicadas com tanta atenção.*

— Capitão?

Ele estava pegando algumas coisas no supermercado quando alguém o chamou. Ele se virou por instinto. Duas das sete ou oito jovens eram comissárias de bordo que ele conhecia. Como as duas não eram da mesma equipe, mas sim trabalhavam separadamente, Taeho ficou confuso por um momento. A que o tinha chamado estava sorrindo, mas não conseguia esconder o constrangimento de pessoas jovens que não sabiam como agir perto de um aposentado.

— Ah, que prazer ver vocês.

Taeho mudou as coisas de braço e estendeu a mão para um aperto. O humor melhorou.

— O que o traz aqui?

— Ah, estou de férias com a família.

— Pensei que você estava aqui para ficar.

Sua roupa casual, incluindo um short, deveria causar um mal-entendido como esse.

— Sabe, estou com um dilema agora em que vocês podem me ajudar. Qual é a melhor coisa do Havaí?

— Como assim?

Taeho explicou sua situação para a antiga tripulação, que pareceu confusa.

— Então deve ser malasada, hein?

— Malasada, com certeza.

Elas concordaram com a cabeça.

— Capitão, está vendo aquela pessoa do outro lado da rua carregando uma caixa rosa? É aquilo.

— A Leonard's Bakery é a melhor. Mas precisa ser quente. Se esfriar, não vai ter o mesmo gosto. Levei uma vez para a Coreia para compartilhar o gosto, mas ninguém ficou muito interessado porque o açúcar na superfície endureceu.

— O gosto é uma coisa, mas a textura é tão única que você *tem* que comer enquanto está quente.

Parecia apenas um donut, mas todas estavam fazendo um grande estardalhaço. De qualquer forma, Taeho agradeceu pela informação preciosa e fez uma promessa que não cumpriria: pagar alguma comida deliciosa para elas em Seul. Era uma promessa que seria mais um incômodo se ele a cumprisse. Suas filhas o repreendiam para ele ser melhor em situações sociais. Mesmo assim, ele pensou agora enquanto se virava: *Se elas me odiassem mesmo, não teriam me chamado se não tivessem certeza... Que alívio que sou alguém que elas queiram chamar em um país estrangeiro. Não desperdicei minha vida*, ele pensou.

E assim ele foi à Leonard's Bakery e experimentou as malasadas, então se deu conta de que elas não estavam exagerando. Era isso. Era isso que ele tinha que levar. O conselho era preciso, de modo que parecia ser inútil se as malasadas não estivessem quentes. Taeho era bem escrupuloso, por isso comprou quatro. Ele as cronometrou depois de sair: vinte minutos, trinta, quarenta, uma hora. Concluiu que tinha que dar para a família em menos de meia hora. O aniversário da morte de sua sogra estava chegando. Ele não achava que poderia usar o carro pouco antes do horário. Mesmo se alugasse outro carro, parecia que não daria certo com o trânsito de sexta à noite. O ônibus seria devagar, como a esposa de seu cunhado havia dito... Será que ele deveria ir de bicicleta? Uma bicicleta seria mais rápida? Taeho, que vinha andando de bicicleta desde os cinquenta anos para passar em seus check-ups regulares, estava relativamente confiante.

Daquele dia em diante, a casa ficou sem café da manhã e sem água, a roupa suja e o lixo se acumularam, o banheiro ficou bagunçado. Porque Taeho alugou uma bicicleta e começou a explorar qual era o melhor caminho da Leonard's Bakery até a casa, cronometrando no relógio. No primeiro dia, ele até que aguentou bem, mas, no segundo, foi a um outlet e comprou um short de bicicleta acolchoado.

Capítulo 27

Sempre achei a azaleia-real uma flor comum e sem graça. Alguém realmente espera e se alegra com a azaleia na primavera? Mas, certa noite, fui dar uma volta e vi uma azaleia branca que havia caído inteira e, no momento em que os faróis de um carro que passava iluminaram a flor, eu me dei conta de que era o tom mais bonito de branco que eu já tinha visto na vida. Um branco que parecia ter um brilho próprio. O fato de só ter me dado conta disso na casa dos setenta anos é realmente muito tardio.

Ainda há tantas coisas de que não me dei conta. Em certos dias, basta uma brisa para me deixar grata por ter nascido e, em outros, preferiria nem ter vindo ao mundo por causa de meu sofrimento antigo. Mas apenas humanos devem se preocupar com essas coisas. Azaleias-reais não devem se preocupar com nada. Elas não vivem em um estado de se concentrar unicamente na luz? Especulo sobre a mente insondável da azaleia-real. Deve haver luz no exterior e no interior.

Se eu descobrir mais alguma coisa magnífica em minhas caminhadas noturnas, vou me lembrar de avisar a todos vocês.

— trecho do pequeno segmento "Cartões-postais de escritores" na Rádio XYZ (2004)

Chase vivia em um apartamento em um prédio de três andares, diferente dos arranha-céus da Coreia. Sua unidade tinha um fogão elétrico, mas Chase levou Jisoo à cozinha comunitária dizendo que queria cozinhar algo de verdade para ela. Ela foi atrás com os braços cheios de ingredientes e tentou entender o conceito estranho de cozinha comunitária.

— Comunitária? Não fica suja facilmente?

— Ah, não é muito usada. Apenas quando nos reunimos. Este lugar foi construído como um projeto habitacional para jovens e idosos. Como são pessoas que estão saindo da casa dos pais ou buscando lugares menores que vêm para cá, acho que é projetada para interagirmos.

Embora a cozinha comunitária estivesse vazia, no saguão em frente havia vários idosos assistindo à TV ou sentados confortavelmente olhando a janela com vista para o jardim. Chase os cumprimentou e apresentou Jisoo a eles.

— Vou cozinhar para você.

— Você sabe fazer *poi*?

— Não.

— Então vai se sentar lá também.

— Não posso só seguir o que você me fala para fazer! — Jisoo sugeriu de novo, mas Chase a botou para fora. Ela se sentou no sofá comprido. Na TV, estava passando a previsão do tempo.

— Depois de alguns dias de calmaria, finalmente vamos ter uma onda que vale a pena surfar. Uau, nossa! A onda deve ter entre vinte e trinta e seis pés. Surfistas, vocês estão prontos?

O homem do tempo robusto usava muitas exclamações e falava com a voz alegre e animada. Jisoo calculou os pés em metros. Era uma altura sobre a qual, na Coreia, os barcos de pesca seriam alertados com um tom sério. *É muito diferente, vim a um lugar diferente*, era um choque para ela. Jisoo também ficou pensando, preocupada, se Uyun estava dando conta.

— Sabe, já fui à Coreia — disse o homem que parecia o mais velho dos idosos que aproveitavam a tarde ociosa.

Jisoo se voltou, animada, para o lado dele.

— Ah, sério? Onde?

— Incheon.

Incheon poderia significar o aeroporto ou a parte velha e charmosa da cidade de Songdo. Para continuar a conversa, Jisoo reuniu todas as informações dentro da cabeça.

— O que fez em Incheon? Quem você encontrou?

— Fui durante a guerra. Durante a Operação Chromite.

— Ah, naquela época... — Como a Guerra da Coreia havia acontecido muito tempo antes e era um assunto delicado, ela fraquejou nessa rodada de conversa. Não conseguia adivinhar a idade dele, mas ele devia ser pelo menos uma década mais velho do que Shim Sisun para ter lutado na guerra.

— Você tem fotos de como é lá agora?

Por sorte, o velho continuou a conversa. Jisoo procurou rapidamente fotos de Incheon e as mostrou para ele.

— Eu não conseguiria reconhecer nada se fosse agora. Não consigo achar por onde passamos. Há um monumento para aqueles que morreram naquela época, bem aqui nesta ilha. Peça para Chase levar você lá.

Chase, que estava fazendo *poi*, respondeu que a levaria lá como se tivesse ouvido tudo desde o começo.

Uma senhora de idade se aproximou de Jisoo e perguntou:

— E o que mais você vai fazer?

Como não tinha nada contra contar a história, Jisoo explicou o que veio fazer no Havaí e mostrou suas tentativas fracassadas de capturar o arco-íris.

— Por que não comemos lá fora?

Chase, carregando *poi*, poke e uma salada, se dirigiu à mesa ao ar livre. Jisoo foi ajudar a pôr a mesa. Aos poucos, os idosos foram se aproximando.

— O arco-íris precisa ser grande? — perguntou o veterano.

— Não, pode ser pequeno.

— Se for grande, você tem que tirar a foto de longe e, como você vai tirar de longe, vai sair embaçado. Se bastar um arco-íris pequeno, vou dizer aonde você pode ir.

Com Jisoo se animando, o velho se dispôs a explicar a localização de uma pequena cachoeira que sempre tinha um arco-íris, mas, como o método dele não era apontando no Google Maps, Chase teve que prestar atenção.

— Sabe aquele riacho aonde as crianças da vizinhança vão? Seguindo um pouco por aquela estrada nova que fizeram. Não, não lá... Ou você pode subir atrás daquele lugar que construíram faz um tempo e que está desmoronando.

Demorou um pouco, mas Chase entendeu e decidiu ir lá com Jisoo depois da refeição. Ela cantarolou em celebração, dizendo que foi uma boa ideia perguntar. Antes de saírem, uma senhora disse que queria fazer um chapéu de crochê para Jisoo, por isso tiveram que medir as dimensões da cabeça dela e levaram um tempinho a mais para sair.

Por algum motivo, Jisoo começou a trilha cantarolando "Funiculì, funiculà" e, quando encontrou crianças descendo, elas assobiaram a mesma melodia ao passarem por eles.

— Você as escutou agora? Roubando o que eu estava cantarolando?

— Elas não têm permissão para roubar? — Chase riu.

— Quer dizer, elas são fofas. Têm cara de que estão na puberdade e são muito boas em copiar a música que outra pessoa estava cantando. Elas estavam tirando sarro de mim?

— Como ele disse que era um riacho aonde as crianças vão, devemos estar no caminho certo.

Ao contrário de Jisoo, que estava cantarolando, Chase estava com a atenção concentrada em encontrar o caminho. Embora o velho dissesse que havia a garantia de arco-íris entre onze da manhã e três da tarde em uma semana que teve chuva, Chase estava com receio de encontrar o local depois da trilha e o arco-íris não estar lá.

— Se não estiver lá, paciência. Não tem problema.

— Vamos ter perdido tempo.

— Temos tempo a perder.

— Mas não tenho mais dias de folga antes de você ir embora. Hoje é nossa única chance. Embora eu possa arranjar um tempo à noite.

Isso deixou Jisoo um pouco tensa.

— Viramos à direita aqui?

Entraram em um matagal onde não estava claro se havia ou não uma trilha. Os pés de Jisoo escorregaram dentro dos sapatos porque suas botas de trilha alugadas eram grandes demais. Ela prometeu a si mesma que não ficaria decepcionada mesmo que se revelasse decepcionante. *Não devo ferir os sentimentos da pessoa da ilha do arco-íris que quer encontrar o arco-íris para mim.* Chase, que estava caminhando à frente dela, parou de repente, fazendo com que Jisoo desse com a cara nas suas costas.

— É aqui.

— É?

— É sim.

A dupla colocou as mochilas no chão. Chegava a dar vergonha de como a cachoeira era minúscula, a ponto de quase não ser uma cachoeira. Mas tinha chovido uns dias antes, então a corrente era bem vigorosa e a luz do sol atravessava as árvores e encontrava a espuma para criar um miniarco-íris.

— É um miniarco-íris. Tão pequenininho.

Com a frase de Jisoo, Chase se virou para ela, pensando: *Será pequeno demais?* Mas Jisoo achou o arco-íris perfeito. Ali estava um arco-íris que não fugiria. Foi capturado bem até pelo smartphone não tão novo de Jisoo. A dupla exultante tirou fotos de novo e de novo. Mais de cem. No começo, estavam se concentrando no arco-íris, depois meio que virou uma festa de selfies, mas ficaram contentes.

— Já acabou?

— Sim, é melhor dar uma olhada na tela grande, mas acho que uma deve estar com foco.

— Então você terminou sua lição de casa?

— Terminei! Estou aliviada.

Parando para pensar, Jisoo tinha pedido a alguém queer para participar de sua busca por um arco-íris e, tarde demais, sentiu-se mal por ter pedido algo tão estereotipado. Enquanto isso, Chase pareceu ter se esquecido de sua fadiga pelo orgulho de morar no estado do arco-íris, então Jisoo decidiu não pensar demais. Antes de voltar a guardar a mochila, deu um abraço apertado em Chase como um gesto de agradecimento. Suas gotas de suor se misturaram, mas não tinha problema porque o cheiro da floresta era forte. Descer demorou mais do que subir por causa da tristeza em partir. Talvez fosse por isso que, quando chegaram à casa de Chase, um chapéu já estivesse pendurado na maçaneta de sua porta. Devia ser chato tricotar em um clima quente, Jisoo havia pensado, mas o chapéu era feito de um fio de papel fino e o vento conseguia passar por ele como uma renda. Era perfeito para usar imediatamente. Ela queria agradecer, mas a mulher tinha saído para algum lugar, então Jisoo deixou um bilhete por baixo da porta dela. Jisoo pensou em segredo: *Se a música não der certo, pode ser uma boa tentar ser produtora de um programa de viagens.*

Capítulo 28

Tive a grande sorte de observar talentos brilhantes de perto. Alguns chamam de fatores genéticos ou fatores ambientais, ou dizem que o esforço supera tudo isso de "talento", mas, pelas minhas observações, sinto que não se entediar era o maior talento de todos. Não se entediar de fazer a mesma coisa todos os dias. Não perder o interesse depois de passar décadas na mesma área. Buscando o mesmo tema centenas e milhares de vezes a partir de perspectivas semelhantes mas ligeiramente diferentes.

Na realidade, eles continuaram na mesma linha de trabalho. Esculpiam e modelavam e filmavam... Repetições suficientes para dissociar. Havia exceções, mas a maioria usava um ou dois tópicos. Respondendo a uma única pergunta durante toda a vida – não é algo com o que se entediar fácil? Mas os verdadeiros maestros eram resistentes ao tédio. Não estou dizendo que gostavam. Poucas pessoas gostam de trabalhar. É mais correto dizer que eles não se entediavam.

Portanto, se você sente que é excelente em algo, mas se entediou não muito depois de tentar, é melhor não fazer isso. Se você não acha que é bom nisso de cara, mas não se entedia por mais que faça, vale a pena tentar.

— trecho de *Apesar de tudo, a última sobrevivente* (2002)

As ondas estavam altas no dia da última aula.

— Oito novatos já foram resgatados hoje. Você pode vir amanhã? — Andy disse com uma dissuasão sutil. Ele parecia estar alertando-a de que Uyun seria a nona. Uyun já havia amarrado a garrafa d'água no punho para apanhar a onda. Assim como o nó bem apertado, ela não tinha intenção de recuar.

— Hoje é meu último dia, então tenho que conseguir.

— Bem, os oito resgatados não eram alunos meus. Outros idiotas deram aulas para eles. Certo, vamos, acho que as ondas estão melhores do que estavam antes.

Havia definitivamente menos gente flutuando na água do que no dia anterior. A água parecia mais escura. Esperando pelas ondas, o coração de Uyun se apertou, mas, nas primeiras vezes que caiu, ela conseguiu decidir onde, então não caiu tão feio. *Pelo menos aprendi a cair bem,* Uyun pensou enquanto voltava a subir na prancha. Subir na prancha também era mais fácil do que no dia anterior.

— Aí vem uma boa! — Andy empurrou a prancha com força.

Não que ela tenha exercido mais força acreditando nas palavras de Andy. Uyun conseguia sentir que era uma onda maior e mais rápida, uma onda que não se quebraria. *Consigo pegar essa. Consigo pegar essa onda.* A prancha não tremeu. Parecia terra firme. Uyun endireitou os joelhos com facilidade e ergueu o corpo. Em um único movimento suave. A prancha continuou se movendo e, em cima dela, Uyun sentiu algo que nunca havia sentido antes. Não era como correr ou voar. Nem simplesmente deslizar. A força que ela sentia sob a prancha era parte de um animal imenso que Uyun nunca havia conhecido. A força do mar, a força da Terra, a força da aventura e da morte. Uyun continuou seguindo em frente. Alegrando-se, rindo, sentindo-se orgulhosa. Ela não conseguiu medir se havia se movido cem ou cento e cinquenta metros, mas pareceu mais.

O problema era que ela não conseguia conduzir.

— Desculpe! Não consigo mudar a direção! Cuidado! — Uyun ficou gritando.

Por sorte, as pessoas em seu caminho saíram bem a tempo. Como um esquiador novato desce a colina sendo um incômodo para todos ao redor, Uyun apenas pegou a onda em uma linha completamente reta. Enquanto isso, conseguiu apontar agilmente a garrafa de silicone para a onda que se quebrava.

— Você conseguiu! Você finalmente conseguiu! — Andy foi atrás dela em sua prancha e a parabenizou. — Uau, quase desisti de você!

— Quase desistiu, hein... — Ela ficou envergonhada pela reação honesta dele.

— Você ainda tem trinta minutos. Vamos tentar de novo enquanto você está indo bem.

Uyun tentou mais algumas vezes e, embora não tenha conseguido ir tão bem de novo, foi melhor do que antes. Ela estava decente. As partes que antes eram tensas relaxaram bem, e ela emergia sem beber água do mar quando caía fundo. Era gostoso simplesmente ficar sentada na prancha, flutuando.

A morte – ensopada pelo mar como Uyun –, seu medo de criança, envolveu o braço translúcido ao redor dos ombros dela por um breve momento e lhe deu um estranho incentivo.

— Você é feita para as ondas grandes. Há pessoas assim.

Depois da lição e de sua despedida, Andy enviou para ela vídeos que havia feito sem ela saber. Ela ficou surpresa ao ver que ele usava um aplicativo de mensagens de uma empresa coreana. Nenhum deles conseguiu se despedir de imediato porque estavam em êxtase. Como Andy estava feliz por ter conseguido compartilhar seu mundo com Uyun e Uyun estava feliz por ter conseguido fazer razoavelmente uma das coisas mais assustadoras em que conseguiu pensar, eles tomaram isso como uma amizade.

— Minha melhor aluna. Você não desistiu. Vou falar de você para as pessoas que vierem aprender depois.

— Se alguém disser que quer aprender a surfar aqui, vou recomendar você com certeza.

Os dois apertaram as mãos endurecidas pela areia, depois se separaram. Uyun ficou triste em devolver a prancha. *Talvez eu tenha minha própria prancha algum dia.*

Ela não teve a chance de comentar isso, exceto em uma noite em que passou de carro pela loja de bebidas em que Andy trabalhava. Quando ela olhou para Andy pela janela, a expressão dele era diferente de quando ele estava no mar. Se ela se aproximasse dele e dissesse oi, parecia que ele não se lembraria de Uyun. *Tomara que Andy não tenha câncer de pele*, Uyun desejou por um momento ao instrutor de surfe.

Ao voltar para casa sentindo-se renovada, mas triste, a família toda andava de um lado para o outro, agitada. No começo, Uyun ficou assustada pensando que alguém tinha se machucado.

— Você não trancou a porta ao sair?

— Pode não ter sido a porta. As janelas também estavam abertas.

— Como assim?

Quando ela deu uma olhada rápida ao redor, a casa estava em completo desalinho. Armários e gavetas estavam abertos, a mesa lateral estava revirada, e suas malas de rodinhas estavam jogadas para todo canto. Nanjung, ao encontrar Uyun, correu até ela e a abraçou com força.

— Mãe, você está bem? Você e o pai perderam alguma coisa?

— Um pouco de dinheiro. Vá olhar também.

Quando ela foi ao quarto, estava uma bagunça como se toda a bagagem tivesse sido espalhada pelo cômodo, mas o colar na penteadeira ficou intocado. Como o colar de sua avó na verdade só tinha valor pessoal e emocional, os ladrões não deviam ter achado necessário roubá-lo. Ela pensou que um cardigã de verão havia sumido, mas, ao olhar de novo, Jisoo o estava usando.

— Ahh, que bom que saí com meus fones hoje. Quase foram roubados.

— Seu objeto de maior valor são seus fones?

— Economizei muito para comprá-los!

— Como isso pôde acontecer no fim de nossa viagem...

— Não sei, mas veja como meus pais estão quietos, pode ter sido minha irmã quem não trancou a porta.

— Ninguém vai apontar dedos.

Hwasoo provavelmente foi a última a sair da casa, mas ninguém investigaria isso. Hwasoo disse que seu celular foi roubado. Uyun tentou lembrar se o telefone dela era novo, então ficou aliviada por ter pelo menos quatro anos com uma capinha em farrapos. *Mas perder os dados dentro dele deve ser um incômodo...* Backup devia ser outro problema, e era difícil saber pelo rosto calmo de Hwasoo em meio ao caos. Os ladrões não deviam ser novatos, porque levaram apenas dinheiro e não encostaram nos cartões de crédito, na TV antiga nem na torradeira da casa.

— Sumiram. — Quando Kyung-ah murmurou com urgência no meio da cozinha, ninguém deu muita bola. — Todos os grãos de café sumiram.

— Sério? Que malandros. Eles levaram seus grãos especificamente? — Myung-hye riu, cabisbaixa.

— É o café para a mãe. Eu faria a xícara perfeita para ela. A jesa é amanhã, o que eu faço?

— Você fez anotações. Pode comprar pela manhã. Vou com você. — Myung-hye, percebendo que Kyung-ah estava chateada, logo tentou consolá-la.

— Parei de fazer anotações no meio do caminho. O que faço? Não me lembro de nada. Quais tinham gosto de quê, eu voltaria a experimentar, mas não me lembro... Além disso, aqueles grãos só podem ser comprados em certos dias em certas feiras. Está tudo perdido. O que faço?

Nesse momento, Kyung-ah não estava mais apenas lacrimejando, mas chorando de soluçar, surpreendendo Kyurim e Haerim mais do que ninguém. Eles nunca tinham visto a mãe chorar. Uma adulta abrindo o berreiro por grãos de café roubados. Myung-hye e Myung-eun, espantadas, deram um tapinha nas costas de Kyung-ah, mas isso não pareceu ajudar muito. Nanjung sugeriu que Kyurim e Haerim fossem para seus quartos e brincassem no celular, e Jisoo os levou.

— Tia. — Hwasoo, que estava em silêncio até aquele momento, aproximou-se de Kyung-ah e segurou os ombros da tia. — Quais são os grãos que vêm à sua mente agora?

— Como assim?

— Você deve se lembrar de pelo menos um. Tem algum nome que vem à sua mente?

Kyung-ah abriu e fechou a boca feito um peixe fora d'água, depois mencionou um tipo de grão.

— Pronto. Você se lembra porque é esse o melhor — Hwasoo a tranquilizou.

— Tem certeza de que não é apenas o nome mais fácil? — Kyung-ah ainda parecia em dúvida. Uyun decidiu ajudar Hwasoo. Quando ela pesquisou, viu que não era um café distribuído para todos os lugares, mas a trinta e cinco minutos de distância havia um ponto de venda.

— Ah, podemos comprá-lo agora.

Quando Uyun mostrou a tela para ela, Kyung-ah secou os olhos, sentindo-se um pouco envergonhada. Myung-hye e Myung-eun seguraram o riso e pegaram as bolsas e a chave de um carro. As irmãs mais velhas estavam se comportando agora, mas, depois, zombariam da irmã para sempre por esse incidente. Hwasoo lançou um olhar para Myung-hye e fez com a boca: "Mãe, não ria", e Myung-hye assentiu com a cabeça.

— Então, Hwasoo, vamos comprar o café de Kyung-ah antes que a loja feche. Denuncie o roubo para a polícia e faça um boletim de ocorrência. Paguei o seguro de viagem, mas ele não cobre dinheiro. Podemos conseguir reembolso pelo seu celular, pelo menos. Quanto ao café, já não sei...

— Custa *pelo menos* duzentos dólares!

Depois que Kyung-ah expressou seu descontentamento pela última vez, ela saiu com as irmãs. Só então Myung-joon e Taeho, que estavam paralisados no canto, começaram a limpar a casa. Uyun e Hwasoo foram para o quarto e olharam o que Kyurim e Haerim estavam aprontando. Eles estavam ensinando um jogo para Jisoo. Para alguém que trabalha com máquinas, ela parecia não estar indo bem.

— A mãe parou de chorar? — Haerim perguntou.

— Sim, parou. Ela saiu para comprar os grãos de novo.

— Por que ela chorou por isso?

Ela queria fazer seu melhor por alguém que ela amava. Mesmo que a pessoa não esteja mais entre nós, Uyun queria dizer, mas escolheu uma resposta mais seca.

— As pessoas podem chorar se estiverem tristes.

Jisoo desistiu do jogo e o passou para Haerim, depois se apoiou no ombro dela. A última vez em que Uyun viu a mãe chorar foi quando sua avó faleceu; na época, ela chorava enquanto comia, enquanto lavava o cabelo – aquilo foi assustador. *Ver os pais chorarem é assustador de verdade. É muito aterrador quando os adultos demonstram vulnerabilidade...* Enquanto mergulhava nesse pensamento, vendo Hwasoo e Jisoo, elas pareciam estar recordando memórias semelhantes.

Estamos conectados por coisas não ditas. Nós nos sentimos como uma família em momentos como esse. As três trocaram um olhar.

Capítulo 29

Às vezes me pergunto onde está o binyeo *de minha mãe. Era um grampo de prata de poucos quilates com um pequeno âmbar cravejado. A prata havia enegrecido, mas minha mãe o estimava e pretendia passá-lo para mim um dia. Eu preferiria que ele tivesse sido roubado a enterrado com minha mãe em algum lugar. Essa ideia me faz querer rasgar o peito. Ouvi dizer que há planos de construir um complexo industrial de alta tecnologia naquele território. Se terraplanarem o lugar onde dezenas estão enterrados, há algum futuro para este país? Nunca vi um coletivo avançar sem a memória. Nas madrugadas em que escrevo petições contra essas coisas, não consigo deixar de pensar no* binyeo *de minha mãe.*

Agora sinto falta até das mulheres cujo nome esqueci. No Havaí, havia senhoras que tentavam replicar pratos de Jinju, Suncheon, Haeju e Anju. Embora eu tenha me esquecido do nome daquelas senhoras, às vezes o gosto de seus pratos circula na ponta de minha língua. Foram algumas das melhores comidas coreanas que já experimentei. Como fui me esquecer da generosidade delas? As pessoas que acolhiam um recém-chegado fazendo comidas conhecidas com ingredientes estranhos, as pessoas que enviavam dinheiro para casa por mais que se preocupassem com o aluguel. Agora sou mais velha do que aquelas senhoras eram, mas não sei cozinhar. Mesmo se um jovem entrasse em minha casa, não tenho nenhum prato para oferecer. Pensei que desenvolveria talentos culinários naturalmente com a idade, mas não foi isso que aconteceu. Nada é de graça. Mesmo assim, torço para ter feito minha parte pela juventude. Se a próxima geração vagar menos, tendo absorvido meus fracassos e minha falta de rumo como alimento, tudo terá valido a pena.

— trecho de *O que perdi, o que ganhei* (1993)

Sanghun tinha certeza de que ninguém levaria frutas, que aquela família se esqueceria do básico enquanto buscava algo incrível. No caminho do aeroporto para a casa alugada, ele parou perto da frutaria e comprou uma variedade de frutas. Ele estava especialmente ansioso pela reação deles à sapota-preta.

— Não vai ser fácil.

Foi o que Taeho disse quando Sanghun decidiu se casar com Hwasoo. Sanghun não havia entendido o que Taeho quis dizer na época. Como Hwasoo era uma parceira tão ideal, Sanghun pensou que seu futuro sogro estava apenas tentando intimidá-lo. Ele também acreditava que não havia nada de mais em querer fazer parte da família de Hwasoo. Sanghun respeitava Taeho, que era estimado e honesto; Myung-hye também não era difícil, embora o assustasse um pouco. A personalidade franca dela, na verdade, tornava as coisas mais cômodas. Será que Sanghun havia se preocupado com o espírito livre de Jisoo? Mas foi infundado, pois as ideias inovadoras dela viriam a ser bem-vindas.

Alguém que não desabaria – essa era Hwasoo. Ela tinha um bom senso de equilíbrio. Uma personalidade leve/gentil, mas firme/severa, uma atitude de quem refletia sobre o passado, mas não se prendia a ele e se mantinha flexível ao planejar o futuro, o discernimento de manter uma distância adequada de todos que conhecia, a sensibilidade de dividir a energia entre trabalho e vida... Ela lembrava, por exemplo, a voz calma de um aplicativo de meditação que era popular hoje em dia. A maneira como ela se focava no presente de uma maneira saudável. Sanghun não pensava que ela desabaria. Ele achava que, mesmo se ela despencasse, ela voltaria a se levantar logo em seguida. Ele não tinha ideia de que ela ficaria caída no chão por tanto tempo depois do ataque de um maluco.

— Por que você não pensa simplesmente que foi mordida por um cão raivoso e para de...

— Se vai falar comigo dessa forma, é melhor nem abrir a boca.

Como realmente não queria conversar, ela enfiava a cabeça embaixo de um grande travesseiro. No quarto, as cortinas blecaute estavam sempre fechadas e o sono se expandia exponencialmente – Sanghun sabia que ela não estava inventando desculpas para rejeitá-lo, mas ele não podia evitar ter suas desconfianças. Ele pensava que um casamento sem sexo era para outras pessoas e nunca imaginou que essa seria sua vida. Não que quisesse transar enquanto ela estava em uma situação ruim. Ele queria ser o objeto de desejo de Hwasoo. Ou da vida dela. Sem conseguir fazer esse pedido de uma forma não egoísta, ele ficava cutucando as feridas.

— Foi aquele bosta quem jogou ácido em você, então por que você *me* odeia? Por que seu amor por *mim* morreu?

Ele não queria importunar, mas acabava fazendo isso mesmo assim.

— Muitas outras coisas morreram dentro de mim além disso. Me dê tempo para me recuperar.

Ele pensou que ela diria que o amor dela não havia morrido, mas, como ela confirmou que tinha, ficou magoado.

— Se eu esperar, ele vai voltar à vida?

Hwasoo não respondeu. Sanghun havia se apaixonado por ela porque ela não fazia promessas vazias, mas agora tudo que ele queria era no mínimo uma promessa vazia. Não que ele tivesse expectativas fora da realidade sobre casamento. Ele sabia que tudo mudaria mais cedo ou mais tarde e tentava se preparar para esse grau de mudança... mas não era um grau com que ele conseguia lidar. Sanghun pensou que estavam apenas passando por uma turbulência, mas eles estavam prestes a cair. Com um desespero distante, os dias se sentindo um homem morto continuaram. Ele entendia por que, nos tempos antigos, as pessoas desenterravam cadáveres de criminosos e os decapitavam.

Pensou que sua sogra havia planejado a viagem ao Havaí por Hwasoo. Pressentindo planos sutis de uma renovação a caminho, ele decidiu chegar tarde mesmo podendo rearranjar sua agenda. Para uma renovação, ele achava que seria preciso certo espaço. Afinal, queria encontrar Hwasoo depois que ela estivesse renovada. Mas, no dia anterior à chegada, ele não conseguiu falar com ela e descobriu por Jisoo que o telefone dela tinha sido roubado. Sanghun ficou mais ansioso, pensando que ela deveria ao menos falar algo desse tipo para ele antes de ele perguntar. Tudo que ele conseguia fazer era pedir urgentemente a Jisoo para avisar Hwasoo do horário que ele chegaria à casa alugada.

Seus sogros não eram o tipo de pessoas que ficariam em casa apenas para receber o genro, e somente Hwasoo estava esperando por ele. Ao abrir a porta, Hwasoo abriu a boca por um breve momento antes de fechá-la, e ele praticamente conseguiu ouvir as perguntas que não foram feitas. *Como foi o voo? Não está cansado? Foi difícil encontrar a casa?* Hwasoo do passado teria feito essas perguntas.

— Quer ir a um cruzeiro? — ele perguntou.

— Um cruzeiro?

— Não é a temporada de baleias-jubartes, mas não seria legal andar de barco? Ver o pôr do sol também?

Se Hwasoo não quisesse, ele desencanaria da reserva pré-paga do cruzeiro. Ao contrário da expectativa dele, Hwasoo o seguiu sem resistência, e Sanghun tentou não interpretar isso demais como um sinal de recuperação.

Ao que parecia, em vez de descansar os barcos porque não havia baleias, eles substituíam a observação por um buffet de frutos do mar e um open bar. E não faltava gente que queria ver um pôr do sol que não era tão diferentes assim de como era visto na praia. Os copos pareciam vagamente maiores do que eram na Coreia. Quando o navio tinha se distanciado o bastante da praia, pessoas de todo o mundo se embebedaram sem nem fingir autocontrole, enquanto se reclinavam na cabine ou nos bancos. Muitas pessoas adormeceram pelo leve balanço do navio. *Se tudo que elas fariam era dormir e roncar, havia algum motivo para subir no barco? Elas não vão se queimar pelo sol de fim de tarde?* Todos esses pensamentos surgiram, mas isso não era da conta deles. Hwasoo e Sanghun caminharam pelo convés segurando taças plásticas cheias de vinho.

— Sua volta ao trabalho... você acha melhor não adiar?

— Sim.

Ela respondeu um pouco mais rápido do que ele imaginou. Hwasoo se recostou confortavelmente na amurada. Para Hwasoo, que era bastante alta, as amuradas na Coreia sempre pareciam um pouco baixas, mas as amuradas do Havaí eram da altura perfeita para ela.

— Não quero ser lembrada como a pessoa que se demitiu por aquele incidente. Quero estar entre as pessoas que voltaram e vou deixar todos em alerta se ficar lá. A empresa precisa de um choque em seu sistema.

Hwasoo acrescentou que certas causalidades tinham que ser lembradas com clareza, o que Sanghun talvez sentisse como o precipício de uma compreensão.

— Você vai continuar lá?

— Não sei se posso voltar e depois me demitir por alguma outra coisa como se fosse natural. Não sei ainda. Especular sobre o futuro não muda o fato de que não sei essas coisas.

— Isso é de um dos livros da sua avó?

— Não, mas aprendi que não se pode adquirir uma perspectiva imensa de imediato. Só é possível continuar explorando enquanto se tromba várias vezes no escuro.

— E quanto a nós?

Sanghun ficou envergonhado, pensando que a pergunta importante saiu de uma forma infantil demais.

Hwasoo ignorou a vergonha dele.

— Quanto a você, acho que posso citar algo que minha avó citava. O amor não fica simplesmente parado, como uma pedra. Ele precisa ser feito, como um pão, refeito o tempo todo e reinventado.* Você ainda quer?

— Não é justo responder uma pergunta com outra pergunta.

— Eu quero... mas acredito que as coisas que quero da vida vão mudar. Acho que vou querer fazer pães de formatos diferentes. Um formato diferente do que eu havia planejado. Você ainda quer fazer pão comigo?

— Por que isso precisa mudar em relação a antes? Por que temos que mudar nossa vida por causa daquele bosta?

---

* *A curva do sonho*, Ursula K. Le Guin. Traduzido para o coreano por Choi Joon-young. Goldenbough Books, 2010.

Hwasoo acenou de leve. Como se concordasse ao menos em parte com o que ele disse.

— Também odeio isso, mas não existe vida que não seja influenciada por uma força externa. Mas o que me deixou reflexiva depois daquele dia não foi meu infortúnio nem minha cicatriz. Não estou assim por estar cheia de autopiedade. Quando você vê o lado perverso e contaminado do mundo muito de perto, não tem como voltar atrás. Não até ter a linguagem para explicar isso. Entende o que estou dizendo? Quer ficar do meu lado enquanto busco o que preciso buscar? Consegue fazer isso?

— Não sei. Realmente não sei de nada.

Sanghun se deixou afundar em um banco. Hwasoo se sentou em um banco ao lado dele. Eles falavam em tons sussurrados perto dos passageiros adormecidos.

— Tudo bem se não souber.

— Mas como posso não saber?

— Me diga quando souber. Está tudo bem de um jeito ou de outro.

Por que você não briga por mim?, Sanghun queria questionar. *Não está tudo bem!* Ele queria gritar, mas perdeu para a voz sussurrada. Ele se acalmou quando Hwasoo afagou seu punho devagar por um longo tempo. *Eu não deveria ter me casado com a filha de uma família que pensa em casamento como um contrato que se renova continuamente. Entrei sabendo disso. Que idiota...* Ele resmungou consigo mesmo.

Apesar disso, um crepúsculo incrível se estendeu diante deles.

— A palavra "crepúsculo" não é bonita? Tem dois Cs — Hwasoo disse.

Sanghun se suavizou ao olhar para o perfil dela, que não ficava tão brilhante havia muito tempo. Ele já sabia a resposta, mas decidiu esperar um tempo antes de falar para ela. Porque chateado também começava com a letra C.

Capítulo 30

Em algum momento, comecei a falar como Aevang, rir como Aevang, brigar como Aevang. Acima de tudo, comecei a gostar das pessoas como Aevang gostava, então as reuni e as apresentei umas às outras e criei espaços para nós. Quando isso começou? Quando comecei a usar o espírito de minha amiga como uma armadura? Mesmo quando eu sentia que estava vagando nua pelas ruas de inverno, eu estava usando os espíritos deles. Os espíritos se tornaram cachecóis finos para mim. Às vezes se tornavam uma divisória translúcida para que as lágrimas e o riso se separassem. E nada fosse apagado nem estragado. Eles me mantiveram despreocupada mesmo quando os outros me chamavam de mulher nua e desavergonhada.

Certa vez, enquanto me ajudavam a organizar meus panfletos e brochuras de exposições, minhas filhas resmungaram:

— Mãe, você esteve na Exposição de Arte Nacional e *no total oposto disso?*

— Você investigou tanto abstrações como hiper-realismo.

— Você escreve sobre arte de protesto antes de mudar para o pós-modernismo; é uma verdadeira vira-casaca.

Minha desculpa é que eu gostava de todas essas pessoas. Nesse sentido, ao menos, eu era consistente. Seria menos vergonhoso se eu tivesse me dedicado de verdade a uma única coisa, mas meus anos dando os braços a um amigo depois me apoiando no ombro de outro não foram nem um pouco vergonhosos. Pedi para minhas filhas guardarem segredo por eu ter andado em zigue-zague, depois eu mesma revelei isso – será essa uma atitude literária ousada? Fico bem tranquila por minhas anedotas sobre meus anos no exterior venderem mais do que minhas críticas de arte e, portanto, é tarde demais para estas serem levadas a sério.

— trecho de *O amor não teve nada a ver com isso* (2000)

Desde bem cedo, aqueles que brotaram de Sisun estavam ocupados saindo da casa ou colocando toques finais em um canto. *Obcecar-se ardentemente por algo trivial deve ser nossa qualidade em comum.* Eles riram uns dos outros, mas não pararam o que estavam fazendo.

A jesa bizarra começou com Hwasoo entrando com a dona da Expressão Adequada. Um balcão portátil foi trazido da pequena caminhonete e, depois de montado, a mulher começou imediatamente a medir ingredientes para a massa. Foi uma surpresa agradável para Myung-hye ver como sua filha mais velha estava empenhada.

— Então, sua mãe é a estrela do show, hein? Soube que vocês fizeram uma caça ao tesouro para homenageá-la hoje. — A dona parecia achar graça.

— Sim, esse é o plano. Obrigada por vir até aqui.

Por que ela simplesmente não comprou as panquecas? Myung-hye olhou de canto de olho para Hwasoo, mas imaginou que ouviria a explicação depois.

— É uma ótima ideia homenagear alguém assim. Vou fazer especialmente deliciosa para todos.

Para a sorte de Taeho, ele chegou praticamente voando de bicicleta *antes* do cheiro de panquecas frescas começar a subir. Pareceu surpreso ao ver a barraca de panqueca, mas, sentindo-se competitivo, enfiou uma malasada ainda morna na boca de todos.

— Comam agora. Precisam comer imediatamente.

— Hm? Não é sobremesa...?

— Não podemos esperar um pouquinho?

Taeho vociferou com os hesitantes:

— Não, comam agora! Vocês não sabem pelo que passei para chegar antes de elas esfriarem! E pensem em Lady Sisun enquanto comem.

Como as gotas de suor escorrendo pelas costas dele deixavam claro seus esforços, todos se apressaram para comer o doce. Depois de resmungarem que não estavam com tanta fome assim, todos se admiraram após a primeira mordida.

— Uau, parece algo entre um algodão-doce e um donut. Que textura curiosa é essa?

— Talvez porque estejamos perto dos campos de cana-de-açúcar, o açúcar na superfície não é açúcar, é mágica.

— Uau, pai, bom trabalho!

Depois que a caixa se esvaziou, exceto por um para deixar em cima da mesa de jesa, Taeho saiu confiante para trocar de roupa. Os outros prepararam a mesa. Sem nada como uma mesa de jesa de verdade, eles juntaram duas mesas baixas no jardim. Depois que colocaram um lençol sobre elas, ficou mais ou menos parecido com uma mesa de jesa. Houve uma certa disputa psicológica para ver quem poderia colocar sua oferenda no centro. Myung-hye mudou algumas coisas de lugar pela harmonia geral, mas não havia muito que ela pudesse fazer sobre a irregularidade do resultado.

— Hmm, ficou um pouco... — Myung-hye ficou confusa enquanto olhava para a mesa.

Kyung-ah ergueu a cabeça para a irmã.

— Está uma bagunça, né? Você tinha ideia de que ficaria assim? Não se arrepende?

— Não, não está bem uma bagunça em si. Está bem... colorido.

No canto esquerdo da mesa, estava o minipagode que Myung-joon fez com base na Spalding House, um anexo do Museu de Arte de Honolulu. O pagode era um bloco de plástico reciclado feito de detritos marinhos, e suas cores pareciam desbotadas pelo sol. À primeira vista, parecia uma vela, mas Myung-joon disse que sua intenção era fazer um pagode. Myung-eun, dizendo que o pagode parecia pertencer ao fim do período Silla ou início do período Goryeo, fez ao irmão mais novo algo próximo de um elogio pela primeira vez em muito tempo.

No centro da fileira de trás, Myung-eun colocou uma flor de lehua seca colada em uma folha grossa de papel, bem como o pequeno cascalho vulcânico que havia ficado preso na parte debaixo de suas botas de trilha. Como ela não o roubou e acabou com ele por acidente, torceu para que não houvesse problema. Além dos objetos dela, a malasada de Taeho e a panqueca de Hwasoo estavam lado a lado de maneira muito competitiva.

Na fileira do meio estava o *lei*, um colar havaiano, que Nanjung fez no museu, e um romance ambientado no Havaí comprado na livraria. Ela iria trazer apenas o colar, mas então se lembrou que Sisun chamava a ficção de "uma conversa entre pessoas que existem e pessoas que não existem", por isso decidiu oferecer o livro também. Embora Sisun não tivesse escrito nenhum romance, Nanjung sabia que ela amava ficção.

— Tia, o colar é tão lindo. Que flores são essas? — Jisoo tocou o *lei* quase com cobiça.

— Flor-de-sino, angélica, pluméria, violeta-chinesa, jasmim-árabe. Eu queria montar um desenho, mas era difícil demais para uma iniciante como eu. Dizem que, se um visitante jogar o *lei* no oceano e as flores voltarem à costa, o visitante vai voltar ao Havaí.

— É como aquela fonte em Roma?

— Sim, mas falam para remover o cordão primeiro. É só barbante, mas as tartarugas podem se engasgar com ele.

— Minha nossa, elas morrem mesmo se não for plástico? Só com um pedaço de barbante? Vamos atirar só as pétalas à noite.

Haerim, cujos olhos se arregalaram com o fato de que as tartarugas estavam morrendo, apertou a mão de Jisoo com força. Jisoo sabia que Haerim se lembraria do barbante até o fim.

Disposta no centro da mesa de jesa, estava a coleção de penas de Haerim. A família pareceu ter cedido o melhor lugar para a caçula, mas Haerim ainda parecia insatisfeita. Era porque as penas vermelhas e amarelas chamativas não eram nativas do Havaí, mas quase todas de espécies introduzidas.

— Mas você disse que gosta de passarinhos comuns.

— Isso não significa que eu goste que espécies facilmente adaptáveis roubem os habitats das que não são tão boas em se adaptar.

Ninguém entendeu a preocupação de Haerim. Um copo à direita da coleção de penas continha um líquido vagamente turvo. Uyun o estava protegendo com uma expressão séria, já que muitos tinham perguntado "O que é isso? Álcool?" e tentado cheirá-lo ou experimentá-lo. Era a espuma da onda mais esplêndida surfada por Uyun.

Na fileira da frente estavam as frutas de Sanghun à esquerda, o café de Kyung-ah no centro e o certificado de papel de Kyurim à direita.

— O que é isso?

— Um certificado confirmando que cinco corais batizados em homenagem à vovó foram plantados no oceano Pacífico Sul perto do Taiti.

— Coral de Sisun, números um a cinco...

— Não quis me dar ao trabalho de dar nomes diferentes a todos.

— Como você conseguiu isso?

— Dei o dinheiro que tínhamos trocado para Chase, e Chase comprou com seu cartão de crédito.

Kyurim não revelou seu plano de se tornar um mergulhador melhor e passar os vinte e poucos anos com uma equipe de jardineiros de corais. Haerim teria dito, mas era muito adolescente de Kyurim não compartilhar seus pensamentos enquanto mantinha a expressão deliberadamente opaca.

Na parede branca atrás da mesa de jesa, Jisoo projetava fotos de um arco-íris usando um miniprojetor emprestado. Falaram que ela tinha preparado algo magnífico enquanto fingia relaxar.

Então Myung-hye parou diante da mesa com uma saia plissada.

— A mãe era famosa por acabar em cinco minutos onde quer que fosse dar parabenizações. Esse também é o motivo por que sofreu no fim da vida: ela recebia muitos pedidos para fazer isso. Como filha de alguém que enfatizava que se deve falar menos com a idade, vou ser breve, depois dançar hula. Estou feliz por todos parecerem ter se divertido em busca de coisas significativas e, embora a partir do ano que vem nós voltemos a ser uma família que não faz a jesa, estou feliz por termos feito isso desta vez. Vamos passar a noite de hoje conversando sobre os tesouros uns dos outros e nos lembrando da mãe. E vamos dar uma salva de palmas para a dona da Expressão Adequada, que não costuma fazer serviços de bufê como este.

Como Myung-hye falava com grandes gesticulações, a dona do restaurante de panquecas reagiu rapidamente. Ela terminaria as últimas cinco panquecas. Myung-hye pediu para a filha caçula ligar a música. Apesar da pressão de ter uma havaiana na plateia, Myung-hye dançou hula de maneira tão esplêndida quanto aprendeu. Até os espectadores sentiam que a dança era algo próximo da linguagem.

Depois que ficou apenas a família, eles se reuniram no sofá e no chão para conversar sobre Shim Sisun.

— Certa vez, uma revista de design de interiores disse que queria fotografar nossa casa. Porque fazia muito tempo que morávamos no mesmo lugar e a mãe tinha escrito para a revista algumas vezes. A mãe sempre recusava até que disse sim, e a equipe de fotografia veio e simplesmente foi embora. *Sra. Shim, não vai dar certo. A senhora estava certa.*

— Nossa, os profissionais disseram que não daria certo?

— A mãe ficou tão envergonhada. Ela tinha passado dias limpando a casa.

— A casa da vovó não era *tão* ruim assim.

— O que você viu foi depois de muitas rodadas de uma limpeza enorme.

Todos eles tinham várias anedotas sobre ela que poderiam transformar as recordações em um jogo à noite toda. Algumas anedotas tinham sido contadas tantas vezes que qualquer um poderia recontá-las. Myung-eun comentou o caso da sopa de algas marinhas para provocar Nanjung.

— Quando Nanjung teve Uyun, a mãe comprou quatrocentos dólares em algas marinhas para dar de presente para Nanjung. Mas ela fez isso sem perguntar antes, e só depois ela descobriu que Nanjung não tomava sopa de alga marinha. Toda aquela alga marinha foi parar na minha barriga... Toda vez que a mãe me viu naquele ano, sugeria que eu tomasse mais sopa de alga marinha, só mais um pouquinho, e eu estava tão enjoada. Eu nem dei à luz, e só comi alga marinha o ano todo! Depois, tomei até sopa de alga marinha fria e comi salada de alga marinha. Só de pensar sinto a alga subindo pela minha garganta. Todo mundo acha que sou fácil.

— Quantas vezes você vai contar essa história? Não é só sopa de alga marinha, não tomo sopa nenhuma! Não tomo sopa *doenjang* nem sopa de rabanete; simplesmente não tomo sopa. Ela deveria ter me perguntando antes.

Uyun e Myung-joon ficaram do lado de Nanjung. *É por isso que nossa família não toma sopa. É um hábito alimentar saudável.*

— A mãe veio à minha sala quando eu estava me preparando para a prova de admissão da faculdade de arte. Quando o professor elogiou meu uso harmonioso de cores, a mãe respondeu como se fosse óbvio que era porque puxei a ela. Como diziam os jovens, ela era boa em *reagir*. Ela só estava conversando sem pensar muito, e acho que isso a desconcertou um pouco também, mas ela não voltou atrás. O país inteiro não esquece que não sou filha biológica dela, mas a mãe sempre se confundia. Eu gostava sempre que a mãe ficava confusa.

Kyung-ah estava prestes a chorar de novo.

Myung-hye disse:

— Ei, não chore. Não chore de novo. Ela podia se confundir se tinha três ou quatro filhos. Por que você está chorando por causa disso?

— Vocês não fazem ideia! Não sabem a dor de perder *três* pais!

— É claro que não sabemos, mas deve haver pessoas neste mundo que enterram quatro ou cinco pais. Não se doa demais por isso.

— Quatro ou cinco pais...?

Jisoo interveio:

— Ah, seria nosso caso. Depois que a mãe, o pai, tia Myung-eun, tia Kyung-ah, tio Bogeun, tia Nanjung e tio Myung-joon falecerem, vai ser como se tivéssemos perdido sete pais.

Escutando o comentário afetuoso ou assassino de Jisoo, Myung-joon ficou um pouco incomodado por ser citado por último, mas deixou isso de lado e começou a compartilhar sua própria memória.

— Antes de estudar no exterior, fiz várias caminhadas com a mãe. Naquela época, havia muita gente com cachorros em Buamdong. Ainda é um bom bairro para cães. Um dia, um cachorro peludo do tamanho de um urso viu um Yorkshire Terrier minúsculo vindo em sua direção a vinte metros de distância. Ele se deitou no chão, abanou o rabo e esperou. Ele queria dizer oi, mas baixou o corpo antecipadamente porque o Yorkshire poderia ficar assustado com seu tamanho. A mãe ficou impressionada com isso e disse que eu precisava ser um homem assim.

— É a primeira vez que escuto isso — Nanjung disse.

— Fiquei um pouco ofendido com isso quando era criança. Ela falava várias coisas gentis e corajosas para minhas irmãs enquanto falava para eu me parecer com um cachorro do bairro. E eu pensava que aquele cachorrão era fêmea. Um cachorro macho nunca seria tão dócil. Então peguei aquele caminho quatro vezes por dia sem a mãe para tentar encontrar aquele cachorro de novo. Eu o vi uma ou duas vezes, mas ele era tão peludo que eu não sabia se era fêmea ou macho. Então, finalmente perguntei para o dono...

— Era fêmea?

— Não, era macho. E isso foi na época em que as pessoas não castravam seus animais de estimação, sabe? Essa foi minha lição de que eu não deveria botar a culpa de nada na testosterona.

Eu queria confirmar meu viés sobre masculinidade, mas na verdade isso me inspirou.

— Então vamos adotar um cachorro.

— Sim, pai!

Quando sua esposa e sua filha sugeriram algo tão descontextualizado, Myung-joon murmurou e não respondeu.

— Sabe, depois que nos casamos, minha mãe fez muitas comidas e as mandou para a casa de Buamdong. Minha mãe adorava fazer essas coisas. Como muitas mães faziam na *época*. Não dei muita bola, mas, anos depois, minha mãe disse que a mãe de vocês não tinha devolvido nenhum dos potes. Minha mãe disse que sentia que tinha dado um fardo a ela, então me pediu para dizer a Sisun que ela poderia simplesmente devolver os potes vazios. Sabiam que é um pouco trabalhoso comprar potes novos de kimchi? Eu era um genro tranquilo para a mãe. Por isso, fui à casa procurar os potes, e a mãe ficou assustada. Ela vasculhou a cozinha e empacotou um monte de potes. E mandou uma linda cesta de frutas para nossa casa. Mas...

Havia uma reviravolta? Não parecia uma história que teria uma, todos pensaram enquanto chegavam mais perto de Taeho.

— Nenhum dos potes... repito, nenhum... era da minha mãe.

— Como assim? A mãe era demais.

— Era um pouco constrangedor pedir de novo, e eles eram de vidro e aço inoxidável, melhores que os que tínhamos enviado, então minha mãe desistiu e deixou passar. A partir do ano seguinte, ela passou a enviar apenas embrulhado em plástico.

— Vovó foi responsável pela poluição ambiental...

Myung-eun protestou, ficando do lado de Sisun por algum motivo.

— Como a mãe tinha uma família grande e muita coisa para fazer quando as pessoas descobriram que a mãe gostava de comprar comida em vez de cozinhar, gente do país todo enviava comida para ela. Ela era uma mulher amada pelas mulheres. E, naqueles tempos, as mulheres mandavam kimchi umas às outras como gesto de afeto. Durante a temporada de preparo de kimchi, chegava todo tipo de kimchi de várias partes da Coreia. Como ela se lembraria de cada pote?

— Ah, então é por isso que passei minha infância entregando kimchi jeon para os vizinhos da vovó sempre que chovia!

— Jisoo, não exagere. Como assim, passou toda a sua infância?

— Ah, tia. Depois que fiz sete anos, eu entregava cinquenta kimchi jeons sempre que chovia.

— Jisoo tem razão. Ela também me fazia ir. — Kyurim expressou uma sensação de afinidade por Jisoo. Sisun devia ter usado o fato de que as pessoas aceitariam mais facilmente se uma criança entregasse.

— Então deve haver pratos que a mãe não recebeu de volta. Carma. Depois que a mãe faleceu, sempre que eu abria os armários, caíam tantos potes que eu quase desmaiava aos berros.

— Não, mais que isso, a gente fica trocando histórias sendo que estamos tirando sarro da vovó em segredo! — Dessa vez, Uyun ficou do lado de Sisun. — O fantasma da vovó que nos seguiu até o Havaí deve estar muito descontente.

— Então diga você alguma coisa. Uma memória com a vovó de que goste.

— Quando eu estava colecionando selos como parte da minha lição de férias de verão, visitei a casa da vovó para ver se ela tinha algum selo antigo ou estrangeiro. Tinham que ser selos não utilizados, mas, como eu era uma criança do ensino fundamental, mesmo se o selo estivesse no canto de um envelope, eu me divertia colecionando-os e, enquanto eu fazia isso, vovó também se animou. Então passei três ou quatro dias na casa dela e arranquei os selos de todos os envelopes. Mas, enquanto a vovó fazia isso comigo, ela se esqueceu do prazo dela.

— Ah, minha nossa, eu me lembro disso.

— E foi para um jornal diário, então era grave. Por que ela não atendeu a nenhuma ligação e fez aquilo com tanta dedicação?

— Deve ter sido o único prazo perdido da mãe em toda a vida dela.

— Porque ela se deixava levar quando se divertia. É um tipo de tendência com a qual todos precisamos tomar cuidado. Vocês sabem que todos temos essa tendência?

— Sabemos, sabemos.

Nanjung considerou se contava a história de como Sisun, talvez por ter tido algum tipo de previsão um ano antes de morrer, disse a ela para levar todos os livros que quisesse e, por isso, Nanjung visitava sozinha a casa de Buamdong com um carrinho de mão toda vez. O desejo de Nanjung de falar sobre como Sisun a recebeu em quase dez visitas e queria conversar com ela tendo reconhecido sua sinceridade disputou com seu desejo de manter isso como uma memória compartilhada entre ela e a falecida, até que o segundo venceu. Ela estava prestando atenção para ver se Haerim estava se sentindo apartada porque era jovem demais para ter alguma lembrança com a avó, e parecia bom ter ao menos uma pessoa quieta. Por algum motivo, a família de Sisun era falante demais.

— A vovó me deu uma sombrinha. Disse que o sol durante minha caminhada de volta estaria forte, já que a visitei no verão. Era uma sombrinha velha de renda, mas, como gostei dela, ela continuou me dando sombrinhas toda vez, semana após semana, depois disso. A vovó era uma pessoa simples que também parecia sensível. Tipo, Hwasoo gosta de sombrinhas, é melhor eu dar mais uma para ela.

— Ela também ganhava muitas sombrinhas.

— Eu ainda as uso, mas há algumas que se desgastaram com o tempo e algumas peças se quebraram. Quero consertá-las, mas hoje em dia todos os lugares que consertam desapareceram. Acho que existiam quando eu era mais nova.

— Use-as bem, depois passe para suas filhas — Kyung-ah disse.

— Por que você acha que Hwasoo só vai ter filhas? Pode ter um filho. O neto do meu amigo ama o avô. Perguntei o porquê, e ele disse que é porque o meu amigo faz o que ele quer e então ele o manda ir de um lugar para o outro como um robô gigante. Quero ser um robô gigante também — Taeho disse, como se estivesse ansioso pelos seus dias de receber ordens.

— Não vou ter nenhum — Hwasoo disse por fim. Por um breve momento, a conversa foi pausada. — Não posso trazer alguém a um mundo onde uma pessoa joga ácido clorídrico em outra pessoa. Não posso.

Jisoo ficou descontente por um momento por Hwasoo ter atenuado "um homem joga ácido em uma mulher" por "uma pessoa em outra pessoa". Hwasoo deve ter feito isso para evitar um debate exaustivo com os mais velhos, mas Jisoo queria que Hwasoo tivesse especificado com mais clareza. Em qualquer continente, qualquer cultura, noventa e nove por cento dos atiradores eram homens. *Eles notariam se as mulheres começassem a jogar ácido de três em três dias?*

— Mas vamos ajudar você.

— Você tem todos os recursos. Quem tem tantos privilégios quanto você?

Myung-hye e Kyung-ah tentaram convencê-la, lamentando a decisão dela.

— Graças à vovó, conseguimos não decair em um tempo em que a classe média está em declínio. Sei que tenho sorte. Mas vocês não podem explicar o motivo por que as mulheres hoje em dia não estão tendo filhos apenas por razões econômicas. É porque o ar é tóxico. Porque elas não conseguem dar conta nem de imaginar o que aconteceu com elas acontecendo com seus filhos. Porque elas sabem que não tem como proteger os filhos sozinhas. O ar é tóxico na Coreia. — Hwasoo abanou a cabeça. — Não apenas na Coreia. Existem lugares onde é pior.

— Mais um motivo.

— Quem vai ter filhos se não você?

— Alguém menos ferida do que eu. Alguém menos torturada pelo mundo. Alguém que consiga ignorar o noticiário.

Quando ela disse isso tudo, a persuasão cessou. As notícias chegavam a Hwasoo e se acumulavam dentro dela com dureza. Uma menina de sete anos foi estuprada no banheiro de um parque público; uma mulher de vinte e um foi estrangulada por querer terminar um relacionamento. A família sabia que Hwasoo também não conseguiria ignorar o noticiário no futuro.

Myung-hye suspirou profundamente, depois olhou ao redor da sala.

— Essa linda linhagem vai acabar.

— Tia, coisas como linhagens precisam acabar — Uyun disse.

Myung-hye choramingou, depois deu um tapa súbito nas costas de Myung-eun.

— É tudo culpa sua. É porque você está curtindo a vida que nossas filhas estão aprendendo com você e querendo usar você de exemplo.

Myung-eun estava prestes a se defender quando Jisoo retrucou primeiro:

— Espere, por que vocês todos presumem que não vou ter filhos? Eu posso ter filhos. Haerim é fofa. Quero uma coisinha como Haerim.

— Não me chame de "coisinha", por favor — Haerim resmungou, baixo.

— Você... claro, sim, só quem busca o prazer consegue vencer o tempo. — Myung-hye aceitou a refutação de sua filha caçula.

Uyun, Kyurim e Haerim, cada um por seu motivo, decidiram em silêncio se tornar o fim do ramo que brotou de Sisun.

Hwasoo tentou contar todas as coisas que deixariam de ser passadas para a frente. As muitas formas como as mães amarravam o cabelo das crianças na infância, canções de ninar modificadas, livros ilustrados fora de catálogo, remédios populares para dores de estômago, receitas de canapés, minibonecos de neve no freezer, um anel coberto por tantas marquinhas que passaram a ser seu desenho, o costume de se reunir para ouvir o sino do réveillon, exceções nas regras dos jogos de cartas, álbuns de fotos cheios de pessoas que já morreram, uma esteira de bambu que é pesada mas fresca no verão, um biombo descolorido, um vaso de flores de quarenta anos, cartas com selos arrancados, xícaras sem seus pares...

— Mas não vamos ter que passar o sofrimento também — Hwasoo murmurou.

Uyun concordou como se entendesse.

— Isso é bom à sua maneira.

Também havia alívio nas omissões.

Capítulo 31

Falei demais. Não era minha intenção – em vez de espalhar palavras no ar, eu queria afixá-las na escrita, mas as pessoas continuaram pedindo para eu falar. Claro, depois de um tempo, passei a aceitar que talvez meu papel fosse continuar falando sem ficar nervosa... Parte disso foi porque as mulheres que levantam a voz são odiadas, e pensei que deveria fazer isso porque já era odiada de um modo ou de outro. Aqueles que sabem se valorizar também sabem evitar a superexposição, e alguém tinha que contar as histórias das mulheres da minha era. Ao mesmo tempo que eu me perguntava se era qualificada como alguém que saía da estrada em que os outros caminhavam, continuei falando, porque às vezes você deve sair da estrada para ver a estrada. Mas falar é assim. Não existe consistência. As peças não se encaixam; eu poderia dizer hunf *um dia e* pff *no outro dependendo do meu humor, e não me faltam remorsos tardios sobre não ter ficado em silêncio e distante.*

Enfim, eu deveria parar de falar agora. Passar minhas oportunidades de fala para a juventude. Eu disse tudo que há para dizer sobre o mundo, e minha opinião não importa, já que não vou ser parte do futuro que está por vir. Sinto um peso em pensar na próxima pessoa que será atingida por flechas e envolvida em brigas e incompreendida até o fim, mas alguém que consegue falar deve fazer isso. Você pode fazer isso se tiver coragem suficiente. Acho que já disse muitas coisas corretas e não foram poucas as erradas; tenho certeza de que, quando eu parar, a próxima pessoa também vai dizer um misto de coisas corretas e erradas.

Agora só vou gastar as palavras que restam em mim para as pessoas realmente significativas. Então parem de me ligar. Parem de me convidar. Vim hoje para me despedir.

— trecho de *Noite com uma celebridade* (2005)

Eles foram ver aquele quadro no museu de arte no último dia. Como tinham um voo noturno, decidiram ir depois de fazer o check-out da casa alugada. Por algum motivo, parecia certo ver o quadro no dia seguinte à realização de algo como uma jesa inexplicável e excêntrica, para dizer o mínimo. Depois de percorrer linhas invisíveis enquanto passavam os olhos por outras obras cada um em seu caminho e seu ritmo, eles se reuniram diante do quadro de Sisun. Na frente de *Meus peitinhos havaianos empinados*.

A tela parecia ter sido feita pelo próprio Mauer porque era um pouco comprida demais na vertical. Um tecido amassado intencionalmente pendia sobre uma grande cadeira velha, e uma Sisun nua estava pintada em um tom de pele mais escuro do que o real. Se ele a havia pintado assim porque não fazia muito tempo que ela havia se mudado do Havaí para Düsseldorf ou porque queria destacar o exotismo dela, eles não tinham como saber. Ele provavelmente havia pedido uma expressão lânguida, mas a jovem Sisun parecia estar pensando em alguma outra coisa enquanto fazia uma expressão incisiva que sua família conhecia muito bem. Era o rosto de quem queria uma vida diferente, um rosto que planejava a própria vida, um rosto que realizaria algo mesmo se começasse tragicamente do zero. Sisun afundava o queixo em um tecido turquesa e voltava o olhar para um ponto de fuga distante.

— Uma certa essência da mãe está capturada aqui.

— Ele deve tê-la capturado sem saber o que estava capturando. Aquele desgraçado.

— Tenho certeza de que ele era uma pessoa podre, mas... como alguém poderia dar um título como esse? Como ele poderia tratar uma pessoa como um par de mamilos?

Eles estavam todos mordendo os lábios, indignados, quando Haerim disse:

— Mas os *tits* do inglês podem estar se referindo àquelas sombras de chapins, que em inglês são *titmice*.

Os outros pesquisaram no dicionário. O argumento de Haerim fazia sentido. Seios normalmente eram *teats*, não *tits*.

— Mas isso faz vocês o perdoarem pelo título? — Kyung-ah perguntou, ainda descontente.

Todos balançaram a cabeça. *De jeito nenhum, nem o título nem as coisas que aconteceram, nada disso é perdoável*, eles ecoaram.

Myung-hye deu as costas para o quadro, depois o resto da família fez o mesmo. Eles não tinham intenção de ir parar nos jornais internacionais por retirarem o quadro e botarem fogo nele. A maneira como lamentaram pela pessoa que tinham que lamentar e sentiram raiva da pessoa de quem tinham que sentir raiva na frente do quadro era uma conclusão adequada.

No aeroporto, houve um breve relatório contábil. Como parte das despesas da viagem foram cobertas pelos royalties de Sisun, Myung-hye listou o preço de cada item, mas ninguém deu muita bola. Todos supuseram que Myung-hye resolveria isso sozinha. Myung-joon pegou no sono, provocando um sermão de Myung-hye, e Kyung-ah tentou contar de qualquer jeito, o que causou mais um sermão. Eles estavam assim quando Chase chegou correndo. Como cada pessoa na família havia imaginado Chase de maneira diferente, eles murmuraram enquanto observavam Jisoo e Chase. Ficaram entretidos, prevendo uma cena de aeroporto que só tinham visto nos filmes.

— Por que não atendeu o celular?

— Ah, devo ter silenciado no museu.

— Você viu a notícia?

— Que notícia?

Um navio petroleiro parecia ter afundado perto da costa do Chile. Todos acharam a notícia triste. Por sorte, nenhum humano se machucou, mas não havia como saber se os efeitos do derramamento de petróleo durariam anos ou décadas. Chase disse que fazia parte do Pacific Wildlife Service e falou rapidamente sobre seus planos de ir até o derramamento.

— Vamos partir daqui a duas horas.

— Entendi.

— Quer vir também?

A família ficou em choque. Embora Jisoo não tenha ficado surpresa, ficou confusa.

— O que eu poderia fazer? Sou DJ. Vocês não vão fazer festas a bordo.

— Praticamente só vamos dar banho em aves marinhas ou pinguins. Podemos precisar de uma DJ à noite.

Haerim, ao ouvir a expressão "dar banho em aves", soltou um som agudo que era quase um grito. O resto da família soube que teria problemas.

— Se as penas se sujarem, eles não vão conseguir manter a temperatura do corpo, e se tentarem limpar o petróleo com a boca, vão morrer — Chase continuou explicando, sem se atentar ao ambiente. Jisoo soube que tinha que pôr fim à situação imediatamente. Ela achava que sua viagem ainda não havia chegado ao final.

— Vou com você. Mas é melhor eu cancelar esse voo.

Uyun consolou Haerim, que estava chorando e dizendo que também queria ir. Uyun fez com a boca: "Boa viagem".

Jisoo também colocou a mão nas costas de Haerim, desculpando-se por não poder levá-la junto.

— Também quero que você vá, mas você é muito nova. Sinto muito — ela murmurou o óbvio.

Haerim chorou até seu rosto ficar molhado, até a marca de nascença em cima de seu olho ficar vermelha como quando ela era pequena, mas mesmo assim falou para Jisoo ir. Ela implorou para Jisoo dar um bom banho nas aves lá.

— Mãe, você não está preocupada? — Jisoo perguntou a Myung-hye quando elas se despediram no terminal.

— Devo me preocupar?

— Estou sempre correndo de um lado para o outro e vivendo como me dá na telha.

— Bem — Myung-hye ergueu os óculos. — Se você puxou a Lady Shim Sisun, vai sobreviver de alguma forma.

Perto delas, Nanjung não conseguia deixar de abraçar Uyun, que estava pegando um voo diferente. Mas Nanjung também foi consolada em certa medida pelas palavras de Myung-hye. Uyun parecia fraca, mas também brotou de Sisun. *Ela não vai se perder nem se deixar esmagar. Isso é o suficiente.*

— Hm, será que vou também? — Hwasoo brincou sem abrir um sorriso. A família deu um riso fraco. Só Sanghun tentou impedir Jisoo de mudar os planos ao acaso, antes de olhar ao redor e desistir.

No voo de volta, a disposição dos lugares teve que mudar, já que havia uma pessoa a menos e outra a mais do que no voo de ida. Haerim, exausta de chorar, se sentou com Kyung-ah, e Kyurim decidiu de bom grado se sentar sozinho. Myung-eun cedeu o lugar perto de Hwasoo para Sanghun e se sentou na fileira de Myung-hye e Taeho. As irmãs ficaram perto da janela e olharam para Oahu lá embaixo. Elas não conseguiam acreditar que Sisun havia estado lá em algum momento do tempo e também sentiam que a jovem Sisun devia estar atravessando aquele verde e azul profundo. Saindo às escondidas do quadro no museu de arte à noite, por fim. *Eu deveria ter escondido uma saia plissada por perto para que ela pudesse sair da moldura e usá-la...* A imaginação de Myung-hye começou a tomar uma forma estranha.

Quando ela tirou os olhos da janela, viu a família espalhada pelo avião como nuvens no céu. Eles pareciam confusos ou faziam caretas bobas quando seus olhares se cruzavam. Kyung-ah apontou para a camiseta usada por Haerim, que dormia, sussurrando:

— Ela está usando amarelo! Ela está usando uma coisa que coloquei na mala dela sem ela ver!

Myung-hye pensou algo além da mudança na cor da camiseta de Haerim, mas, em vez de identificar prematuramente, ela decidiu descobrir o que era devagar e se acomodou no banco.

Viemos da pessoa que encontrava beleza todos os dias embora vivesse em um tempo horrendo. Mesmo quando fracassamos e caímos, exaustos, ela resistiu e insistiu para que seguíssemos em frente. As partes dela – que continua a surpreender o mundo mesmo anos depois de sua morte – estão dentro de todos nós.

Acreditamos
nos livros

Este livro foi composto em Crimson Pro
e impresso pela Lis Gráfica para
a Editora Planeta do Brasil em junho de 2025.